센고쿠戰國 시대의 군웅할거도

에이로쿠永祿 3년 (1560)경

오키

쓰시마

소 요시시게

이즈모

아마코 하루히사

호키

이나바

다지마

단고

이와미

미마사카

단바

야마나 우지마사

이키

하타노 치카시

나가토

오우치 요시타카

모리 모토나리

빈고

우키타 나오이에

호소카와 하

지쿠젠

스오

빗추

비젠

하리마

셋쓰

부젠

사누키

아와지

미요시 나가

류조지 다카노부

지쿠고

고노 미치나오

아와

이즈미

가와

미요시 나가하루

히젠

오무라 스미타다

우쓰노미야 사다쓰나

조소카베 모토치카

야다

아소 고레마사

아와

기이

히고

오토모 요시시게

이요

분고

사가라 요시아키

도사

마쓰나가 히사히

이토 요시스케

시마즈 다카히사

휴가

사쓰마

오스미

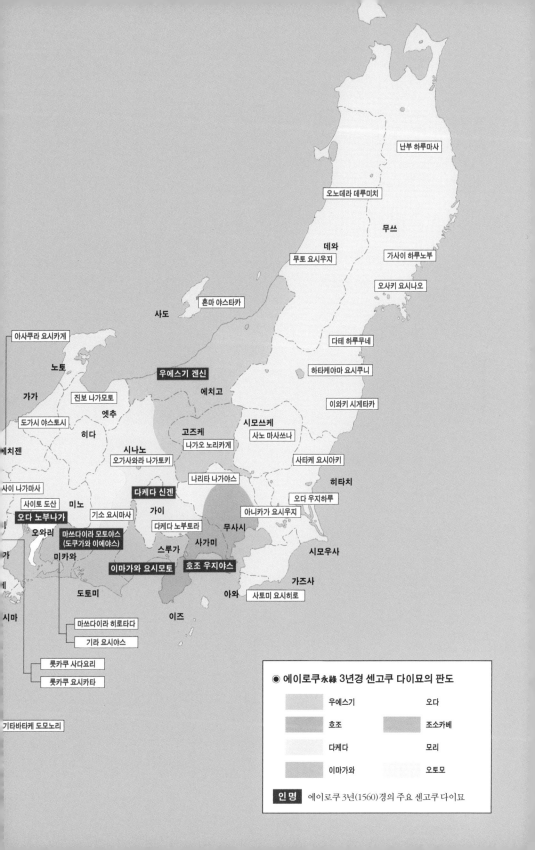

난부 하루마사

오노데라 데루미치

무쓰

데와
무토 요시우지

가사이 하루노부

오사키 요시나오

혼마 야스타카

사도

다테 하루무네

아사쿠라 요시카게

우에스기 겐신

하타케야마 요시쿠니

노토

에치고

가가

진보 나가모토

엣추

이와키 시게타카

도가시 야스토시

히다

시나노

시모쓰케
사노 마사쓰나

고즈케
나가오 노리카게

오가사와라 나가토키

사타케 요시아키

히타치

에치젠

나리타 나가야스

사이 나가마사

다케다 신겐

미노

기소 요시마사

가이

오다 우지하루

사이토 도산

아니카가 시우지

오다 노부나가

다케다 노부토라

오와리

마쓰다이라 모토야스
(도쿠가와 이에야스)

무사시

미카와

스루가

사가미

이마가와 요시모토

호조 우지야스

도토미

아와

사토미 요시히로

마쓰다이라 히로타다

가즈사

기라 요시야스

이즈

시모우사

시마

롯카쿠 사다요리

롯카쿠 요시카타

기타바타케 도모노리

◉ 에이로쿠永禄 3년경 센고쿠 다이묘의 판도

우에스기   오다

호조   조소카베

다케다   모리

이마가와   오토모

인명 에이로쿠 3년(1560)경의 주요 센고쿠 다이묘

織田信長 천하포무 天下布武 ❹

오다 노부나가

織田信長

천하포무 天下布武

4

오다 노부나가

야마오카 소하치 장편소설

이길진 옮김

솔

『오다 노부나가』를 바로 읽기 위해

1. 본문 중 ° 표시를 한 용어는 책 뒤에 풀이를 실었다.
2. 인명과 지명은 외래어 표기법에 따랐고, 장음은 생략하였다. 단, 킷포시(오다 노부나가)는 원음에 가깝게 표기하였다. 인·지명 및 고유명사는 처음 나올 때 원어 병기를 원칙으로 하였고 강과 산, 고개, 골짜기 등과 같은 지명 역시 현지 음대로 카와(가와), 야마(잔, 산), 사카(자카), 타니(다니) 등으로 표기하였다.
3. 성과 이름 중간에 나오는 것은 대부분 그 관직명을 나타내는 것인데, 그 당시의 관습에 따라 이름 대신 쓰이는 경우도 있다.
   보기) 히라테 나카쓰카사노타유 마사히데 → 원 이름: 히라테 마사히데 + 나카쓰카사노타유(나카쓰카사의 장관)
4. 시간과 도량형은 센고쿠 시대에 쓰던 것을 그대로 따랐으며, 역시 부록에서 설명하였다.

천하포무 天下布武

오다 노부나가가 사용한 도장

차례

낭인의 등용

천하를 넘보기 위해서는 이에 걸맞는 규모의 구상을 미리 가신들에게 이해시키지 않으면 안 된다.

이마가와 요시모토를 치기 전까지 노부나가는 오와리의 결속이 목적이었다. 따라서 여러 가지 일 처리도 그 범위 안에서 행해졌다. 하야시 사도노카미가 어떻게 움직이건, 시바타 곤로쿠가 어떤 책략을 쓰건 결국은 오와리와 오다 가문의 안태를 위한 일에 지나지 않았다.

그런데 노부나가는 상경을 계기로 구상을 크게 바꾸었다.

노부나가는 근왕勤王을 주축으로 자신의 뜻을 천하에 확대하려고 했다. 그리고 여기에 당장이라도 싸움을 걸어올 것만 같았던 요시타쓰의 죽음이 겹쳐 이를 기회로 삼아 거대한 구상을 더욱더 다듬어 가신들에게 제시했다.

이런 면에서 노부나가는 교육가로서도 발군의 재능을 발휘하여 가문의 분위기를 일신하였다.

"드디어 천하에 뜻을 두시게 되었어."

"으음, 그렇다면 우리도 정신을 단단히 차려야겠어."

"그래. 미노 지역만이 목표인 줄 알았는데 우리 주군은 일본 전체를 가신들에게 분배할 모양이야."

"그럼, 머지않아 모두 다이묘大名°가 되겠군."

"그러니까 이제는 시시한 생각은 그만두고 일류가 될 연구를 해야해."

"옳은 말이야. 천하를 장악하면 오와리의 시골뜨기로 남을 수는 없으니까."

세상에 사기士氣처럼 미묘하고 중요한 것도 없다. 사기가 오르고 내리는 데에 따라 전체가 흥하느냐 망하느냐의 차이가 생긴다.

이런 분위기였기 때문에 스노마타의 축성을 명령받은 시바타 곤로쿠와 사쿠마 우에몬이나, 구와나 성을 점령하라는 명을 받은 다키가와 가즈마사도 모두 오기가 생겨 비책을 짜내기 시작했음은 말할 나위도 없다.

드디어 계절은 뙤약볕이 내리쬐는 여름으로 접어들었다. 기소와 나가라 강이 있어 물이 풍족한 나가시마 미도御堂° 소유인 가니에 신덴蟹江新田의 새로운 논을 비롯하여 도비시마飛島와 이나모토시마稲元島 일대의 곡창 지대에는 풍작을 약속받은 벼가 싱싱하게 자랐다.

"이 정도라면 올해에는 작년의 흉작을 벌충할 수 있겠군."

"그렇습니다. 하다못해 이 부근에서부터 가니에 저쪽까지 혼간 사의 영지가 되었으면 좋겠습니다마는."

"염려하지 말게. 곧 기회가 올 테니까."

"그러면 노부나가가 드디어 미노를 공격해 올까요?"

"당연하지, 요시타쓰가 죽었으니까. 그렇게 되면 우리는 이 옥토를 차지할 수 있어."

거창한 이야기를 하면서 나가시마 미도로 향한 논두렁길을 걷는 사람은 현재 미도의 무사 대장으로 날아가는 새도 떨어뜨린다는 모장謀將인 핫토리 우쿄노스케服部右京亮와 그의 시종이다.

우쿄노스케는 때때로 걸음을 멈추고 삿갓을 약간 젖히고는 야타테矢立°를 꺼내 작은 화첩에 무언가를 그려넣었다. 어쩌면 예상되는 수확고를 조사하는 체하면서 사실은 이 부근의 지도를 그려 전투에 대비하고 있는지도 모른다.

아무튼 혼간 사는 돈과 사람은 남아돌 정도로 많았다. 유사시에는 이 부근의 다이묘 따위가 몇 명 덤벼도 당하지 못할 것이고, 따라서 야심이 있다면 무엇이든 할 수 있었다.

그 우쿄노스케가 드디어 논두렁길에서 한길로 나와 전면에 보이는 미도의 성곽을 향해 걷기 시작했을 때였다.

"잠깐 물어볼 말이 있는데."

역시 햇볕을 막기 위해 삿갓을 쓴 낭인인 듯해 보이는 사나이가 길가의 나무 그늘에서 나와 말을 걸었다.

"무엇 말이오?"

"당신은 혹시 미도의 무사가 아닌가?"

시종이 힐끗 우쿄노스케를 쳐다보고 물었다.

"그렇기는 하나 왜 그런 것을 묻소?"

"실은 나도 경우에 따라서는 혼간 사의 부하가 되어도 좋다……고 생각하기에 물은 것인데, 핫토리 우쿄노스케는 어떤 사나이인가?"

시종은 깜짝 놀라 되물었다.

"핫토리 우쿄노스케가 어떤 사람이라니?"

"배포 말일세. 이야기가 통하는 사나이인지 묻는 거야."

"그런 질문을 하다니 무례하지 않소?"

이 말이 너무도 거만하여 시종이 발끈했다.

"잠깐!"

우쿄노스케가 시종의 말을 제지했다.

"자네는 다키가와 사콘이로군. 하하하, 나일세. 내가 우쿄노스케 일세. 여전히 묘한 말을 지껄이면서 돌아다니는군."

우쿄노스케가 삿갓을 벗자 상대편 낭인도 놀랐다는 듯 삿갓을 벗었다.

"아, 자네가 바로 그 장본인이었군. 하하하, 실은 자네 인기가 어떤가 싶어 알아본 것일세."

"허허허. 자네가 오다 가문을 떠났다는 소문이 사실이었군."

"그 소문이 벌써 자네 귀에까지 들어갔나?"

"그래. 노부나가는 성급하고 자네는 오만하고…… 오래 가지 못할 줄 알았는데 역시 소문대로 싸우고 헤어진 모양이군."

"싸운 것은 아니야. 네 이름이 가즈마사이니 한 되들이 됫박(가즈마사는 한 되들이 됫박이란 말과 음이 같음)으로 술을 마시라느니 하며 어린아이 같은 소리를 하는 거야. 그러나 나는 단순히 녹봉이나 구걸하고 다니는 사람은 아닐세. 그래서 장래성이 없다는 것을 깨닫고 먼저 그만두겠다면서 기요스에서 나와버렸네."

그러면서 가즈마사는 빙긋 웃었다.

"어떤가 우쿄노스케, 이대로 헤어지겠나 아니면 옛정을 생각하여 집으로 데려가서 차라도 한잔 대접하겠나?"

"하하하, 그 독설은 여전하군. 차를 대접하는 일쯤은 어렵지 않지만 선물은 가져왔나?"

"대우 여하에 따라 가지고 왔기도 하고 그렇지 않기도 해."

"좋아, 같이 가세. 그리고 하루 이틀 우리 집에서 묵도록 하게."

"자네 말을 듣고는 그냥 돌아설 수가 없군. 그럼, 신세를 좀 지기로 하세."

시종은 어이없다는 듯이 두 사람을 번갈아 바라보았다.

모장謀將과 모장

"자네가 이처럼 우정을 보여주었으니 나도 약간의 선물을 놓고 가겠네."

"그래, 주고 싶거든 놓고 가도 좋아. 대관절 노부나가는 언제쯤 미노로 군사를 출동시킬 것 같은가?"

이곳은 거대한 무장의 성곽을 연상케 하는 혼간 사 안에 있는 무사의 성채 한 모퉁이로, 기요스에 있는 노부나가의 거실보다도 훨씬 훌륭한 객실이다.

"하하하, 자네는 노부나가가 미노를 공격할 줄 알고 있나?"

"그럼, 미노는 아직 멀었다는 말인가?"

"암, 지금은 그보다도 오미近江와의 혼인을 생각하고 있어."

"오미라니, 아사이 가문 말인가?"

"아사이의 아들 나가마사長政에게 여동생인 이치히메市姬를 떠맡기려 하고 있다, 이렇게 말하면 노부나가가 언제 미노를 공격할지 그

시기를 알 수 있을 테지. 그런데 말이야, 우쿄노스케."

"왜 그러나?"

"아니, 이 말은 안 하는 편이 좋을 것 같군. 방비를 소홀히 할 자네가 아니니까."

"어째서, 말꼬리를 흐리는 거야? 마음에 걸리는군."

핫토리 우쿄노스케는 자못 유유한 체하고 차를 마시면서 말했다.

"원하고 있나, 사콘?"

"무엇을 말인가?"

"선물의 대가 말일세. 경우에 따라서는 줄 수도 있어."

"원 이런, 뜻밖의 말을 듣는군. 이 다키가와 사콘쇼겐 가즈마사는 아무리 시들고 말라비틀어졌다고 해도 대가를 바라고 말꼬리를 흐리는 사나이는 아닐세."

"그럼, 어째서인가?"

"자네를 욕되게 하지 않기 위해서였어. 자네 눈으로도 분명히 알수 있는 일을 내가 굳이 충고할 필요는 없으니까."

"하하하하."

핫토리 우쿄노스케는 즐거운 듯이 웃었다.

"친구란 정말 좋은 것이군. 묻지도 않았는데 말해주다니. 그러니까 노부나가의 미노 침공은 이치히메가 출가한 뒤고 그에 앞서 노부나가는 혼간 사의 영지를 노리고 있다는 말이지?"

"과연 자네답군! 그럼, 침공을 막기 위한 외성外城은 언제 완성되나, 우쿄노스케?"

"뭐, 외성?"

비로소 우쿄노스케의 표정이 변했다. 그러나 가즈마사는 일부러 모른 체하고 말을 이었다.

"자네 일 말일세. 그 외성을 발판으로 삼아 도리어 노부나가의 기름진 땅을 빼앗을 생각이 아닌가? 아무튼 서두르는 것이 좋아. 노부나가는 벼가 익을 때를 기다리고 있으니까."

"사콘, 그…… 그게 사실인가?"

"왜 거짓말을 하겠나. 실은 말이지, 자네가 아직 준비를 하지 않았다면 내가 잠시 혼간 사의 부하가 되어 그 성을 쌓아도 좋겠다는 생각으로 찾아온 것일세. 그런데 자네는 오늘도 이처럼 논을 둘러보고 있으니…… 준비가 되었다고 판단했기 때문에 그만두겠어. 아무튼 서두르는 것이 좋을 거야, 우쿄노스케. 벼가 익기 전에."

핫토리 우쿄노스케는 자세를 가다듬었다. 가즈마사에게 자기 속셈을 보이지 않으려 하는 모장謀將다운 조심성에서였다.

"으음, 거기까지 알고 있었군."

우쿄노스케는 밝은 웃음을 띠었다.

"그럼, 이 축성에 대해서는 자네에게 부탁해볼까. 자네라면 그 외성을 어디에 쌓겠나?"

"물론 가니에 신덴에."

"기간은?"

"20일."

"혼간 사의 부하가 되겠나, 다키가와 사콘쇼겐?"

그러자 가즈마사는 고개를 갸웃하고 잠시 생각했다.

"내가 설계하고 내 의견대로 축성하겠다는 약속을 하면 승낙하겠네."

"왜 그런 조건을 내세우나?"

"나는 그 외성을 근거로 노부나가를 공격하고 싶어. 노부나가의 전법은 내가 잘 알아. 노부나가를 증오하기에 놈의 목을 베지 않고는 직성이 풀리지 않아."

"좋아! 그럼, 보수는?"

"자네에게 맡기겠네."

"내 지휘 하에 있어도 불평하지 않겠나?"

"다키가와 사콘쇼겐 가즈마사는 그런 옹졸한 사나이가 아니야."

"결정했어! 그럼, 곧 설계에 착수하게."

이때 비로소 가즈마사는 공손히 머리 숙여 핫토리 우쿄노스케에게 인사했다. 지금까지와는 달리 상사를 대하는 경건한 태도였다.

설날의 개가凱歌

혼간 사의 곡창이라 불리는 가니에 신덴의 기름진 들에 노부나가의 영지를 노리기 위한 멋진 외성이 완성된 때는 그로부터 18일째 되는 날이었다.

논의 벼는 아직 이삭도 패지 않았다. 여기에 수천 명의 신자와 무료 봉사를 자청한 인부를 동원하여 빙 둘러 해자를 파고 물을 가득 채워, 하루아침에 함락시킬 수 없는 웅장한 성을 완성했다. 물론 내부 공사는 이제부터였으나, 어쨌든 이 새로운 성은 다키가와 가즈마사를 성장城將으로 삼아 매일같이 망치 소리를 울리며 겨울을 맞이했다.

드디어 한 해도 저물고 이듬해 정월 초하루.

당연히 나가시마 혼간 사로 신년 하례를 가야 할 다키가와 가즈마사는 가니에에 온 뒤 새로 맞아들인 약 오륙십 명의 부하들을 데리고 성에서 나와 얼른 나가라 강을 건너 구와나 성으로 향했다.

20

구와나 성에서는 이날 성주인 구와나 사부로 유키요시가 관례에 따라 이세의 오코우치大河內에 있는 기타바타케칸北畠館으로 세배를 갔기 때문에 사흘 동안 돌아오지 않을 것이다.

가즈마사는 물론 이 사실을 알고 찾아간 것이 분명하다.

"나가시마 혼간 사의 사자 다키가와 사콘쇼겐 가즈마사가 신년 인사를 드리기 위해 왔소!"

그는 성문 앞에 이르자 큰 소리로 말하고 얼른 말에서 진상품을 내렸다.

성안에서는 성주인 유키요시를 대신하여 그 부인과 아직 일곱 살밖에 되지 않은 적자 다케와카마루竹若丸가 넓은 방에서 가신들의 하례를 받은 뒤 모두에게 축하주를 내리고 있었는데, 그 말을 듣고 반가이 방으로 맞아들였다.

진상물은 관례대로 산랍山蠟과 비단, 솜 등이었으나 그 양은 평소보다 많았다. 여기에 경문經文을 쓴 두루마리까지 곁들여 있다.

모든 일을 경사스럽게 맞이하고 싶은 설이었으므로 중신인 마스토미 나이키增富內記가 일부러 현관까지 나와 가즈마사 일행을 영접했다.

"수행원들에게는 따로 술을 대접할 터이니 사자께서는 곧바로 방으로 가셔서 유쾌한 한때를 보내십시오."

성의를 다한 환대였다. 유키요시 부인이 직접 가즈마사에게 잔을 건네고, 이날 밤은 성안에서 묵도록 권했다.

설날 아침 식사를 끝내고 혼간 사를 떠나 행렬을 갖추고 구와나 성에 오면 그날 안으로는 돌아갈 수 없어 이튿날 아침 귀로에 오르는 것이 관례였다.

축하연이 끝나고 가신 중에서 성안에 사는 자는 나가야長屋°로, 성

밖에 사는 자는 자기 집으로 각각 돌아갔을 때는 이미 다섯 점(오후 8시)이었다. 하늘에서는 희끗희끗 눈발이 날렸으나 쌓일 정도는 아니었다. 이윽고 성안은 상야등常夜燈을 제외하고는 모두 조용히 밤을 맞이했다.

그러나……

이럭저럭 넉 점(오후 10시)쯤 되었을 때였다. 별안간 때아닌 소라 고둥 소리가 울려 퍼졌다.

"아니, 꿈을 꾼 것일까?"

침소에 들어가 다케와카마루를 재운 뒤 잠을 청하려던 성주 유키요시의 부인 오센お仙은 베개에서 머리를 들었다가 다음 순간 벌떡 이부자리를 걷어차고 일어났다.

복도를 달려오는 요란한 발소리를 들었던 것이다.

"누구냐?"

"이름을 말하라!"

"앗."

외치는 소리와 상대를 확인하려는 소리 그리고 칼이 부딪치는 소리가 침소 밖에서 한꺼번에 고막을 때렸다.

'보통 일이 아니다!'

오센은 얼른 나기나타를 집어들고 잠들어 있는 아들 곁으로 달려갔다.

"괴한이다! 모두 나와 대적하라."

이렇게 큰 소리로 외치려다 말고 "앗!"하고 그 자리에 못 박혔다.

이미 실내에 괴한이 들어와 있었던 것이다. 더구나 그 괴한은 잠든 다케와카마루를 옆구리에 끼고 숨을 쉴 때마다 희미하게 움직이는 목 언저리에 시퍼런 칼날을 들이대고 있다.

그 괴한은 얼어붙는 듯한 소리로 조롱하듯 흐흐흐 하고 웃었다.

"나기나타를 내려놓으시지요. 정초부터 사람을 죽이고 싶지는 않소. 피를 보아야 할 일은 아닙니다."

"아니! 당신은 혼간 사의 사자!"

"나기나타를 버리십시오. 그리고 부인도 여기 와서 가신들이 들이닥치거든, 소란을 떨지 마라, 소란을 떨면 도련님의 목숨이 위험하다고 일깨워주시오."

이렇게 말하고 가즈마사는 손을 뻗어 부인의 옷깃을 붙잡았다. 그녀는 소리도 못 지르고 와들와들 떨면서 가즈마사를 쳐다보았다.

"왜 이러는지 이유를 모르실 겁니다."

"……"

"참고로 말해두지요. 나는 오와리의 태수인 오다 가즈사노스케織田上總介의 가신 다키가와 사콘쇼겐 가즈마사, 불가피한 사정이 있어서 이 성을 접수하러 왔습니다. 성은 접수하겠으나 목숨은 빼앗지 않습니다. 남편이신 사부로 님도 이틀 뒤에 돌아오시면 이 가즈마사가 설득하렵니다. 그리고 영지의 반은 계속 소유하시도록 할 터이니, 공연히 소란을 피워 목숨을 잃지 마십시오."

이때 숙직하던 무사들이 가볍게 무장한 가즈마사의 부하들과 뒤얽혀 우르르 몰려왔다.

"마님!"

"도련님은, 도련님은 무사하십니까?"

무사들은 이렇게 외쳐댔다.

"떠들지 마라, 이것이 보이지 않느냐?"

가즈마사는 다케와카마루를 옆구리에 낀 채 부인의 목에 칼을 대고 유유히 웃었다.

"승부는 이미 끝났다. 잘 기억해두거라. 싸움도 때로는 지략으로 하는 것이어서 기분 좋게 술을 마시고도 수행할 수 있다."

이리하여 가즈마사는 드디어 노부나가와 약속한 지 반년 만에 어렵지 않게 구와나 성을 손에 넣었다.

아니 구와나 성만이 아니었다. 핫토리 우쿄노스케가 이 일을 알고 부랴부랴 가니에의 새로운 성에 도착했을 때, 여기에는 이미 기요스에서 가즈마사의 사촌 동생 다키가와 기타유 노리마스大夫詮盆가 들어와 있다가 애써 쌓아준 성을 고맙게 받겠다며 우쿄노스케에게 말한 뒤 깨끗이 점령하고 말았다.

한편 스노마타 성채를 손에 넣으려는 시바타와 사쿠마의 경우는 그렇게 간단하지 않았다.

초봄의 책략

에이로쿠永禄 5년(1562) 정월 초이튿날.

노부나가는 다키가와 가즈마사로부터 구와나 성을 점령했다는 보고를 받고도 별로 칭찬하지 않았다.

"으음, 가즈마사다운 방법이었군. 그 정도의 지혜도 없다면 쓸모가 없지."

그리고 자신은 넓은 방에서 신년 인사를 받고는 큰 소리로 웃으며 말했다.

"별로 경사스러울 것도 없어. 아직 미노에는 발판이 마련되지 않았으니까. 우에몬도 곤로쿠도 나를 대할 면목이 없을 거야."

"정말 그러합니다."

사쿠마 우에몬은 옆머리를 긁적이며 황송하다는 듯이 노부나가가 건넨 잔을 비웠다.

이때 만약 노부나가가 웃지 않았다면 사람들은 주눅이 들어 사기에 큰 영향을 미쳤을 것이다.

그러나 이런 일에는 결코 빈틈이 없는 노부나가였다.

노부나가는 죽 늘어앉은 중신들에게 자기가 직접 사냥해온 두루미 요리를 안주로 차례차례 술잔을 돌렸다.

"에이로쿠 5년은 행운의 해가 되어야 하는데."

그는 곧 희망적인 이야기를 했다.

"가즈마사는 이세를 제압했어. 나는 미카와의 모토야스元康(도쿠가와 이에야스)와 손을 잡고 동쪽에 대한 방비를 끝냈어. 또 다행스럽게도 가이甲斐의 다케다와 에치고越後의 우에스기上杉가 가와나카지마川中島에서 빼도 박도 못할 싸움에 못 박혀 있어. 이런 좋은 조건을 살리지 못한다면 신불도 우리를 버릴 것이야. 그렇지 않나, 곤로쿠?"

"옳으신 말씀입니다."

곤로쿠는 우에몬처럼은 주눅이 들어 있지 않았다.

왜냐하면 작년 가을 스노마타에 가서 축성하는 데 실패한 원인은 곤로쿠의 의견보다도 우에몬의 의견을 더 많이 채택한 작전의 결과였기 때문이다.

"제가 이십 일 안에 반드시 스노마타에 새로 성을 쌓아 보여드리겠습니다."

사쿠마 우에몬 노부모리는 신참자인 다키가와 가즈마사에게 지지 않으려고 했다.

이렇게 호언장담하면서 5천 명의 인원을 동원하여 히가시카스가이 군東春日井郡의 여러 산에서 나무를 베고, 이것을 오다의 영지에서 뗏목으로 만들어 건너게 했다.

그리고 우선 3천 명의 군사를 도하시켜 적의 내습에 대비케 하고 공사에 착수했다.

여기까지는 좋았으나, 이 사실을 안 사이토 다쓰오키齋藤龍興는 그렇지 않아도 아버지의 죽음으로 격분하고 있던 때여서 버럭 화를 내고 만 명이 넘는 군사를 출동시켜 야습을 가했던 것이다.

이때에는 우에몬도 그만 간담이 서늘해졌다. 강 너머의 지리에 어두울 뿐만 아니라 인해전술에 의한 야습을 당했기 때문이다.

"도저히 안 되겠다. 일단 철수하라."

명령을 내렸을 때 이미 아군은 반 이상이 강물에 빠져 익사한 자가 천 명을 넘었고, 뗏목으로 만든 재목도 거의 모두 빼앗기는 참패를 당하고 말았다.

어쨌든 상대가 인해전술로 나온 것을 안 이상 이대로는 안 되겠다는 판단을 내리고 주춤하고 있다가 새봄을 맞이하였다.

그러나 노부나가는 이 패전에 대해 별로 화를 내지 않았다. 아마 노부나가로서도 어린 다쓰오키가 이처럼 대담하게 많은 병력을 동원할 줄은 몰랐을 것이다.

이 일은 스노마타에 미노의 운명을 건 폭거暴擧라 해도 좋았다. 만약 우에몬이 그 전투에서 승리하여 축성에 성공했더라면 단지 그것만으로도 사이토 가문은 멸망했을 것이 분명하다.

"대담한 짓을 하는 놈이로군."

노부나가도 어이없다는 듯 고개를 갸웃했다. 그러나 이런 대담한 일을 하는 사나이라는 사실을 알게 된 이상 이에 대한 대책도 변경해야 함은 당연한 일이었다.

"곤로쿠!"

노부나가는 시바타 곤로쿠가 남의 일인 것처럼 태연히 가슴을 젖히고 있는 모습을 보자 문득 짓궂은 눈으로 그의 이름을 불렀다.

"예."

"나는 우에몬 한 사람에게만 스노마타에 성을 쌓으라고 하지는 않았어."

"그 점은 잘 알고 있습니다."

"그렇다면 다음에는 반드시 성공시킬 수 있다, 작전도 세웠으니 자신이 있다는 말인가?"

"그렇습니다."

곤로쿠는 큰 소리로 대답했다.

"그렇지 않고서야 어떻게 천하를 장악할 길을 열 수 있겠습니까."

"허어, 큰소리 치는군. 그 방안을 말해보라."

"이 자리에서는 말씀드릴 수 없습니다."

"그래? 그렇다면 다음에 듣겠다."

노부나가는 더 이상 말하지 않고 화제를 돌렸다.

왜냐하면 그때 이미 노부나가에게도 한 가지 방안이 있기 때문이었는데, 곤로쿠 역시 나름대로 묘안을 발견한 모양이다.

"그럼, 스노마타의 일은 곤로쿠에게 일임하기로 하겠다. 그런데 이번 5일에는 오카자키에서 마쓰다이라 모토야스가 올 것이다. 그를 어떻게 맞이할지 그대들의 의견을 듣고자 한다."

노부나가가 이렇게 말하자 갑자기 좌중이 술렁거리기 시작했다.

두루미 한 마리

스노마타에 성을 쌓는 문제도 중요했으나 마쓰다이라 모토야스의 내방은 그 이상의 큰 문제를 안고 있었다.

미카와의 오카자키와는 노부나가의 아버지 노부히데 때부터 계속 싸워온 원수지간이었는데, 모토야스의 아버지가 죽자 오카자키가 이마가와今川 가문의 손에 넘어갔던 것이다. 그런데 노부나가는 이마가와 요시모토를 무찌르고서도 도무지 오카자키를 공략하려 하지 않는다.

"대관절 주군은 모토야스를 어떻게 생각하고 있는 것일까?"

"옛날 모토야스가 다케치요竹千代라 불리던 시절에 같이 놀던 사이여서 친형제처럼 생각하고 오카자키 성을 그대로 맡기려는지도 몰라."

"농담하지 말게. 이제 겨우 스무 살밖에 안 된 모토야스에게 맡겨둔다면 언제 다시 이마가와 우지자네氏眞에게 빼앗길지 몰라. 그리고 모토야스는 덴가쿠田樂 골짜기 싸움 때 마루네丸根를 지키던 사쿠마 다이가쿠佐久間大學 님을 죽였으므로 주군도 원한을 품고 계실 거야."

이런 이야기가 오가는 가운데 노부나가가 다키가와 가즈마사를 모토야스에게 사자로 보낸 시점은 지난해 2월, 즉 가즈마사가 구와나 성 탈취 계획에 착수하기 전이었다.

사람들은 가즈마사가 어떤 명령을 받고 무슨 말을 하고 돌아왔는지 그 내용은 잘 알지 못했다.

"미카와의 모토야스와는 동맹을 맺었으므로 동쪽은 안심해도 되겠어."

그런데 그 후 어느 날 노부나가가 불쑥 이런 말을 했다. 그러나 아무도 이 말을 깊이 새겨듣지 않고, '주군이 또 무슨 일을 깊이 생각하시는 모양이다'라며 노부나가가 모토야스 따위는 별로 대수롭게 여기지 않을 것이라고 믿었기 때문에 다른 일에 더 신경을 쓰고 있었다.

그런데 이 모토야스의 이름이 정월 초이튿날의 연회에 벌써 두 번이나 나왔다. 처음에는 동쪽의 방비에 대해 말했을 때이고 이번에는 또 모토야스가 5일에 이곳을 방문할 것이라고 한다.

사람들이 술렁거리기 시작한 이유는 모토야스에 대한 노부나가의 속셈을 알고 있어서가 아니다.

앞서 덴가쿠 골짜기의 싸움이 끝난 뒤, 버린 성이므로 줍겠다고 하면서 오카자키 성에 들어갔던 모토야스. 그 모토야스가 미카와의 옛 영지에 기반을 다지기 전에 빨리 대책을 강구해야 한다는 것이 가신들의 압도적인 의견이었기 때문이다.

오카자키를 손에 넣는다면 성에 들여보낼 만한 인물은 결코 부족하지 않다. 사쿠마나 시바타는 별도로 치더라도 일족인 노부히로信廣와 노부카네信包를 비롯하여 이코마生駒, 이케다池田, 모리森 등 적임자가 얼마든지 있지 않은가.

'대관절 주군은 누구에게 오카자키 성의 수비를 맡기실 생각일까?'

이런 흥미가 작용하여 술렁거리기 시작했던 것이다.

물론 노부나가는 이 점을 꿰뚫어보고 있었다. 그렇기 때문에 일부러 모토야스에게 사자를 보내 정초에 기요스 성으로 오도록 초청했던 것이다.

표면적으로는 '오다, 마쓰다이라 두 가문의 동맹'에 대해 상의하자는 구실이었으나, 실은 모토야스가 어떤 인물로 성장했는지 확인하려는 면접시험이었음은 두말할 나위도 없다.

무엇보다도 중요한 것은 모토야스가 이마가와 가문과 손을 끊고 분명히 노부나가의 편이 되어 동쪽을 제압할 수 있는가 하는 점이었으나, 모토야스에게 그런 각오를 갖게 하기 위해서는 세 가지 어려움이 있었다.

그 하나는 어쨌거나 모토야스는 여덟 살 때부터 열 아홉 살 때까지 12년 동안이나 슨푸駿府의 이마가와 가문에서 성장했다는 점이다.

모토야스의 20년 인생에 있어서 12년이란 긴 세월은 전체의 3분의 2에 해당한다. 그런 만큼 이마가와 가문에 대해 어떤 의리를 느끼고 어떤 영향을 받았으며 또 어떤 그리움을 품고 있는지를 충분히 파악해놓지 않으면 안 된다.

둘째는 모토야스가 이마가와 가문에 아내 세나히메瀨名姬와 장녀 가메히메龜姬, 장남인 다케치요竹千代를 남겨놓고 있다는 점이다.

세나히메는 요시모토의 조카딸이었으나, 아무튼 처자를 남겨 놓았다는 것은 요시모토의 아들 우지자네가 가장 중요한 인질을 잡아 놓고 있는 것이 된다. 따라서 만약 모토야스가 노부나가의 편이 되었다는 사실을 알면 그들은 분명 슨푸에서 살해될 것이 분명하다.

이 엄청난 희생을 과연 모토야스가 감수할 수 있을까?

세번째 문제는 비록 노부나가와 모토야스가 옛날 우정으로 인해 맺어진다고 해도, 두 가문의 가신들은 조상 대대로 적대관계라 심하게 대립하고 있다. 이러한 그들이 과연 두 사람의 뜻을 받아들여 융합할 수 있을까?

이상 세 가지는 어느 하나도 보통 사람으로서는 극복하기 어려운 큰 난관이다. 그러므로 모토야스를 어떻게 맞이하느냐는 노부나가로서도 숨이 막힐 듯한 중대한 문제였다.

무엇보다도 인재의 발굴을 우선적인 과제로 삼고 여기에 혁명의 기점基点을 두고 있는 노부나가였다. 히데요시를 등용하고 가즈마사를 맞아들인 일, 만치요를 발굴하고 도시이에를 용서한 일도 모두 인재 활용의 차원에서였다. 따라서 모토야스가 앞서 말한 세 가지 난관을 훌륭히 극복할 수 있는 인물이라면 굳이 적으로 돌릴 필요가 있을까.

반면에 그런 인물이 되지 못하고 장차 노부나가에게 방해가 될, 마치 하야시 미마사카나 동생인 노부유키와 같은 정도의 인물이라면 그 힘이 강대해지기 전에 뿌리를 끊어버리지 않으면 안 된다.

이런 복잡한 심정에서 모토야스를 맞이하는 것이므로, 노부나가는 중신들에게 그들이 어떤 생각을 갖고 있는지 물어보고 싶었다.

"마쓰다이라 모토야스를 어떻게 맞이해야 할지 우선 사도부터 말해보라."

지적을 받고 가장 원로인 하야시 사도노카미는 엄숙한 표정으로 좌중을 둘러보고 대답했다.

"제거하는 편이 좋겠습니다."

"으음, 그 이유는?"

"모토야스가 지금은 무슨 말을 할지 모르나 처자 세 사람과 또 중신의 가족 등 많은 사람이 이마가와 가문에 인질로 잡혀 있으므로 반드시 그 정에 이끌려 주군을 배신하는 날이 올 것이기 때문입니다."

"알겠네. 그럼 이코마 데와生駒出羽, 그대는?"

"사도 님과 같은 생각입니다."

"곤로쿠는?"

꾸짖는 듯한 질문이었다.

"그렇습니다."

"그렇습니다…… 라니, 그대도 죽여야 한다는 말이냐?"

"죽이는 것이 상책인 줄로 압니다."

"우에몬은?"

"처자 세 사람…… 이보다 더 중요한 인질은 없으므로 배반할 수 없게 하는 수단을 강구하려 해도 방법이 없습니다. 그리고 양가의 가신들도 사이가 나쁘기 때문에 상대방 가신들이 반드시 어떤 구실을 대어 모토야스를 선동하리라 생각합니다마는."

"그렇다면 다른 사람의 의견과 똑같지 않으냐?"

"그러합니다."

"모리 산자에몬은?"

"선수를 칠 수 있는 둘도 없는 좋은 기회라고……"

"야나다梁田, 그대는?"

"모르겠습니다, 저는."

"스가야菅谷는? 구로에몬九郎右衛門, 의견을 말해보라."

"말씀드릴 수 없습니다."

"뭣이, 왜 대답을 못하느냐?"

노부나가는 버럭 화를 내다가 문득 깨달았다.

구로에몬 옆에 마쓰다이라 모토야스와는 숙질간인 미즈노 모토노부水野元信가 눈을 감듯이 하고 앉아 있기 때문이었다.

미즈노 모토노부는 마쓰다이라 모토야스의 어머니 오다이 부인의 오빠로, 모토야스가 오카자키 성에 들어갈 때와 이번의 기요스 방문에도 뒤에서 크게 애를 쓴 인물이다.

"으음, 알겠다. 그러면 마지막 남은 한 사람의 의견을 묻겠다. 원숭이!"

"예, 예"

주방의 책임자로서 오늘도 요리사들에게 지시를 내리며 술을 나르게 하고 있던 도키치로는, 자기 이름이 불리자 깜짝 놀라는 시늉을 하면서 노부나가를 돌아보았다.

"국이 식었습니까?"

"뭣이! 너는 다른 사람들이 하는 말을 듣지 않았느냐?"

"그럼, 너무 싱겁다는 말씀입니까?"

"이놈, 쌀을 아낀 모양이구나. 바보 같은 놈, 마쓰다이라 모토야스 이야기를 하고 있었어."

"아, 그 말씀이셨군요…… 그 일이라면 따로 두루미 한 마리를 썩지 않게 보관해 두었으니 안심하십시오."

이 말에 모두 와아, 하고 웃음을 터뜨렸다.

"두루미…… 두루미를 누가 보관하라고 했느냐?"

"그러나 소나무에는 두루미가 따르기 마련(마쓰다이라의 마쓰는 일본어로 소나무를 가리킨다). 대장님에게 두루미를 대접받으면 마쓰다이라 모토야스가 평생 잊지 못하리라 생각합니다. 그래서 오늘은 국에 두루미 고기 대신 우엉이 좀 많이 들어가 여러분에게는 죄송합니다마는 이것도 가문을 위해서라 여기시고 용서해주십시오."

도키치로는 이렇게 말하고 모든 것을 다 알면서도 짐짓 헤헤헤 웃었다.

살해에 관한 문답

"원숭이!"

"예."

"그렇다면 너는 모토야스를 죽이는 일에는 반대한다, 잘 대접해야 한다는 말이냐?"

"물론입니다. 주군이 그리워 이마가와의 삼엄한 감시를 뚫고 일부러 찾아오는 모토야스가 아닙니까. 가령…… 가령 죽인다고 해도 대접만은 충분히 해야 한다고 생각합니다."

"헛소리하지 마라!"

"그러시면 다른……"

"죽여도 좋다고 생각하는지 아닌지를 묻고 있는 거야."

"원, 점점 더 놀라게 하시는군요."

도키치로는 둥그렇게 눈을 뜨고 말석에 앉아 다시 한 번 좌중을 둘러보았다.

"이 도키치로가 그런 일을 어떻게 알 수 있겠습니까. 저는 모토야스라는 사람을 전혀 알지 못합니다. 모르는 사람을 죽여야 좋을지 아닐지 말씀드린다면 잠꼬대밖에 되지 않습니다."

"으음, 그러면 우선 반갑게 맞이하여 그 사람됨을 살펴야 한다는 말이로군."

"주군!"

"왜? 제발 얼굴에 주름은 잡지 마라."

"그렇게 잘 아시면서 왜 저에게 물으십니까?"

"뭣이!"

"그러시면 질문을 받은 사람이 당황하게 됩니다. 주군이 훌륭한 인물, 쓸모가 있는 인물이라고 보신다면 일부러 찾아가서라도 많은 녹봉을 주고 맞아들여야 하지 않겠습니까? 만약 쓸모 있는 인물이라고 보신다면, 모토야스에게는 미카와 무사라는 귀중한 보배가 많이 딸려 있습니다. 이 점을 잘 아시고 초청했으면서도 열심히 주방 일을 보고 있는 이 도키치로에게 묘한 질문을 하시다니 이것은 부하를 조롱하는 일입니다. 그런 뒤 술이 너무 뜨겁게 데워졌다며 또 꾸짖으시려는 것이겠지요. 정초부터 그런 꾸중을 듣기는 싫습니다. 아, 그러고보니 주방 일이 걱정됩니다. 주군의 수법에는 놀아나지 않겠습니다. 그럼, 저는 이만!"

입을 비죽 내밀고 대번에 말하고는 얼른 일어나 복도로 달려나갔다.

"왓핫핫하……"

노부나가는 큰 소리로 웃었다.

이미 모토야스에 대한 가신들의 감정은 잘 알았다. 안 이상 각자에게 모토야스가 왔을 때의 마음가짐을 잘 지시해놓으면 그만이다.

"왓핫핫하…… 원숭이 녀석은 때때로 그럴듯한 소리를 한다니까. 확실히 그 말이 옳아. 모토야스는 싸움에 강한 미카와 무사라는 보배를 가지고 있어. 만약 모토야스가 제대로 된 인물로 자랐다면 둘도 없는 우군이 될 거야. 좋아, 결정했어! 나는 모토야스를 허심탄회하게 맞이하여 융숭히 대접하면서 시험해보겠어. 그대들은 사사로운 원한을 들먹이며 모토야스나 그 가신들과 싸우면 절대로 안 된다. 만약 제거해야 할 자로 판단되면 이 노부나가가 직접 죽이겠다. 알았느냐?"

"예."

모두가 일제히 대답하고 머리를 숙였다.

아마도 노부나가가 하려던 말은 바로 여기에 있었던 것 같다.

그러나저러나 노부나가의 의중을 정확히 꿰뚫고 재빨리 결론을 내리면서 주방으로 달려간 도키치로의 예리한 두뇌는 역시 크게 돋보였다.

"자, 오늘 이야기는 이것으로 끝났어. 알겠나, 에이로쿠 5년(1562)은 중요한 해야. 오늘은 모두 충분히 쉬면서 좋아하는 안주를 들도록 하라. 구와나 성을 손에 넣었고, 가니에 성채도 혼간 사 덕분에 공짜로 얻었어. 또 모토야스가 찾아오고 곤로쿠는 머지않아 스노마타에 외성을 쌓게 될 거야…… 왓핫핫하. 좋아, 내가 먼저 춤을 추기로 할까, 곤로쿠?"

곤로쿠는 깜짝 놀라 어깨를 움츠렸다.

"그 점은 충분히……"

그는 스노마타에 대한 생각을 하고 있었던 모양인지 정중하게 머리를 끄덕였다.

미카와의 손님

사실 곤로쿠는 지난해 연말부터 계속 스노마타에 대한 생각만 하고 있었다. 그런 가운데 정월 초이튿날, 다키가와 가즈마사가 구와나 성을 어렵지 않게 손에 넣었다는 소식을 들었다. 따라서 남에게 지기 싫어하는 그가 초조해지지 않을 리 없었고, 사실 자신이 생각하는 스미마타 공략 계획을 노부나가에게 말하고 싶어 견디지 못할 지경이 되었다.

그러나 여기에는 약간의 위험이 따랐다. 만약 입 밖에 내었다가 노부나가로부터 "멍청한 녀석!"하고 남 앞에서 핀잔이라도 당하면 낭패가 아닐 수 없다.

정면으로 공격하면 승산이 없음은 이미 알고 있다. 아무튼 기소 강과 나가라 강을 둘씩이나 건너 그 너머에 성을 쌓아야 한다.

이쪽에서 진출하는 기색이 보이면 다쓰오키는 즉시 대군을 동원할 것이 분명하고, 그렇다고 더 많은 병력을 노부나가에게 요구하는 일도 불가능하다.

이에 곤로쿠는 다쓰오키가 군사를 동원할 수 없도록 만들려면 어떻게 해야 할 것인지를 생각하기 시작했다.

한마디로 말하면 양동 작전이다.

젊은 다쓰오키에게, 미노의 병력을 스노마타로 집중시키면 오다 군이 다른 곳에 침입할 것이다…… 라는 생각을 갖도록 해야 한다. 이런 생각으로 한 가지 계획을 세웠다.

그것은 노부나가에게 진언하여 노부나가의 본성을 미노에서 멀지 않은 고마키 산小牧山에 쌓게 하는 일이었다.

이렇게 하면 다쓰오키는 노부나가가 스노마타보다 훨씬 상류에 있는 이누야마犬山 부근에서 일거에 다쓰오키의 거성인 이나바야마 성을 공격하려는 작전인 줄 알고 절대로 지난번과 같은 대군을 스노마타로 보내지 않을 것이다.

그러나 이 계획은 지나치게 거창한 작전이라고 노부나가가 꾸짖을 것 같아 아직 말을 못 하고 있다.

아무튼 다키가와 가즈마사는 단 한 명의 군사도 다치지 않고 구와나를 손에 넣지 않았는가……

그런데 노부나가도 사실은 이런 생각을 하고 있었다. 노부나가가 지금 애써 마쓰다이라 모토야스를 기요스로 부르려 하는 것도 실은 사전 공작이라 할 수 있다.

노부나가와 곤로쿠의 작전은 규모 면에서 비교도 되지 않았으나, 다만 목표로 삼은 것이 '고마키 산으로의 진출'이라는 점에서는 마찬가지였다.

노부나가가 말로는 분명하게 밝히지 않았다 해도, 그가 미노에 진출했을 때 가장 경계해야 하는 사람은 가이에 있는 다케다 하루노부

武田晴信(신겐信玄)라 생각하고 있었다.

하루노부는 지난 몇 년 동안 신슈信州의 가와나카지마川中島에서 우에스기 겐신과 일진일퇴의 싸움을 벌이고 있으나, 여러 가지 정보를 종합해볼 때 조만간 양군이 승부 없이 군사를 철수시킬 것 같았다.

하루노부가 군사를 철수시키는 이유는 언제까지나 가와나카지마에 미련을 두고 있기보다는 한시라도 빨리 상경하여 천하의 패권을 잡으려는 속셈이 있기 때문임은 두말할 나위도 없다.

따라서 섣불리 미노에 침공하여 점령한다고 해도, 흡사 이마가와 요시모토의 상경 부대와 전력으로 맞서 싸우지 않으면 안 되었던 덴가쿠 골짜기의 싸움 때와 같은 상태에 빠질 위험성이 있다.

다케다 군의 실력은 지난날의 이마가와 군과 비교도 되지 않는다. 아마도 하루노부는 현재 일본에서 가장 싸움을 잘 하는 장수일 테고, 그 인물됨과 식견도 발군이었다. 이러한 하루노부가 기소와 히다飛騨를 석권하고 미노에 나올 경우에는 얼마나 웅대한 계획을 세우고 있을지 알 수 없다. 물론 지금은 슨푸에서 궁색하게 지내고 있는 이마가와 우지자네도 선동하여 데리고 나올 것이 분명하다. 그렇게 되면 이마가와의 세력 밑에 있는 오카자키의 마쓰다이라 모토야스는 어떻게 될까?

이를 그대로 두면 이번에는 다케다 쪽에 서서 역시 이마가와 군의 선봉이 되어, 모토야스의 의사와 상관없이 미카와 가도를 통해 오와리로 공격해 들어올 것이다.

그러므로 어쨌거나 모토야스와 대면해야겠다는 것이 노부나가의 작전이고, 여기까지 알게 되면 중앙으로 진출하려는 노부나가가 계획하는 규모와 치밀성을 이해할 수 있다.

노부나가는 되도록 모토야스와 손잡고 싶은 것이다. 모토야스가 자기 뜻을 이해하고 자신을 도울 만한 훌륭한 인물로 성장했으면…… 하고 마음속으로 합장하고 있다.

모토야스가 다케다와 이마가와의 두 세력을 확실히 제압해주기만 하면 노부나가는 안심하고 본거지를 당장 기요스 북쪽의 이누야마 성 남쪽에 있는 고마키 산으로 옮겨 미노에 대한 공략을 시작할 수 있다.

또한 모토야스와 동맹만 맺는다면 다케다 하루노부 또한 함부로 미노를 공격하지 못한다. 이마가와 군의 힘이 반감되므로 이들에게는 기대할 것이 없기 때문이다.

바꾸어 말하면 노부나가 역시 시바타 곤로쿠와 마찬가지로 고마키 산으로의 진출을 생각하고 있으나, 곤로쿠의 생각은 스노마타에서의 실패를 만회하기 위해서이고 노부나가의 생각은 미노를 공략한 뒤 교토로 진출하기 위해 다케다와 이마가와라는 동방 세력의 움직임을 봉쇄하려는 웅대한 계획의 포석인 것이다.

따라서 노부나가가 사쿠마 우에몬의 실패를 별로 아프게 여기지 않고 오로지 마쓰다이라 모토야스의 방문만을 애타게 기다리는 이유를 알 수 있을 것이다. 노부나가로서는 이 문제가 무엇보다도 먼저 해결해야 할 중요한 과제였다.

'부디 모토야스가 더불어 이야기할 수 있는 인물로 성장해주었으면……'

그러한 마쓰다이라 구란도藏人 모토야스가 기요스에 온 때는 예정보다 약간 늦어진 정월 11일이었다.

이렇게 늦어진 데에는 아주 큰 이유가 숨어 있었다.

마쓰다이라 쪽에서도 노부나가가 분명 모토야스를 죽일 것이므로 절대로 가서는 안 된다는 심한 반대가 있어 의견이 일치되지 않아 출발이 늦어졌던 것이다.

엄선된 가신 스물두 명의 호위를 받으면서 모토야스가 오와리에 들어오자 노부나가는 손에 넣은 지 얼마 안 되는 구와나 성에서 일부러 다키가와 가즈마사를 불러 나고야那古野까지 나가 일행을 맞이하도록 했다.

앞서 가즈마사는 오카자키에 사자로 갔던 일이 있었기 때문에 모토야스와는 구면이었다.

아무튼 지금까지는 견원지간인 오카자키와 오와리였다. 나고야에서 기요스로 들어가 성문에 다다르기까지 양쪽은 몇 번이나 충돌할 뻔한 장면이 벌어졌다.

주위는 구경꾼들로 가득 차고, 기요스의 상인들까지도 말 탄 모토야스더러 들으라는 듯이 악담을 퍼붓는 것이었다.

"저놈이 여섯 살 때 인질로 오와리에 왔던 다케치요로군. 홍, 많이 자랐어."

"맞아. 그때부터 대장님의 부하가 되기로 약속되어 있었던 거야."

"그야 우리 대장님과는 그릇이 다르니까. 그런데 항복하러 온 자로서는 너무 도도하군."

"이 거리를 지나갈 때만 그렇지 성에 들어가면 꾸중을 듣고 굽실거릴 것이 분명해."

그러자 행렬의 맨 앞에 있던 어린아이와 다름없는 앳된 무사가 거침없이 군중들에게 호통을 쳤다.

"모두 길을 비켜라! 우리는 항복하러 온 것이 아니다. 비키지 않으면 목이 달아나도 책임을 지지 않겠다."

그러면서 말하기가 바쁘게 석 자가 넘는 큰 나기나타를 머리 위에서 빙빙 휘둘렀다.

"도대체 저놈은 누구야, 무례하기 짝이.없다! 구경꾼 중에는 상인만 있는 것은 아니야."

"뭣이, 나 말이야?"

그 젊은이는 지나가면서 일일이 구경꾼들에게 눈을 부라렸다.

"나는 미카와의 주군 마쓰다이라 구란도 모토야스 님의 부하 중에서도 이름난 무사인 혼다 헤이하치로 다다카쓰本多平八郎忠勝다. 미카와의 무사는 성질이 거칠다! 길을 비키지 않으면 모두 목을 베어 공중으로 날리겠다."

"어이가 없군, 싸움에 지고도 저 애송이가……"

"그래, 나는 애송이다!"

누군가가 중얼거리자 헤이하치로는 일일이 대꾸했다.

"과연 나는 열다섯 살의 애송이다. 그러므로 목숨 따위는 초개로 알고 있다. 우리 대장에게 악담을 하는 자는 닥치는 대로 목을 날려 버릴 테다."

너무나 기세가 등등하여 개중에는 안색이 변하는 자도 있었다. 만약 노부나가의 엄한 지시가 없었다면 틀림없이 성에 들어가기도 전에 불상사가 일어났을 것이다.

일행은 성문 앞에 닿아 말에서 내려 마중 나온 하야시 사도를 비롯한 시바타, 니와, 스가야 등 중신들 사이를 지나 둘째 성의 현관에 이르렀다.

스물한 살인 모토야스만은 조금도 흐트러짐이 없이 그 둥근 얼굴에 침착성을 띠고 있었으나, 가신들은 언제라도 싸움을 마다하지 않겠다는 듯한 험악한 기세였기 때문에 선두에 선 다키가와 가즈마사는 가슴이 조마조마했다.

이들 일행과 노부나가가 얼굴을 마주치면 당장이라도 불꽃이 튈 듯한 기분이 든다. 불과 불…… 이라기보다도 시퍼런 칼날과 칼날이라고 할 정도여서 바라보는 쪽이 더 불안하여 견딜 수 없었다.

"아……"

가즈마사는 현관으로 들어서는 순간 숨을 죽였다. 뜻밖에도 그 한쪽 칼날인 노부나가가 정면에 버티고 서서 모토야스를 맞이하고 있지 않은가.

더구나 그 노부나가가 느닷없이 큰 소리로 부르며 성큼성큼 현관 마루로 내려왔다.

"오오, 다케치요! 나일세, 킷포시일세. 어릴 때의 모습이 그대로 남아 있군, 정말 잘 왔어."

순간 모토야스의 가신들이 두 사람을 에워싸듯 가까이 다가섰다.

그러나 노부나가는 이런 움직임에는 신경 쓰지 않는 듯했다.

"자, 어서 올라오게! 기다리고 있었어, 무척 기다리고 있었어."

이러한 노부나가에게 모토야스는 정중하게 머리를 숙였다.

"참으로 반갑습니다, 킷포시 님."

그리고 시선이 마주쳤을 때 두 사람의 눈은 빨갛게 젖어 있었다.

"다케치요…… "

"킷포시 님."

용과 호랑이의 제휴

"으음, 부하들이 흥분해 있군."

노부나가가 이렇게 말한 것은 두 사람이 손을 잡고 걷기 시작할 때였다.

"알고 있어, 잘 알고 있어! 모토야스 님은 그대들에게는 더없이 소중한 주군이야. 좋아, 내가 허락할 테니 칼을 지닌 채 따라오게. 모두 엄선을 거친 충성스러운 가신들이겠지. 모토야스 님과 내가…… 하하하, 모토야스라고 하기보다 다케치요와 만났다고 하는 편이 더 실감이 나겠군. 나와 다케치요가 무슨 말을 나누는지 모두 잘 듣도록 하게. 자, 어서 들어가세."

그 한마디는 의심으로 가득 찼던 마쓰다이라 가신들의 마음을 대번에 가라앉혔다.

이날 모토야스를 수행한 사람은 예순이 가까운 우에무라 신로쿠로 우지요시植村新六郎氏義와 열다섯 살인 혼다 헤이하치로 다다카쓰

그리고 도리이 모토타다鳥居元忠, 히라이와 지카요시平岩親吉, 이시카와 가즈마사石川數正, 오쿠보 다다요大久保忠世, 아마노 사부로효에天野三郎兵衛, 고리키 기요나가高力淸長 등은 모두 모토야스의 신상에 만약의 경우라도 생기면 두 번 다시 살아서는 미카와의 땅을 밟지 않겠다고 결심하고 있었다. 따라서 재빨리 그 눈치를 알아차리고 내뱉은 노부나가의 한마디가 얼마가 강하게 이들의 마음을 움직였는지 알 수 있다.

노부나가가 '불러다놓고 죽인다'는 비겁한 생각을 가졌다면 칼을 지닌 채 같이 들어오라고 했을 리 없다. 아무리 말은 정중하다고 해도 반드시 칼은 맡기라고 하는 것이 관례였다. 그러나 칼을 맡긴다면 만일의 경우 힘이 되지 못한다. 이들이 처음부터 눈을 부라리고 말끝마다 싸울 기세로 나온 이유는 상대가 칼을 맡기라고 했을 때,

"그럴 수 없소! 우리는 아직 당신들을 믿을 수 없으므로 거절하겠소."

라고 단호하게 말하기 위한 예비 동작이었던 것이다.

그런데 노부나가는 스물두 사람이 칼을 가진 채 들어와 함께 이야기를 들으라고 한다.

'과연 비범한 대장이다.'

근본이 고지식한 미카와 무사인 만큼 완전히 노부나가의 기질에 매료되어 대번에 친근감이 생겼다.

물론 그 뒤에도 두서너 번의 사소한 일이 발생했으나 그것은 이미 문제가 되지 않아 미카와 무사의 경계심은 완전히 풀려버렸다.

그러나 노부나가 쪽에서는 그렇게 단순한 문제가 아니었다.

이미 분명하게 천하에 뜻을 둔 노부나가였다. 그리고 지금 마쓰다이라 모토야스가 그러한 노부나가의 오른팔로서 평생 동안 신뢰하고

제휴할 수 있는 인물인지 아닌지를 시험해야 하는 것이다.

'겉으로 보기에는 훌륭한 젊은이로 성장했으나……'

노부나가는 여덟 살 아래인 모토야스를 넓은 방의 상좌에 자기와 나란히 자리잡게 했다.

"모토야스, 그동안 괴로웠을 거야. 나는 잘 알고 있어."

우선 이렇게 말하고 날카로운 시선으로 상대의 눈을 응시했다.

'대관절 이 괴로움이라는 의미를 어떻게 받아들일 것인가?'

이것이 노부나가의 첫번째 시험이었다.

모토야스는 단정히 두 손을 무릎 위에 얹고 긴 눈을 노부나가에게 향한 채 대답했다.

"난세에서는 부득이한 일. 우지자네가 분노하리라는 것은 충분히 각오하고 왔습니다."

노부나가는 가슴이 뭉클했다.

이것으로 대답은 충분했다. 12년 동안에 걸친 인질 생활의 쓰라림이나 처자가 살해될지도 모르는 불안 등은 직접 말하지 않고 노부나가와 동맹하면, 멋대로 자란 우지자네가 불같이 노할 것이다. 그러나 지금은 난세인 데다 양쪽 모두 편들 수는 없기 때문에 충분히 각오하고 왔다는 것이다.

"으음, 물론 그 점에는 허술함이 없겠지만 만일의 경우에라도 처자가 살해되는 일이 생겨서는 안 되지. 대책은 강구해놓았나?"

모토야스는 똑같은 자세, 똑같은 표정으로 조용히 고개를 저었다.

"염려하지 마십시오. 그때는 그때입니다."

"으음, 자신은 있으나 지금은 말할 수 없다는 거로군."

"그렇습니다."

"모토야스."

"예."

"우리가 가니에 강에서 나눈 이야기를 기억하고 있나?"

모토야스는 싱긋 웃으며 대답했다.

"강추위에 벌거벗은 채 강물에 던져져 물을 먹었지요."

"하하하…… 그것은 갓파河童를 잡기 위해서였지. 그 전에 내가 자네한테 한 말이 있네."

"노부나가 님은 일본 전체를 평정하겠다고 하셨습니다."

"바로 그 일일세, 모토야스. 나는…… 그때의 킷포시는 자네와 약속한 대로 지금 천하를 향해 움직이기 시작했네."

그러자 모토야스는 잠시도 지체하지 않고 즉석에서 대답했다.

"그 뜻을 알기에 이 모토야스도 약속대로 기요스에 왔습니다."

"오, 정말 그렇군."

"노부나가 님, 그때의 약속은 미카와 동쪽은 다케치요가 평정하고, 오와리 서쪽은 킷포시 님이 평정하겠다는 것이었지요?"

"그래, 그것이었지!"

"그 시기가 다가왔습니다. 미카와에서는 이 다케치요가 굳게 지키고 있으므로 이마가와나 다케다, 호조 중 누구를 막론하고 절대로 그냥은 지나가지 못합니다. 킷포시 님은 속히 이세에서 오와리로 나가십시오. 누군가가 천하를 장악하지 않으면 백성들이 불쌍합니다."

노부나가는 무릎을 탁 쳤다.

"나는 할 말이 없네."

"아니, 무어라 하셨습니까?"

"내가 먼저 그 말을 하려고 했네. 그러나 자네가 먼저 말했으니 나는 할 말이 없어졌어. 좋아! 자네와 나의 경계선은 나중에 가신들에게 정하라고 하세. 그렇게 하면 자네는 서쪽에 대해서는 이미 걱정할 필요가 없네. 속히 동쪽으로 진출하여 무너져가는 요시모토의 영지를 다른 사람에게 빼앗기지 않도록 하게."

"그 점은 충분히 고려하고 있습니다."

"알고 있다는 말이지. 하하하…… 나에 대해서는 염려하지 않아도 좋아. 이미 이세에는 돌파구를 만들어놓았네. 미노도 가을까지는 결말이 나겠지. 오와리의 형과 미카와의 아우가 도카이東海, 긴키近畿를 제압하도록 하세."

"알겠습니다."

"만약 강한 적을 만나게 되면 언제든지 사자를 보내게. 이 노부나가가 자랑하는 군사를 빌려주겠네."

"이 모토야스 역시 만약의 경우에는 자랑스러운 우리 미카와 무사를 파견하겠습니다."

"미카와와 오와리가 굳게 손을 잡으면 천하에 당할 자가 없을 거야."

"그래서 제가 기요스에 온 것입니다."

"왓핫핫하, 참으로 유쾌한 일이야."

두 사람이 입을 모아 웃기 시작했을 때, 도키치로가 이렇게 될 줄 알았다는 얼굴을 하고 나타났다.

"우리 대장님에게 말씀드립니다."

"그래 무슨 일이냐, 도키치로?"

"먼 길을 오신 손님이 시장하시리라 생각합니다. 마쓰다이라 가문과 밀접한 두루미 국을 준비했으므로 상을 올리려고 합니다마는……"

"뭐, 소나무(마쓰다이라를 가리킴)에 두루미를? 그렇다면 바로 가져오너라."

"예."

"술도 아끼지 마라. 귀한 손님이시다. 형제야. 미카와의 아우가 옛날을 잊지 못하고 멀리 오와리로 형을 찾아왔어. 이렇게 기쁜 일이 또 있겠느냐. 부하들에게도 융숭하게 대접하거라."

"알겠습니다."

"여보게, 가신들. 들었겠지만 중요한 이야기는 대강 끝났어. 느긋하게 쉬면서 그대들의 무용담이라도 들려주게. 마음을 푹 놓고 편히 쉬게!"

노부나가는 손을 흔들면서 이렇게 말하고 천장이 울릴 정도로 크게 웃었다.

거듭된 실패

드디어 오다와 마쓰다이라 양가의 동맹이 성립되었다.

그것도 노부나가에게는 강력한 힘이 되는 방향으로……

마쓰다이라 모토야스는 노부나가가 소문으로 듣고 첩자를 내보내 얻은 정보보다 훨씬 더 믿음직스러운 대장부로 성장해 있었다.

아마도 이 부근에는 모토야스만한 젊은이가 없을 것이다. 노부유키나 요시타쓰와 같이 아버지의 위광으로 빛을 본 무리와는 전혀 달리 강인한 견실성을 가지고 있다.

'참으로 대단한 인물을 발굴했다!'

노부나가가 성난 파도나 사나운 말과도 같은 면을 지니고 있는데 반해 모토야스는 유유히 흐르는 강물과 같은 조용함을 간직하고 있었다.

더구나 그의 명민함은 노부나가의 뜻을 충분히 이해하고도 남음이 있었다. 아니, 그 뜻에 공감하여 고통과 장해를 극복하고 손을 뻗어

왔다고 하는 편이 더 정확할 것이다.

이렇게 되자 이번에는 드디어 미노로 진출하기 위한 발판인 스노마타 성을 축조할 차례였다. 미카와와의 경계가 확정됨에 따라 노부나가는 곧 시바타 가쓰이에를 불러 축조를 명했다.

"곤로쿠, 그대는 지난 정월에 가슴을 두드리며 장담했듯이 즉시 스노마타의 축성에 착수하라."

"알겠습니다. 덧붙여 말씀드립니다마는 고마키 산에 따로 성을 하나 축조하도록 허락해주십시오."

"뭣이, 고마키 산에?"

노부나가는 곤로쿠가 자기 생각과 똑같은 말을 하자 저도 모르게 입가에 미소가 떠올랐다.

"고마키 산에 성을 쌓아 어떻게 하겠다는 것인가?"

"적의 시선을 양쪽으로 분산시킨 뒤 스노마타에 진출할까 합니다."

"허어, 그대로서는 아주 훌륭한 착안이로군. 좋아, 고마키 산의 축성은 내가 직접 맡겠다. 그러면 적은 내게 정신이 팔려 지난번과 같은 대군은 동원할 수 없겠지. 알겠어! 알겠으니 그대는 곧 스노마타에 대한 준비를 서두르도록."

"알겠습니다."

이리하여 시바타 곤로쿠 가쓰이에는 다시 수많은 재목을 베어가지고 스노마타로 향했다.

계절은 벌써 5월로 접어든 늦봄이었다. 이번에는 군사보다 인부를 더 늘려 무사히 두 군데의 강을 건넜다.

스노마타의 곤로쿠는 고마키 산에도 재목을 운반하게 하고 망치 소리를 크게 울려 적의 주의를 그쪽으로 돌린 줄로 계산했기 때문에,

강을 건너자 곧바로 공사에 착수했으나 이때도 역시 적의 저항은 완강했다.

매일같이 뭍에서 야습이 계속되었으므로 이에 대비하는 동안 별안간 강의 상류와 하류에서 배로 기습을 감행해오기도 했다.

"아뿔싸, 강에서 공격해오는구나."

배수의 진을 친 후방으로부터 공격을 받고 서둘러 뭍에 올라가 반격하려 했으나 여기에도 또한 지금까지의 야습 때보다 몇 배나 많은 약 3천의 군사가 철포대를 앞세우고 나타났던 것이다.

"물러서지 마라! 이 정도의 적에게 패해서는 안 된다."

곤로쿠는 평소의 기질대로 미친 듯이 진두에 서서 지휘했으나 군사보다 인부가 더 많은 부대를 통솔하기란 용이한 일이 아니었다.

맨 먼저 인부들이 도망가는 바람에 대열이 무너지고, 협공을 받아 꼼짝도 못하게 된 시바타 군은 순식간에 전멸의 위기를 맞았다. 그리하여 사쿠마 우에몬 때보다 한층 더 심한 고전을 면치 못했다.

참패 일기

"후퇴하지 마라. 도망치는 자는 아군이라도 목을 칠 테다!"

시바타 곤로쿠 가쓰이에는 불같이 노하여 앞뒤로 말을 달렸다.

언제나 진두에 서서 아수라처럼 싸우지 않으면 직성이 풀리지 않는 곤로쿠가 앞뒤로 적을 만났으므로 제정신이 아니었다.

아니, 앞뒤의 적 이상으로 곤로쿠를 초조하게 만드는 것은 노부나가의 환상이었다.

노부나가 앞에서 "이번에야말로!" 하고 호언장담하며 고마키 산에 성을 쌓도록 청하고, 부장副將으로 오다 가게유織田勘解由까지 데리고 이 스노마타에 온 곤로쿠가 아니었던가.

그런데도 겨우 스무 살이 될까말까한 다쓰오키에게 패하고,

"또 졌습니다."

이렇게 돌아가서 보고한다면 그야말로 살아 있을 면목이 없는 것이다.

'그렇더라도 배를 이용하여 강에서 공격해오다니……'

"부딪쳐라, 뗏목을 적의 배에 부딪쳐 배를 빼앗아라."

곤로쿠는 강가에 이르러 고래고래 외치면서 다가오는 적을 베고 뭍으로 돌아왔다.

"도망치지 마라! 뒤에는 강이 있다. 강에는 수많은 적이 있다!"

다시금 우왕좌왕하는 아군을 독려하며 질타하고 있는 동안 또 다른 기습 부대를 만나고 말았다.

장마철에 접어들어 하늘은 캄캄했다. 그러므로 강 한가운데 있는 배의 모닥불이 수면에 반사되어 더욱 적의 기세가 오르는 것 같았고, 뭍에도 점점 모닥불의 수가 늘어갔다.

인부가 섞인 아군은 그 불빛만 보고도 완전히 넋을 잃고 있을 때 이번에는 하류의 시모주쿠下宿 숲에서 밤하늘을 뒤엎는 함성이 들렸다.

앞뒤로 적을 만나 이미 승부는 결정된 것이나 다름없는데, 또다시 밀려오는 하류의 복병은 퇴로를 끊었다는 마지막 쐐기를 박는 것과 마찬가지였다.

어쨌거나 이 얼마나 교묘한 적의 야습이란 말인가. 물론 이 계획은 젊은 다쓰오키 혼자만의 머리에서 나온 작전은 아닐 것이다. 이렇게 되자 싸움에 익숙한 미노의 노신들에게 오다의 작전이 속속들이 간파되었다고 할 수밖에 없다.

하기야 적에게도 히네노 빗추日根野備中와 오사와 마사시게大澤正重, 나가이 가이長井甲斐, 안도 이가安藤伊賀 등 노련한 싸움의 명수들이 즐비했고, 첩자를 통해 고마키 축성의 저의도 완전히 알려진 것이 분명하다.

하류의 함성은 곧 총성으로 변했고 또한 여기에 수많은 횃불의 행렬이 뒤따랐다.

야습이 무서운 점은 캄캄한 밤을 이용한 용병用兵에 있다. 그러나 일단 상대를 공포에 빠뜨린 뒤에는 불길로 포위하여 전의를 상실하게 만든다.

적은 이것을 가증스러울 만큼 잘 알고 있다. 강은 잇따라 내려오는 배의 불빛으로 가득 찼고, 배후도 하류도 수많은 불빛으로 넘실거렸다.

이렇게 되면 도망갈 곳은 상류뿐이라는 대답이 나온다. 그런데 상류로 도망치는 일은 시바타 군에게는 가장 불리하고 적에게는 가장 유리하다.

포위전에는 반드시 어느 한쪽에 퇴로를 만들어놓는 것이 전술의 상식이었다. 완전한 섬멸 작전은 적을 궁지에 몰린 쥐로 만드는 꼴이라 도리어 아군의 손실을 더 크게 하기 때문에, 싸움에 능한 자는 이 전술을 쓰지 않는다.

이 점을 너무도 잘 아는 시바타 곤로쿠인 만큼 더욱 분한 마음이 가중될 뿐이다.

상류로 쫓겨가 거기서 물속에 갇히게 되면 인부들은 적의 배에 매달려 항복할 테고, 반항하는 자는 목이 잘리거나 익사할 것이 틀림없다.

게다가 운반해 온 자재는 고스란히 적에게 헌납하는 결과가 되고, 10여 일에 걸쳐 쌓은 성의 토대는 거꾸로 적이 사격용 보루로 이용할 것이므로 통탄스럽기 짝이 없다.

이것을 알면서도 상류로 도망치지 않을 수 없는 실정이었다.

"도리가 없다! 조금이라도 더 상류로 올라가서 헤엄쳐 강을 건너도록 하라."

이미 그 무렵에는 정신없이 도주하는 아군의 그림자가 그물 안의 물고기처럼 보이기 시작했다. 그 정도로 적의 횃불이 좁혀져오고 있었다.

축하의 도미

시바타 곤로쿠 가쓰이에가 말을 탄 채 강을 건너 오와리 쪽 기슭에 올라왔을 때는 스스로도 눈을 가리고 싶을 만큼 처참한 모습이 되어 있었다.

날은 밝아오기 시작했으나 여기에 다섯 명, 저기에 일곱 명씩 무리 지어 있는 부하들은 물에 빠진 생쥐처럼 입술이 파랗게 되어 부들부들 떨고 있었다.

이때 뚝뚝 빗방울이 떨어지기 시작했다.

'어떠냐, 손을 들었느냐……'

날씨까지도 곤로쿠를 조롱하는 듯했다.

비가 내리기 시작하는 것으로 보아 이 비가 그대로 장마로 이어질지 모른다. 그렇게 되면 강물이 부쩍 늘어나 아무리 저돌적인 무사라도 강 건너의 스노마타를 넘볼 엄두를 내지 못한다.

'무슨 일이 있어도 스노마타는 빼앗기지 않겠다.'

아군의 작전을 간파하고 있는 적이 작정하고 있으므로 손을 쓸 방법이 없다.

부장인 오다 가게유는 아무리 기다려도 모습을 나타내지 않았다. 혼전을 벌이다가 전사한 것이 분명하다.

'이번에는 할복을 면할 수 없다.'

그래도 날이 밝아짐에 따라 잇따라 상류와 하류에서 모여드는 인원을 점검해보니 적에게 생포된 자는 주로 인부들이어서 이럭저럭 병사의 3분의 2는 살아남아 있었다.

그나마 다행으로 여기고 노부나가 앞에 질타를 받으러 돌아가는 수밖에 없다.

'생각은 그때 가서 하기로 하자……'

남은 병사들을 모아 기소 강을 다시 한 번 건너 맥없이 기요스 성으로 돌아오자 뜻밖에도 노부나가는 화를 내지 않았다.

"어떠냐 곤로쿠, 버드나무 밑에 미꾸라지는 없더냐?"

"예, 아무…… 아무 말씀도 드릴 것이 없습니다."

"못난 것, 변명하지 않아야 무장이라고는 생각지 마라. 이겨서 목적을 달성하는 것이 무장의 역할이다."

"그러므로……"

말하기 시작하자 노부나가는 이를 가볍게 제지하였다.

"또 중이 되겠느냐? 허락하지 않겠다."

할복이란 말을 하기도 전에 먼저 중이 되겠느냐고 묻는 바람에 곤로쿠는 눈이 빨개져 고개를 떨구었다.

"가게유는 전사한 모양이지?"

"예…… 예."

"좋아, 물러가서 쉬거라! 경거망동은 용서할 수 없다."

노부나가는 이 말만을 하고 곤로쿠를 물러가게 한 뒤 전에 없이 침통한 표정으로 천장을 노려보며 생각에 잠겼다.

"원 이런, 시바타 님은 벌써 물러가셨군요."

이때 도키치로가 시동에게 밥상을 들려가지고 들어왔다.

"원숭이로군. 나는 아무도 부르지 않았어."

"그러나 이미 저녁때, 또 시바타 님과 여러 가지로 나누실 말씀도 있을 것 같기에 저녁상을……"

"상을 둘 가져왔구나."

"예, 그렇습니다. 잘못되었습니까?"

"원숭이!"

"예."

"너는 곤로쿠가 오늘 내 앞에서 밥을 목구멍으로 넘길 수 있다고 생각하느냐?"

"황송합니다마는……"

도키치로는 시동에게 눈짓하여 상을 그 자리에 놓게 했다.

"싸움에는 승패가 따르게 마련이기 때문에……"

"뭣이, 승패가 따르게 마련이기 때문에 패해도 좋다는 말이냐?"

"아닙니다. 일단 패하기는 했으나 실망하지 말고 다음 작전을 짜야 한다…… 이렇게 생각하고 상을 가져오게 했습니다."

도키치로는 천연덕스럽게 말하고 그 자리에 앉았다.

"상 하나는 주군 앞에……"

도키치로가 시동에게 말했다.

"나머지 하나는 필요치 않다. 왜 물리지 않느냐?"

노부나가는 화가 난 표정으로 말했다.

"명령이시라면 물리겠습니다마는, 모처럼 차린 상이므로 허락하신다면 제가 대신……"

"원숭이!"

"예."

"너는 내게 할 말이 있구나."

"그렇습니다. 그러나 상을 물리라고 하시면……"

노부나가는 어이없다는 듯이 넉살 좋은 도키치로의 얼굴을 바라보다가 그의 뜻을 받아들였다.

"좋아, 겸상하도록 하자."

"예, 감사합니다."

"그러나 아직 젓가락을 대면 안 돼. 먼저 내 질문에 대답하거라. 그 대답이 마음에 들지 않으면 내일 아침까지 굶어야 한다."

"알겠습니다. 주군의 명이시라면 이틀, 사흘이라도 굶겠습니다."

"원숭이!"

"예."

"너는 이번 싸움의 패인이 어디에 있다고 생각하느냐?"

"원 이런, 주군은 벌써 알고 계실 텐데요."

"뭐, 내가 알고 있다고……?"

"그렇습니다. 지난번 사쿠마 님 때에는 적이 육지로밖에 공격하지 않았습니다. 그러나 이번에는 기소 강 상류에서, 더구나 이누야마 성보다도 상류에 있는 우누마 부근에서까지 배를 모아 나가노 강으로 보내 상류로부터 공격해 내려왔습니다. 그런데도 이것을 이누야마 성에서 전혀 깨닫지 못했다니 이상한 일입니다."

"으음."

노부나가는 나직이 신음하고 시동들에게,

"너희들은 물러가 있거라. 할 이야기가 있다."

라고 말하면서 몸을 약간 앞으로 내밀었다.

"도키치로……"

"예. 그런데 원숭이가 도키치로로 바뀌었군요."

"쓸데없는 소리를 하고 있을 때가 아니야. 그러면 너도 이누야마 성의 노부키요信淸가 다시 미노에 눈짓을 보내고 있다고 생각하느냐?"

"글쎄요. 그것까지는 알 수 없습니다마는 아무튼 상류인 우누마에서 배를 모아 운반하고 있는 사실을 몰랐다거나 또는 알리지 않았다면 믿을 만한 분이 못 되는 듯합니다."

노부나가는 이 말에 대해 대답하지 않았다.

"원숭이!"

그러면서 좀더 다가앉았다.

"네가 나서거라!"

도키치로도 다가앉으며 묘한 눈으로 노부나가를 쳐다보았다.

아마도 이 일은 도키치로에게 있어서 그 생애의 운명을 결정할 순간이었음이 틀림없다. 야심이 감춰진 두 눈동자가 소리를 내며 불을 토하는 듯한 순간이었다.

"주군!"

"생각하는 바가 있을 테니 말해보라."

"이누야마 성은 미노와 내통하고 있었기에 오다 가문이 자랑하는 사쿠마와 시바타 두 중진이 실패했습니다."

"그래!"

"적에게 고마키 축성의 저의를 간파당한 채 이대로 물러서면, 오다 가즈사노스케 노부나가의 체면이 손상되고 적에게 멸시를 받게 될 중대한 고비임을 깨달으셨군요."

"물론이다!"

"그러나 가신 중에는 이 일을 훌륭하게 해결할 자가 없으므로 저더러 해보라는 말씀이겠지요?"

"말이 많구나, 원숭이!"

"예, 그렇습니다."

도키치로는 사람이 달라진 듯이 단호하게 말했다.

"저는 지금까지 주방만을 담당했을 뿐 아직 군사를 지휘할 수 있는 권한은 갖지 못했습니다. 그러나 일단 이 일을 맡기신다면 다른 장수들에게 지지 않겠습니다. 따라서 일을 맡기 전에 우선 조건을 말씀드리지 않을 수 없습니다."

"뭣이, 조건?"

"그렇습니다. 이 도키치로는 이례적으로 발탁된 자, 그러므로 실패했을 경우 다른 장수들처럼 뻔뻔스럽게 돌아오지는 않습니다. 그렇게 하면 주제도 모르고 우쭐거리는 천치 같은 놈이라고 몰매를 맞게 될 것입니다. 따라서 어떤 일이 있어도 반드시 스노마타에 성을 쌓고야 말겠습니다. 그렇기 때문에……"

"알겠다. 그 조건이 무엇이냐?"

"제가 필요로 하는 것을 마련해주십시오."

"그야 말할 나위도 없는 일이 아니겠느냐."

"그리고 주군은 절대로 간섭하시지 말 것."

"좋아, 네 재량껏 해보거라."

"또 하나 있습니다. 그런데 이것은 약간 어려운 일입니다."

"으음, 말하거라, 그것도."

"제가 살아 있는 한 반드시 성을 쌓겠습니다. 그러므로 제가 쌓은 성은 물론 빼앗은 영지도 고스란히 이 도키치로에게 주십시오."

"뭐라고?"

노부나가는 눈을 크게 떴으나 곧 빙긋이 웃었다.

"평생 동안 내 말고삐를 잡겠다고 하더니 이제는 다이묘가 되고 싶다는 말이냐?"

"그렇습니다. 그렇지 않으면 이 역할을 감당할 수 없습니다."

"좋아!"

노부나가는 큰 소리로 말하고 가슴을 두드렸다.

"세 가지 조건 모두 분명히 들어주겠다! 그런데…… 병력은?"

"삼백!"

"뭐, 삼백…… 삼백이 아니라 삼천일 테지?"

"아니, 삼백입니다!"

"으음, 그렇다면 원하는 것은 돈이겠군."

"그렇습니다. 금화 오백 냥과 동전 오백 관."

"그 밖에는?"

"하치스카 히코에몬 마사카쓰蜂須賀彦右衛門正勝! 이상의 것만 주신다면 나머지는 재목 하나, 돌 하나도 오와리의 것을 축내지 않겠습니다."

노부나가는 깊이 숨을 들이마신 채 잠시 동안 내쉬려고도 하지 않았다.

하치스카 고로쿠小六를 달라는 말에 대강 짐작이 가기는 했으나, 그렇더라도 고작 삼백의 병력과 금화 오백 냥, 동전 오백 관이라니 도대체 무슨 생각을 하고 있는지 도무지 알 수가 없었다.

그러한 노부나가를 바라보면서 이윽고 도키치로도 빙긋 웃었다.

"주군 그것만 주시면 이 도키치로는 머지않아 주군이 미노 일대를 반드시 손에 넣으시도록 훌륭하게 기반을 닦아놓겠습니다."

어느 틈에 주위가 어두워지고 장마철의 빗줄기가 요란하게 처마를 때리기 시작했다.

"좋아, 지휘권을 주겠다."

노부나가가 말했다.

"젓가락을 들어라, 도키치로!"

"참으로 감사합니다. 모처럼 차려온 저녁이므로 불을 밝히도록 하겠습니다."

도키치로는 다시 전과 같은 얼빠진 원숭이의 표정으로 돌아가 탁탁 손뼉을 쳤다.

놀랍게도 촛대 밑에서 다시 보니 밥상에 도미가 올라와 있었다. 제철이 좀 지나기는 했으나, 처음부터 자신을 축하하는 데 쓰려고 마련한 것임이 분명했다.

노부나가는 도미 머리를 탁 치면서 하하하 웃었다.

"원숭이, 재빠른 녀석이로군."

"예. 선수를 치면 상대를 제압할 수 있다. 병법에서는 이것이 기본 중의 기본입니다."

군사軍師와 귀재鬼才

하치스카 고로쿠 마사카쓰는 다섯 살인 적자 쓰루마쓰鶴松(후의 이에마사家政)에게 목검을 들게 하여 집에서 검술 연습을 시키고 있었다.

밖에는 비가 내리기 때문에 활을 쏠 수 없다. 그래서 검술을 가르치며 때때로 어린것의 머리를 때리곤 하는 모습을 보고 아내인 오마쓰阿松도 때때로 마사카쓰를 향해 고개를 내저었다.

"그렇게 하면 무술을 싫어하는 아이가 될 거예요."

말로는 할 수 없는 비난을 눈으로 호소하자 고로쿠는 웃으면서 대답했다.

"울기라도 하면 그만두려고 했는데 좀처럼 울지 않는군, 이 녀석이."

"당신을 닮아서 그래요."

"나보다는 그대가 더 고집이 강해. 이 녀석은 그대를 닮았어."

"누가 들으면 웃겠어요. 지난번에도 히비노日比野 님이 미노와 오와리 일대에서 가장 고집스러운 사람은 사이토 도산이었으나 지금은 기요스의 주군과 당신이라며 웃었어요."

"말도 안 되는 소리야. 나는 고집스럽지 않아. 참, 그러고보니 마에다 마타자에몬 님의 부인 이름도 그대와 같은 오마쓰인데 고집이 여간 아닌 모양이더군. 두 사람은 소나무(오마쓰는 일본어로 소나무를 뜻한다)는 소나무지만 비틀어진 노송인 것 같아."

고로쿠가 현재 노부나가에게 받는 녹봉은 겨우 오십 관. 그러나 원래부터 이 하치스카 마을을 소유하고 있었기 실제로는 상당히 부유했다.

그리고 아내인 오마쓰는 같은 오와리의 마스다益田 장원에 삼천 관을 영유하고 있는 마스다 다로자에몬 모치마사太郎左衛門持正의 딸로, 고로쿠가 방문했을 때 한눈에 반해 아내로 삼았다는 연애담을 가진 부부였다.

물론 세상에서는 그렇게 말하지 않았다.

"고로쿠가 마스다를 협박하여 빼앗은 거야."

결혼이라면 정략결혼밖에 없던 난세이므로 서로 좋아서 부부가 되었다는 것을 세상에서는 잘 믿지 못했다. 그러나 뒤집어 말하면, 다이묘나 호족에게는 자유롭지 못한 연애가 노부시이기에 가능했다고 할 수 있다.

"쓰루마쓰, 어디 한번 아버지를 멋지게 가격해보거라."

오마쓰가 아들에게 큰 소리로 말했을 때였다.

"형님, 수상한 행렬이 이 마을로 오고 있어요. 방심하면 안 되겠어요."

비를 맞으면서 허둥지둥 처마 밑으로 뛰어든 사람은 고로쿠의 동생 마타주로又十郞였다.

"뭣이, 수상한 행렬이?"

자신도 모르게 그쪽으로 돌아서는 순간 다섯 살 된 쓰루마쓰가 목검으로 아버지의 가슴을 냅다 찔렀다.

"앗, 내가 졌어!"

"호호호."

"웃을 일이 아니야. 그런데 어떤 행렬이냐?"

"지금 사람을 보냈어요. 어쨌든 말 삼사십 필에 무언가를 싣고 약 삼백 명이 무장을 하고 창을 든 아시가루足輕 같은 자들이……"

"뭐, 삼백? 알겠다, 얼른 문을 닫도록 하라. 오마쓰, 쓰루마쓰를 데리고 물러가도록."

"예. 그런데 무슨 일일까요? 설마 싸움은……"

오마쓰가 이렇게 말하면서 아들의 머리띠를 풀어주고 있을 때였다.

"고로쿠! 고로쿠!"

어느 틈에 말을 타고 문 안으로 들어와 큰 소리로 부른 사람은 도키치로였다.

"아, 도키치로군."

"고로쿠, 내가 부하들을 데리고 왔다고 해서 놀랄 필요는 없네. 이 집은 넓으니까 삼백 명이 아니라 오백 명도 충분히 수용할 수 있을 거야."

도키치로는 훌쩍 말에서 내려 깜짝 놀라는 마타주로에게 그대로 고삐를 건넸다.

"마구간으로 데려가게. 나는 지금부터 형님과 중요한 이야기를 해야 해."

이렇게 말하고는 얼른 짚신을 벗고 다실茶室로 올라갔다.

오마쓰는 아들을 끌어안은 채 안도의 숨을 내쉬었다.

"어서 오세요. 그러나저러나 깜짝 놀랐어요. 싸움이 벌어져 적이 쳐들어온 것은 아닌가 하고."

"부인, 어쨌든 곳간을 열고 취사 준비를 해주십시오. 경우에 따라서는 저 삼백 명이 당분간 이 집에 머물러야 할지도 모르니까요."

도키치로는 태연스럽게 말했다.

"고로쿠, 자네 거실로 가세. 사람들을 모두 물러가게 하고."

고로쿠 마사카쓰는 그만 긴장한 얼굴이 되었다.

히요시마루日吉丸이던 소년 시절부터 마음을 허락하고 있던 사이였다.

그러나 주방에서 일하며 부하라고는 젊은 무사 두 사람밖에 거느리지 못했던 도키치로가 삼백이나 되는 인원을 데리고 나타나 이들이 자기 부하라고 하므로 놀라는 것도 무리가 아니었다.

그러나 고로쿠는 하라는 대로 먼저 거실에 들어와 문을 닫고 앉으면서 물었다.

"어떻게 된 일인가, 도키치로?"

도키치로는 고로쿠 앞에 천천히 가부좌를 틀고 앉아 비로소 히죽 웃었다.

"고로쿠, 나는 주군으로부터 자네 목숨까지 받아가지고 왔어."

"뭐, 나를? 느닷없이 그게 무슨 소리인가?"

"이런 이야기는 느닷없이 말하는 편이 좋아. 원래 인간의 행운과 불운은 미리 예고하고 찾아오는 것이 아니야. 언제나 갑자기 찾아오는 것이지."

"또 자네의 그 못된 버릇이 나오는군. 확실하게 말하게."

"좋아, 말하지. 자네도 나도 이쯤에서 다이묘가 되어야 한다는 말일세."

"뭣이, 다이묘가?"

"그래. 그렇지 않으면 주군의 큰 사업, 또 자네의 조상 대대로 내려오는 근왕勤王이란 큰 뜻을 이룰 수 없어."

고로쿠 마사카쓰는 '근왕' 이란 말을 듣자 깜짝 놀라 자세를 바로했다.

"자네는 무슨 큰 일을 맡아 가지고 온 모양이군."

"그래."

도키치로는 딱 잘라 대답했다.

"이 어려운 세상에서 팔짱만 끼고 있으면 다이묘가 될 수 없어."

"무슨 일을 하려는지 그것부터 말하게!"

"아니, 그러면 순서가 맞지 않아."

"순서가…… 어떻게 맞지 않는다는 말인가?"

"할 것인지 아닌지 자네의 각오부터 알아보고 나서 내가 결정할 문제야. 자네의 각오를 알기 전에는 중요한 기밀을 누설할 수 없어."

"으음…… 그럼, 나더러 어떻게 하라는 말인가?"

"우선 이 도키치로의 질문에 대답하게."

"좋아, 무엇이든 물어보게."

"자네는 오와리부터 미노에 걸쳐 부하를 모두 얼마나 가지고 있나? 오와리에 대해서는 알고 있지만 미노 쪽은 잘 몰라. 미노에는 우선 하타가와溠川의 히비노 로쿠타유日比野六太夫가 있을 테지?"

"그래."

"다음은 시노기篠木의 가와구치 히사스케河口久助, 시나노科野의 나가에 한노조長江半之丞, 고바타小幡의 마쓰하라 다쿠미노스케松

原內匠介와 이나다稻田의 오이노스케大炊助, 가시와이柏井의 아오야마 신스케青山新助 그리고 마스다의 자네 장인 밑에도 꽤 있을 테지. 모두 합하면 이럭저럭 3천은 되지 않을까?"

"이들만으로는 3천이 좀 부족해. 이 밖에 미노의 영내에 있는 우누마의 하루타春田, 사기야마의 스기무라杉村, 이노구치의 모리자키森崎와 가와즈川津의 다메이爲井, 야나이즈柳津의 야나쓰梁津를 합하면 5천 정도 되겠지. 그런데 그들을 어떻게 하겠다는 생각인가?"

"모두 영주를 가진 어엿한 인물로 키워볼 생각이네. 근왕 정신이 투철한 영주를 갖게 한다면 이의가 없겠지."

"으음."

"이들은 모두 자기 고장의 토호이므로 생활에는 걱정이 없겠지만 그렇다고 이대로 내버려두면 천하가 평정된 뒤 혼란의 원인이 될 거야. 올바른 영주를 갖게 하는 일에 자네가 앞장서서 힘을 써야 해."

"그 말은 옳아. 그런데 주군이 될 사람은 누구인가?"

"그것이 문제인데……"

여기서 드디어 도키치로는 불을 내뿜는 듯한 눈빛을 발했다.

"주군은 바로 이 기노시타 도키치로! 알겠나, 고로쿠?"

"뭐라고! 자, 자네란 말인가?"

"고로쿠!"

도키치로는 상기된 목소리로 이야기했다.

"물론 자네도 포함해서일세. 이제 자네는 내게 목숨을 맡기지 않으면 안 되겠어. 그런 각오가 되어 있지 않으면 이후의 이야기는 말할 수 없네. 오와리에서 미노 일대에 걸친 노부시野武士들이 모두 벼슬을 얻게 하여 과연 유서 깊은 근왕 일변도인 가문의 자손이었다는 칭송을 받을 텐가, 아니면 지금까지처럼 세상을 소란케 한다는 지탄을 받는 노부시로 내버려둘 텐가, 이것은 오로지 지도자인 자네 한 사람에게 달려 있네. 분명한 대답을 듣고 싶네."

하치스카 고로쿠는 한동안 멍청한 얼굴로 도키치로를 바라보았다.

농담이 아닌 듯하다.

전에는 정중하게 노부나가를 위해 일하라고 했던 도키치로가 이번에는 동료와 부하를 모두 규합하여 자기 부하가 되라고 한다.

대관절 도키치로는 가진 것이 얼마나 될까?

주방 책임자의 녹봉은 고작 삼십 관이나 오십 관 정도에 불과할 텐데……

"기노시타!"

"말하게, 고로쿠."

"그럼, 자네는 모두에게 어떤 일을 하게 하여 먹고 살 수 있게 하겠다는 말인가?"

"그런 걱정은 하지 말게."

"그렇다면 여기 데리고 온 삼백 명이 그 자본이란 말인가?"

"또 있어. 금화 5백 냥에 동전 5백 관. 이 정도의 자본으로 한두 지방도 손에 넣지 못한다면 어떻게 천하를 위한 일을 할 수 있겠나."

"금화 5백 냥에 동전 5백 관?"

"그래. 언제까지 오천이나 되는 부하를 모두가 꺼리는 노부시로 내버려둘 텐가, 아니면 당당하게 출세할 텐가. 내게 맡기면 노부시들도 모두 빛나는 보배였다고 세상 사람들이 깜짝 놀라게 만들어 보이겠어."

"으음."

"이것은 작은 일이 아니야, 고로쿠. 묻혀 있는 자들을 발굴해 일본을 위한 큰 힘이 되도록 살리겠다는 말일세. 이 정도의 일도 못 한다면 노부나가는 감동하지 않아. 이것이냐 저것이냐의 큰 도박일세. 어서 대답을 하게. 내 지시에 맡기겠다고 대답하게!"

도키치로가 열화같이 다그치자 고로쿠도 마침내 다다미를 탁 치며 결단을 내렸다.

"맡기겠어! 자네 부하가 되어 일하겠네. 각오가 되었어! 자, 말하게. 이번에는 자네가 하려는 일을 말해보게."

도키치로는 별안간 그 자리에 두 손을 짚었다.

사나이의 눈물

"핫핫하, 고로쿠 녀석이…… 고로쿠 녀석이 드디어 내 뜻에 찬성했군."

"……"

"고로쿠! 자네는 참으로 좋은 사나이야. 이 일로 자네도 출세할 수 있네. 이 도키치로가 출세시키지 않고 그냥 내버려둘 리가 없어. 나라를 위해서니까."

도키치로는 두 손을 짚은 채 큰 소리로 말하고 뚝뚝 눈물을 떨어뜨렸다.

"알겠네. 하려는 일을 어서 말하게."

"할 일이란 별것이 아니야. 자네가 결심한 것으로 이미 일은 끝난 것과 마찬가지일세. 미노의 스노마타에 성을 쌓기만 하면 돼."

"뭐…… 뭣이! 스노마타에 성을? 그곳은 지난번에 오다 가게유가 전사하고 또 시바타 가쓰이에가 참패를 당한 곳이 아닌가?"

"맞아, 바로 거기야. 원 이런, 자네 뜻이 하도 고마워 내가 그만 울고 말았어."

"도키치로!"

"고마워, 고로쿠. 아니, 히코에몬 님."

"도키치로! 마음에 걸리는 것이 있어. 미노에서 매처럼 사나운 눈으로 감시하고 있을 텐데 어떻게 강을 건넌다는 말인가?"

"그건 아무것도 아니야. 다키가와 가즈마사 같은 사람조차 구와나를 빼앗았어. 그런데 무엇이 어렵다는 말인가. 오다의 군사를 움직이는 게 아니야. 자네 동료를 조금씩 미노로 몰래 건너보내면 되는 거야."

"그러나 건너편 물가에는 초소가 있을 텐데?"

"물론 있기는 하지만 우리는 스노마타에서 건너게 하자는 것이 아닐세. 훨씬 위에 있는 즈이류지 산瑞龍寺山 상류에서 차례로 건너게 하여 그 산 뒤에 있는 밀림으로 들여보내는 거야."

"즈이류지 산 뒤로? 그런 곳으로 잠입시킨다고 해도 스노마타의 축성에는 도움이 되지 않을 텐데."

"아니, 그렇지 않아. 성을 쌓으려면 재목이 필요하니까. 그렇다고 오와리에서부터 운반하면 당장 적의 눈에 띄지 않겠나. 그러므로 우선 미노에서 재목을 마련하자는 것일세. 워낙 자본이 적으니까······ 오와리의 재목을 사용하면 손해가 되거든."

"뭐, 뭐······ 뭐라고! 그럼 처음에는 모두 벌목꾼으로 동원하자는 말인가?"

"그래. 마침 지금은 홍수로 강물이 불어날 때일세. 그러므로 재목을 모두 뗏목으로 만들어 5천 명을 태우고 스노마타로, 그러면 재목과 군사가 한꺼번에 도착하게 될 것 아닌가."

"그렇게 해도 적이 발견할 텐데?"

"발견해도 대수로울 것은 없어. 적은 물이 불어났으므로 건너오지 못하리라 믿고 틀림없이 방심할 거야. 더구나 도처에 물이 차서 용병用兵이 뜻대로 되지 않을 터이므로, 적은 지난번의 경우를 생각하고 닷새나 열흘쯤으로 무슨 일을 할 수 있겠느냐, 완성되거든 습격하자고 일부러 공격을 연기할지도 몰라."

"으음."

"그런데 이쪽에서는 하룻밤 동안에 완전히 성을 쌓는 거야. 3천이나 5천의 군사가 열흘이나 스무 날이 걸려도 함락시킬 수 없는 성을…… 성만 쌓게 되면 그때부터는 우리 마음대로 할 수 있어. 적들이 모르는 전법으로 신출귀몰하는 일은 자네의 특기가 아닌가. 그래서 나는 기쁘다네. 고로쿠! 이미 성은 완성된 거나 다름없어. 성이 완성되면 나는 다이묘가 되는 거야. 대장에게 충분한 영지를 주겠다는 약속을 받고 왔으니까."

도키치로는 이렇게 말하고 가슴을 탁 치면서 자신있게 말했다.

"염려하지 말게. 앞으로도 전략은 구름처럼 얼마든지 있네."

고로쿠는 그만 침묵하고 말았다.

이 특이한 지략을 가진 묘한 사나이를 새삼스럽게 바라보면서 마음속으로 눈이 휘둥그레지는 심정이었다.

탁류에 맞서서

고로쿠 또는 히코에몬이라고 불리는 하치스카 마사카쓰는 자기를 남북조시대 때부터 등장한 노부시의 우두머리로 자부하고 있는 만큼 마음속으로는 상식적인 전술을 몹시 경멸하고 있었다.

따라서 사쿠마 우에몬이나 시바타 가쓰이에의 스노마타 전투에 대해 처음부터 의구심을 품고 있었다.

'이렇게 되면 당연히 낯선 곳으로 나가는 쪽이 불리하다.'

결국 자신의 예상대로 그들은 참패를 면치 못했다. 그러나 자기로서도 어떻게 하면 성공할 수 있을지 정확한 해답은 얻지 못하고 있었다.

노부시들 사이에서는 히코에몬을 '이 시대의 구스노키楠木(남북조시대의 토호 가문으로 천황을 받들고 바쿠후와 싸움)' 라 부르면서 무진장한 지략을 가진 사람으로 존경하고 있었다. 그러므로 동부 미노에서부터 오와리 일대에 걸친 토호는 물론 말단에 있는 산적이나 도적에

이르기까지도 하치스카 고로쿠란 이름을 들으면 길이 든 고양이처럼 순종했다.

다시 말하면 에도江戸 시대의 거대한 오야붕親分°에 해당하고, 미노의 경우는 현재 은퇴한 다케나카 한베에 시게하루竹中半兵衛重治와 누가 더 제갈공명諸葛孔明에 가까운 지략을 가졌을까 하고 젊은 불량배들의 화제에 올라 있을 정도였다. 이러한 히코에몬조차 "그대가 해보라"고 한다면 어떻게 대답할지 모를 스노마타의 축성을, 도키치로는 뜻하지 않은 방향에서 그 해답을 찾아내어 제시하고 있지 않은가.

'과연 길은 있기 마련이다.'

이런 생각을 하자 스스로 군사軍師임을 자부하고 있던 히코에몬의 감동은 이루 말할 수가 없었다.

'어쩌면 노부나가보다도 한 수 위일지도 모른다.'

아니, 그런 사나이라는 점을 간파했기 때문에 노부나가가 이토록 총애하고 있는 것이다.

그러나저러나 이 얼마나 예리하고 깊으며 이치에 닿는 작전이란 말인가! 노부나가의 군사를 다치게 하는 대신 세상이 받아들이지 않는 노부시라는 숨은 힘을 활용하려 하고 있다.

세상이 평정되기 시작하면서 이 부근의 노부시는 이미 백성들에게 지탄을 받는 존재가 되어 있었다. 그러한 노부시가 구제되고 백성들의 불안도 제거되며, 또한 노부나가도 기뻐하고 도키치로도 출세할 것이다.

더구나 홍수가 질 장마철이란 점까지 계산에 넣었다니 어느 한 곳에도 빈틈이 없었다.

물론 그러한 귀재鬼才라는 점을 알기 때문에 아직 작은 부대 하나도 지휘해보지 못한 주방 책임자에게 노부나가가 큰 임무를 맡겼을 테지만……

'이 일은 나 혼자만의 모험이 아니다!'

히코에몬 마사카쓰는 자기 자신을 납득시켰다.

'도키치로는 과연 높이 사야 할 사람이다!'

노부나가 정도나 되는 대장이 무조건 믿고 있는 난세의 준마駿馬다. 그 준마를 나도 높이 사야겠다. 그렇지 않으면 신불神佛의 가호를 받지 못할 것이다.

이런 마음으로 도키치로에게 매료되어 있었기 때문에, 일본 역사의 이면에 정통한 사람이라면 이 사건에 대해 눈을 뒤집고 다시 보아야 할 중대사이다.

어쨌든 두 영웅은 손을 잡았다.

이번의 악수는 쌍방이 서로 상대의 마음을 깊이 알고 매료되어 손을 잡은 것이기 때문에 의미가 크다.

하치스카 마을의 히코에몬의 집에서 사방으로 사람들이 달려간 시각은 이날 저녁으로, 이때부터 오와리에서 미노에 걸쳐 무사들만 주목하고 있는 사람의 눈으로는 도저히 이해하지 못할 부산스런 움직임이 시작되었다.

우선 하타가와의 히비노 로쿠타유가 이번에 오미의 하치만八幡 신사의 보수 공사를 맡게 되었다면서 목수, 미장이, 석공 등 3백 명과 자기 부하인 산적, 낭인 등 약 2백 명을 데리고 재빨리 기소 강 너머로 사라졌다.

이어서 시노기의 가와구치 히사스케와 이나다의 오이노스케가, 서부 미노의 모처에서 벌목을 청부받았다는 구실로 벌목꾼을 데리고 기소 강보다 훨씬 상류에 있는 이나바야마 성 밑의 이노구치 마을 바로 앞의 나가라 강을 건넜다.

멀리 산성에서 벼슬을 하게 되었다는 자, 에치젠으로 이주하게 되었다는 자, 교토 구경을 간다는 자, 오미의 친척을 찾아간다는 자, 여기에 거지 떼, 산적과 도둑의 무리…… 개중에는 우누마에서 사다새를 길러 물고기를 잡는 자들이 상류에서 메기를 잡기 위해 여름까지 거기 머물러야 한다면서 떠나는 일단의 어부들도 있었다.

이들의 경비는 물론 금화 5백 냥과 동전 5백 관으로 충당했을 테지만, 이것만으로는 부족하기 때문에 여유 있는 토호들이 각자 자기 주머니를 털어 부하들에게 분배했음이 틀림없다.

이들에게는 이 일이 과거를 청산하고 근왕의 뜻을 관철시켜 훌륭한 무사로 다시 돌아갈 수 있느냐의 여부를 가릴 중요한 기회이기 때문에 그 진지함은 단지 출세의 길만을 찾아다니는 잡병들과는 비교가 되지 않았다. 그리고 이들은 미노로 건너가자 빗속에서 어딘가로 홀연히 사라졌다. 신출귀몰이 이들이 자랑하는 특기였다.

장마철로 접어들면 사람들은 기분이 울적해진다. 하늘을 쳐다보고 원망하거나 기뻐하는 것이 고작이었다.

드디어 강물이 넘치기 시작했다. 기소 강도 나가라 강도 또 이비 강揖斐川도 모두. 이렇게 되자 작은 지주들은 홍수에만 정신이 팔렸으나 미노의 무장들은 안도했다.

상대가 노부나가인 만큼 이대로 물러가리라고는 생각지 않았다. 그러나 장마철에만은 자연이 노부나가를 조롱하면서 자기들을 지켜준다고 믿었다. 그리고 요즘의 노부나가는 고마키 산의 축성도 거의 포기하고 아누야마 성의 노부키요를 계속 괴롭히고 있다는 소문이었다. 노부키요가 미노에 내응했기 때문에 시바타의 축성이 실패했다는 것이다.

그리고 오와리로 내보낸 첩자들의 정보에 따르면, 어느 산에서도 스노마타에 성을 쌓기 위한 나무를 베는 기색이 보이지 않으므로 아마도 당분간은 손을 쓰지 않을 듯하다고 한다.

"이번에는 가을을 노리겠지."

"그래. 단념하고 손을 떼지는 않겠지만 이런 장마에는 어떻게도 할 수 없을 테니까."

"어때, 이번에는 성이 거의 완성될 때까지 그대로 두는 편이 어떨까? 그러면 성을 우리가 그대로 사용할 수 있으니까."

"그러나 상대가 어떻게 나올지 보고 결정할 문제야. 누가 오느냐에 따라서 그것도 하나의 묘안이 될 수 있지."

그 무렵 이런 말들이 오가고 있는 이나바야마 성 바로 뒤의 산에서는 비에 흠뻑 젖은 인부들이 밤낮을 가리지 않고 분투하고 있었다.

인원수는 예정보다 훨씬 더 많아 6천 8백 내지 7천에 가깝다. 그들이 숙련된 벌목꾼의 지시에 따라 나무를 쓰러뜨리면 또 다른 일단이 곧바로 나무를 다듬는다. 판자로 만들면 시간이 걸리므로 대부분 각재角材, 환재丸材, 생나무인 채로 견고한 성루를 만들자는 생각이었다.

도끼 소리, 나무가 쓰러지는 소리.

물이 찰찰 넘치는 나가라 강변까지 나무를 운반하는 사람, 뗏목을 만드는 사람, 등나무 덩굴을 잘라내는 사람과 밧줄을 꼬는 사람, 밥을 짓는 사람. 이들은 모두 큰 소리로 떠들어대며 작업을 하고 있었으나 쏟아지는 빗소리와 강물 소리에 묻혀 어디로도 그 소리가 새어나갈 염려가 없었다.

비가 계속 내리기 때문에 부근의 나무꾼과 어부들도 오지 않는다. 겨우 네 사람이 나타나기는 했으나 망을 보던 자가 그들을 데려와서 임시로 인부 노릇을 시켰다.

워낙 많은 인원이었으므로 한 사람이 나무 한 그루를 베어도 무려 7천 그루. 순식간에 5만에 가까운 목재가 쌓이게 되어 작업의 진척은 매우 빨랐다.

아침부터 유달리 비가 많이 내리는 날이었다.

멀리 기소 산 부근에서 천둥이 울렸다. 천둥이 치면 비가 그치는 경우가 많으므로 더욱 일에 열을 올리고 있을 때 도키치로가 하치스카 히코에몬을 대동하고 나타났다.

"아, 수고가 많다. 이제 나무는 더 베지 않아도 되겠어. 모두 뗏목이 있는 곳으로 모여라. 정말 수고했어. 예정보다 사흘이나 앞당겼어."

도키치로는 산더미 같은 목재를 바라보면서 싱글벙글 웃었다.

"이것은 어디까지나 노부시의 전법이야. 성을 쌓을 재목까지 적으로부터 실례하다니."

그러고보면 즈이류지 산에 온 뒤부터 도키치로의 작은 체구에도 제법 무게가 실린 듯했다.

"어서 강변으로 가라. 뗏목이야, 뗏목. 7천에 달하는 우리 운명을 싣고 갈 귀중한 출전의 배야. 어떤 일이 있어도 망가지지 않도록 단단히 묶어야 한다."

그러나 도키치로가 드디어 뗏목을 출발시키라고 명한 이튿날 새벽에는 거칠던 인부들도 모두 숙연해졌다.

예사로운 홍수가 아니다. 마치 성난 사자의 갈기처럼 산을 흔들고 벼랑을 깎아내리는 탁류의 격랑이 상류에서 뿌리째 뽑힌 거목을 잇따라 떠내려보내고 있었다.

이런 가운데서 도키치로는 노부나가로부터 받은 지휘채를 비로소 힘차게 휘둘렀다.

"뗏목을 출발시켜라!"

비는 아직 그치지 않았고, 산은 울부짖으면서 겨우 여러 사람 앞에
모습을 나타내기 시작했다.

구름의 틈새

사람의 일생에는 반드시 운명을 걸고 도전할 만한 좋은 기회가 몇 번쯤 찾아온다. 그러나 어떤 사람은 여기에 도전하고, 어떤 사람은 기회를 그대로 흘려보낸다.

그런데 도키치로의 경우는 그 이상이었다. 그는 자신에게 찾아온 좋은 기회를 오와리와 미노 일대의 노부시 전체에게도 누리게 하려고 했다.

그런 만큼 사납게 소용돌이치는 홍수에 뗏목을 띄울 때 도키치로가 지휘하는 모습은 그야말로 귀신도 무서워 멀리 도망칠 정도로 강한 자신감에 차 있었다.

"출발이다! 평생을 산적으로 숨어 살 테냐, 자자손손 햇빛을 보고 살게 할 테냐! 기회를 놓치고 나중에 후회하지 마라. 남을 위해서가 아니라 자기 자신을 위해서다. 망설이지 마라!"

이미 뗏목을 띄울 방법은 연구해놓았다. 큰 밧줄 네 개를 강가에 있는 베고 남은 여남은 그루의 거목 뿌리에 감아 물에 늘어뜨리고 뗏목이 수평이 되었을 때 탈 수 있는 인원이 탄 다음 밧줄을 풀게 했던 것이다.

밧줄을 풀기만 하면 뗏목을 다루는 데는 익숙한 강변 출신자들이었다. 뗏목의 무게 그 자체가 범람하는 강의 물살을 충분히 견딜 수 있도록 만들었기 때문에 남은 일은 단지 스노마타의 강변으로 끌어올리기만 하면 되었다.

"이기느냐 지느냐는 이 일에 달려 있다. 운과 뱃심을 시험하는 기회를 놓치지 마라."

첫번째 뗏목이 물보라를 일으키며 강물에 내려지자 '와아' 하고 함성이 일어났다. 일단 시작하면 죽음을 두려워하지 않는 노부시들이므로 그 다음부터는 도키치로나 하치스카 마사카쓰가 고래고래 소리를 칠 필요도 없었다.

두번째 세번째 뗏목이 내려지는 동안 인부들은 어느 틈에 공포를 잊고 도키치로보다 더 귀신으로 변하고 있었다.

물론 전원이 뗏목에 오를 수는 없으므로 나머지 인원 천여 명은 그날 중으로 홀연히 어디로 사라졌다가 별안간 나타나는 안개 전술을 써서 육지를 통해 스노마타로 향했다.

이번 일의 가장 큰 난관은 적에게 발견되지 않고 강을 건너는 일이었다. 그러나 이미 강을 건넜기 때문에 뗏목이 모두 무사히 떠나고 나면 도키치로가 지휘하지 않더라도 작전은 성공한 것과 마찬가지였다.

비는 그 후에도 이틀 동안 계속 쏟아졌다. 따라서 강가는 뿌연 안개로 뒤덮여 시야가 거의 보이지 않는 것과 다름없었다. 건너편 언덕조차 잘 보이지 않았다.

그리하여 빗발이 약간 가늘어진 사흘째 되는 날에야 비로소, 이나바야마 성의 재목 담당관인 오노 로쿠로에몬小野六郎右衛門이 처음으로 이 작전의 낌새를 알아차릴 수 있었다.

아마도 그는 베어 놓았던 재목이 큰비에 얼마나 떠내려갔는지 조사하러 나왔던 모양이다.

"아니, 이게 어떻게 된 일일까?"

성의 뒷산에 와 보고는 눈을 비볐다.

베어 놓은 재목이 떠내려간 정도가 아니었다. 다음 번에 성을 보수할 때는 이 숲의 재목을 베어야겠다고 생각했던 즈이류지 산의 삼림 일대가 완전히 벌거숭이로 변해 있었던 것이다.

"이것은 대관절 어느 놈의 소행이란 말인가?"

새파랗게 질려 성으로 돌아간 로쿠로에몬은 즉시 이 일을 노신인 히네노 빗추에게 보고했다.

이때 다쓰오키와 바둑을 두고 있던 빗추 역시 영문을 알 수 없었다.

"노부시들의 짓임에 틀림없다. 다섯이나 열 명으로는 즈이류지 산을 도벌할 수 없어. 속히 우누마의 하루타春日에게 가서 알아보라."

그런데 하루타 기주喜十만이 아니라 그 부근의 노부시란 노부시는 모두 어디로 자취를 감추어 보이지 않았다.

이 사실을 보고한 시각은 그 이튿날이었다.

"뭣이, 노부시들이 사라졌어?"

빗추는 비로소 당황했다.

"아무래도 이상하다."

"예, 그렇습니다. 노부시들이 재목을 가지고 어디로 떠난 것이 아닐까요?"

"바보 같은 놈! 이것은 보통 일이 아니야."

"그렇습니다, 큰일입니다."

"스노마타…… 지금 스노마타를 지키고 있는 사람은 후와 헤이시로不破平四郎일 것이다. 즉시 헤이시로에게 사람을 보내야겠다."

당황하며 일어났을 때 빗추의 입술은 그만 새파랗게 질려 있었다.

상식의 덫

한편 강가에서는 후와 헤이시로가 이날에야 비로소 홍수로 인해 호수처럼 변한 논 건너편의 스노마타를 바라보고 고개를 갸웃거리고 있었다.

"원 저런, 정말 이상하다."

몇 번이나 눈을 비비고 보아도 진지 너머 물이 가득한 논 저쪽에 성이 보이는 것이다.

아니, 자세히 바라보니 성만이 아니라 그 주위에서 무수한 사람들이 개미처럼 일하고 있었다.

"아무래도 예삿일이 아니다. 여봐라, 저기 성처럼 보이는 것이 무엇이냐?"

얼른 아시가루 하나를 불러 물었다.

"네게는 저것이 안 보이냐?"

"아직도 정신을 못 차린 오다 쪽이 성을 쌓으러 온 듯합니다."

"그럼, 네게도 역시 성으로 보인다는 말이냐?"

"그렇습니다. 대장님은 지금까지 깨닫지 못하셨습니까?"

"뭐, 뭐…… 뭣이! 그럼, 너희들은 알고 있었다는 말이냐?"

"예. 어제 비가 좀 그치고 안개가 걷혔을 때 깨달았습니다. 그러나 이번에는 성을 쌓도록 내버려두었다가 빼앗는 작전이 아니었던가요?"

"그, 그…… 그것은 사실이지만…… 아무튼 이상해."

"무엇이 이상하다는 말씀입니까?"

"이런 무서운 홍수 속에서 어떻게 재목을 운반하고 건너왔는지 이해할 수가 없어."

이렇게 말하고서야 비로소 깜짝 놀라 대책을 세웠다.

"큰일났다. 적의 대장이 누군지 곧 알아보고 오너라. 그리고 이나바야마에 사자를 보내 즉시 보고해야겠다."

그러나 적의 대장을 알아본 결과는 더욱 헤이시로를 의아하게 만들었다.

적의 총대장이 기노시타 도키치로라는 것이다.

"기노시타 도키치로는 어떤 자냐?"

앞서 공격해 왔던 사쿠마 우에몬이나 시바타 가쓰이에라면 오다 가문의 유명한 중신이므로 당장 알 수 있었으나 기노시타 도키치로라는 다이묘의 이름은 들은 적이 없었다.

"그는, 원숭이라는 묘한 별명을 가진 자로 최근까지 주방을 담당하고 있었다고 합니다."

"뭐, 주방을?"

"예. 노부나가로부터 크게 신임을 받는 자여서 그가 만든 식사가 아니면 먹지 않는다고 합니다."

"대관절 무얼 알아보고 왔느냐! 저 성은 무나 당근으로 만들 수 있는 성이 아니야. 그러나저러나……"

후와 헤이시로는 생각에 잠기기 시작했다.

인간의 상식이란 이상한 힘으로 사람을 혼란에 빠뜨린다.

노부나가는 이 점을 잘 알기 때문에 항상 교묘하게 의표를 찔러 상대를 혼란케 만드는데, 이번 경우에도 '기노시타 도키치로'라거나 '주방 책임자' 등의 처음 듣는 이름과 직책은 후와 헤이시로의 두뇌를 어지럽게 만들기에 충분했다.

'사쿠마와 시바타를 물리쳤으므로 이번에는 노부나가가 직접 나서거나 하야시 사도가 올 줄로 생각했었는데……'

헤이시로는 잠시 고개를 갸웃거리며 생각하다가 드디어 무릎을 탁 치고 고개를 끄덕였다.

"그렇다, 이건 정말 큰일이다. 다시 이나바야마에 사자를 보내야겠다."

그러나 말로만 큰일이라고 했을 뿐 사자를 보내고 나서는 도리어 싱긋 웃고 성을 바라보기만 하고 즉시 공격할 생각은 하지 않았다.

기노시타 도키치로라는 무명의 장수를 보낸 것을 보면 이것은 '눈가림'을 위한 양동 작전일 것이라고 생각했기 때문이다.

어차피 성을 쌓았다 해도 분명 곧 함락될 것이다. 그렇다면 여기서 세번째 축성에 전념하는 체하면서 노부나가의 본심은 다른 데 있을 거라고 계산했던 것이다.

"과연 노부나가가 건너오려는 곳은 이누야마 성 부근일까, 아니면 우누마 부근일까?"

스노마타로 미노의 주의를 끌게 하여 병력을 집중시키게 하고 다른 지점에서 공격하려는 계획임이 분명하다. 그렇다면 섣불리 병력을 집결시키면 노부나가가 원하는 대로 되고 만다.

'그까짓 벼락치기로 쌓은 작은 성 따위는 물이 빠진 뒤에 천천히 빼앗아도 늦지 않다. 다른 지점을 엄히 감시하면 된다.'

이렇게 생각하고 또 다른 사자를 이나바야마에 보내 원군은 필요치 않다고 전했다.

"아무튼 재빠른 놈들이야……"

그 호우 속에서 어쨌든지 성의 모습을 갖추어놓았다. 물론 큰 돌을 쌓을 틈은 없으므로 통나무를 땅에 박아 넣고 흙으로 덮은 성이기는 했으나, 성 주위에는 당당히 해자가 만들어지고 그 해자를 향해 물바다가 된 논에서 작은 배들이 계속 드나들고 있었다.

'역시 물이 빠지는 대로 일단 공격할 필요가 있겠다.'

드나드는 배가 운반하는 것이 무엇인지 확실히는 알 수 없었으나 군량미로 추측이 된다. 군량미를 운반한다는 것은 상대가 농성할 의사가 있음을 말해주는 증거로서, 아무리 갑자기 쌓은 성이라고 해도 군량이 준비될 때까지 기다린다면 함락하기가 쉽지 않다.

그러나 진지 위의 망대에 올라간 후와 헤이시로의 얼굴에는 여전히 미소가 지워지지 않았다.

주방 책임자인 만큼 제일 먼저 식량을 걱정하는 기노시타 도키치로라는 사나이가 우습기도 하고 가엾기도 하여 견딜 수 없었다.

"너무 고지식해서 웃음도 나오지 않는군."

"예? 무어라 하셨습니까?"

옆에 있던 아시가루의 우두머리 스도 마타시치須藤又七가 묻자 헤이시로가 점잖게 대답했다.

"기억해두거라. 저처럼 군량에 신경을 쓰는 모습이 이쪽의 눈에 띈다면 싸움은 하나마나한 거야."

"그러나 배가 고프면……"

"싸움을 못한다는 말이냐? 핫핫하…… 너도 기노시타와 다름없는 녀석이로구나. 맨 먼저 농성을 준비한다는 것은 노부나가가 도우러 오지 않는다는 사실을 스스로 자백하는 꼴이야."

"과연 그렇군요."

"이제 알겠느냐? 노부나가가 도우러 오지 않는다는 것은 다시 말해서 도우러 올 수 없는 사정이 있다는 것이고, 도우러 올 수 없는 사정이 있다는 것은 다른 지점에서 작전을 펴겠다는 뜻이야. 그 점을 우리 쪽이 알게 하다니 싸움은 하나마나지…… 알겠느냐? 핫핫하."

헤이시로는 의기양양하게 말을 이었다.

"그러나 방심은 금물이다. 공사의 진행 여하에 따라서는 물이 빠지기 전에라도 공격해야 한다. 차질 없게 배를 준비해놓아라."

단단히 일러두고는 엄한 표정으로 돌아와 방대를 내려왔다.

그 무렵에 이미 비는 그쳤다.

하늘이 맑아지는 것으로 미루어 내일은 오랜만에 푸른 하늘을 보게 될지도 모른다. 더위에 습도까지 높아지기 시작했다.

새로운 다이묘

"고로쿠, 생나무로 쌓은 성이어서 궁둥이가 시려오는군."

"사치스런 말을 하고 있을 때가 아닐세. 비가 내리는 것보다는 얼마나 다행인지 몰라."

"그렇기는 하지만 이 목재가 완전히 말라 지내기 편해질 때는 언제쯤일까?"

"아마 가을까지는 마르겠지. 그때는 자네도 어엿한 다이묘일세."

"그래. 이렇게 쉽게 다이묘가 될 줄은 생각지도 못했어. 역시 일단 저지르고 볼 일이야."

"호호호호."

고로쿠는 아직도 축축하게 젖어 있는 나무로 된 산채山砦와 같은 방 한가운데에 성 주위의 논밭이 그려진 도면을 펼쳐놓고 무언가를 열심히 적고 있었다.

"뭐가 그렇게 우스운가……"

도키치로는 발의 무좀 딱지를 떼어내고 유황 가루를 바르면서 말했다.

"때때로 자네가 혼자 웃는 모습을 보면 섬뜩해진다니까."

"섬뜩한 느낌을 주는 사람은 바로 자네야. 아직 미노에서는 아무도 놀라지 않지만 오와리에서는 주군도 깜짝 놀라셨을 걸세. 도키치로 녀석이 섬뜩한 짓을 했다고. 호호호……"

"하하하, 그 일 말인가. 그러나저러나 멋지게 해냈어. 그런데 기름은 벌써 도착했나?"

"그래, 도착했어. 기름과 쌀은 준비되었으나 돈이 떨어졌어."

"고로쿠!"

"새삼스럽게 왜 그러나?"

"자네, 여기서 옛날 버릇이 나오면 안 돼. 돈이 필요하면 내가 다시 주군이나 마님에게 부탁하여 빌려올 테니까."

"무슨 소리를 하고 있나. 이 일대는 이미 자네의 영지, 여기서 얼마나 수확할 수 있을지 지금 그것을 계산하고 있는 중일세. 이제는 나도 도적이 아니야."

"그렇지만 재목까지 모두 훔쳐왔잖아…… 고로쿠, 이 정도의 일로 주군의 눈이 휘둥그레질 것이라고는 생각지 말게. 주군은 그렇게 가벼운 사람이 아니야. 다키가와 가즈마사가 구와나 성을 빼앗고 돌아왔을 때도 별로 놀라지 않았어."

"호호호호."

"또 웃는군. 알겠나, 이 물이 빠지면 미노의 싸움이 벌어지게 돼. 물론 승리할 것은 뻔하지. 육지의 싸움은 문제가 안 돼. 우리는 여기서 승리하지 못하면 갈 데가 없는 노부시들이니까. 아니, 상류에서 배를 이용하여 싸우는 것도 기름만 도착하면 문제없어. 기름을 뿌리고 모두 불태우면 그만이거든. 따라서 남은 문제는 여기서 어떻게 하면 주군을 섬뜩하게 만드느냐 하는 것일세."

"그렇기는 하군."

"주군을 놀라게 할 수 없다면 미노 쪽에서도 우습게 여길 거야."

"옳은 말일세."

"미노가 우습게 여긴다면 다쓰오키를 공격하기 어렵고, 다쓰오키를 공격할 수 없다면 이곳에 성을 쌓은 의미가 없어. 어떤가, 다음 묘안이 나올 때가 되었는데. 자네는 군사軍師가 아닌가?"

도키치로가 이렇게 말하고 유황을 다시 봉지에 싸서 휙 던지자 하치스카 마사카쓰는 드디어 소리내어 웃기 시작했다.

"흐흐흐, 그런 말이 나올 때가 됐다고 생각하고 있었지."

"으음, 알고 있었나?"

"나는 군사일세. 흐흐흐⋯⋯"

"핫핫하."

도끼 소리와 못을 박는 소리가 요란하게 울리는 성안에서 두 사람은 재미있다는 듯이 입을 모아 웃었다.

성이 완성되었다고는 하나 아직 문짝 하나도, 칸막이 하나도 만들지 못했다. 따라서 건물 전체가 하나의 거대한 사찰의 대청마루와 같은 느낌이었고, 두 사람이 앉은 이곳 말고는 모두가 목수와 미장이의 작업장이었다.

인원 전체를 세 조로 나누어 교대로 먹고 자고 일하도록 했는데, 아마도 내부가 성의 모습을 갖추려면 가을 중반쯤이나 되어야 할 것이다.

그러나 성벽의 책문만은 이중으로 만들어 성채로서의 구실을 충분히 할 수 있게 되어 있다. 적과는 아직 한 번도 싸우지 않았지만 비가 새지 않게 되었기 때문에 사기는 하늘을 찌를 듯했다. 이런 가운데서 두 사람은 미노를 어떻게 다스려 나갈지를 미리 상의하고 있으니 놀라운 일이 아닐 수 없다.

"고로쿠, 말해보게."

도키치로가 말했다.

"자네 생각과 내 생각은 거의 일치하는 듯하군."

"흐흐흐흐, 우선 자네가 먼저 말하게."

"아니, 자네가 먼저 말하게. 나는 이 일이 결정되면 성이 완성되었다고 주군에게 보고하러 가겠어. 그렇지 않으면 주군이 놀라지 않아. 놀랄 리가 없지."

"그럼, 말해볼까?"

"그래. 일단 성이 완성되어 접근하는 적을 쫓아낸 다음에는 무엇을 해야 할까?"

"그 다음에는 우누마로 진출해야겠지."

"역시 우누마로군!"

"그 부근에서 미노에서 제일가는 사다새 한 마리를 잡는 거야. 그렇게 하면 기요스의 주군도 깜짝 놀랄 테고, 미노의 무장들도 모두 숨을 죽일 것일세."

"고로쿠!"

도키치로는 어린아이처럼 기뻐했다.

"역시 내 생각과 똑같군. 하하하…… 그럼, 다음 일은 사다새 사냥으로 결정했어. 사다새 사냥! 왓핫핫하."

두 사람이 다시 입을 모아 즐거운 듯이 웃기 시작했을 때 누군가 들어왔다.

"보고합니다!"

당황하며 기둥 뒤에서 뛰어들어온 사람은 오늘의 대장격인 나가에 한노조長江半之丞였다.

"후와 헤이시로가 배를 모아 야습할 준비를 하고 있습니다."

"야습…… 이란 것을 어떻게 알았느냐?"

다그치듯 물은 이는 고로쿠였다.

"성이 너무 빨리 축조되었다. 물이 빠질 때까지 기다릴 수 없다고 후와 쪽에 잠입시켰던 부하가 보고해왔습니다."

"알겠다! 미리 지시했듯이 배가 준비된 곳으로 먼저 쳐들어가 건너편 기슭에서 모두 불살라 없애거라."

고로쿠는 이렇게 명하고 다시 도키치로를 돌아보며 흐흐흐흐 하고 웃었다.

흘러가는 구름

　노부나가는 저녁을 먹으면서 니와 만치요의 보고를 묵묵히 듣고 있었다.

　도키치로가 마침내 스노마타의 축성에 성공했을 뿐만 아니라 두번째 싸움에서 적에게 거의 치명적인 타격을 가해 점점 더 영지를 넓혀 나가고 있다는 보고였다.

　이미 계절은 여름으로 접어들어 오와리나 미노에서도 벼가 한창 자라고 있었다.

　"참으로 이상한 일입니다."

　만치요가 말했다.

　"도키치로가 완전히 기반을 굳힌 뒤에야 겨우 적이 깨닫고 원군을 보냈습니다."

　"만치요."

　"예."

"전혀 이상할 것 없다. 인간이란 말이지, 일단 의표를 찔리게 되면 당황하게 마련이야. 문제는 어떻게 하면 먼저 상대를 당황하게 만드느냐에 달려 있어. 이번 일은 도키치로가 적의 목재와 노부시의 힘으로…… 라는 생각을 했을 때 벌써 완전히 이긴 거야."

"예, 그야 물론……"

만치요도 마음속으로 크게 감탄하고 있었다.

"그러므로 저희도 우누마와 이누야마 사이에서 양동 작전으로 적을 계속 혼란에 빠뜨렸습니다마는."

"그것으로 좋아…… 그런데 한 가지 납득되지 않는 점이 있어. 그렇지, 오노?"

옆에서 노히메도 고개를 갸웃했다.

"그래요. 그토록 훌륭하게 승리했으면서도 어째서 아직까지 도키치로가 자랑하러 나타나지 않을까요?"

"바로 그 점이야. 만치요는 어떻게 생각하느냐?"

"그것은 혹시 누군가 미노의 거물 한 사람을 귀순시키고 돌아오려 하기 때문이 아닐까 생각합니다."

"으음."

노부나가는 다시 밥그릇을 내밀어 시동에게 밥을 담게 하면서, 다시 노히메에게 물었다.

"오노, 그대의 생각은?"

"저는 모르겠어요. 이미 주군이 내린 군자금도 바닥났을 때가 되었는데……"

"만치요!"

"예."

"미노의 거물이라니, 너는 그가 누구라고 생각하느냐?"

"저는 서부 미노의 3인방 중 한 사람이 아닐까 생각합니다마는."

"으음, 과연 그들 중에 어느 누구와 접촉하고 있을지도 몰라."

서부 미노의 3인방이란 후쿠스 미노노카미福壽美濃守, 우지이에 몬도노쇼氏家主水正, 안도 이가노카미安藤伊賀守 세 사람을 가리킨다. 첩자의 보고로는 이 세 사람이 요즘 다쓰오키에게 왠지 불평을 품고 있다는 것이다.

아마도 다쓰오키가 젊은 혈기로 너무 과격하게 나가는 것이 이 노신들에게는 불만이었던 모양이다. 그리고 히네노 빗추 등을 지나치게 중시하는 데 대한 반감도 원인이었는지 모른다.

"그래, 알겠다. 이것으로 미노에 대한 발판이 마련됐어. 물러가서 쉬거라."

노부나가는 만치요를 내보내고 나서 다시 묵묵히 식사를 계속했다.

바람이 불기는 했으나 오늘 밤은 몹시 더웠다. 그러나 노부나가는 전처럼 옷을 벗지 않았다. 따라서 묵묵히 생각에 잠겨 있는 노부나가의 몸에서 무럭무럭 살기가 피어오르는 듯해 노히메는 숨이 답답해졌다.

"주군."

"응……"

"무슨 염려되는 일이라도 있습니까?"

"뻔한 소리를 묻는군. 어물거리고 있을 때 조정에서 사자가 올지도 모르는데 나는 아직 오와리에 남아 있어."

"그러나 도키치로가 스노마타를 장악하지 않았습니까?"

"오노!"

"왜 그러십니까. 그런 무서운 얼굴로?"

"도쿠히메德姬가 몇 살이지?"

"어머, 새삼스럽게 그런 것을 물으시다니. 도쿠히메는 다섯 살이에요."

"으음. 다섯 살이라면 아직 시집보내기에는 좀 이르군."

"주군! 이상한 말씀만 자꾸 하시는군요. 다섯 살 된 신부라는 말은 지금까지 들어본 적이 없어요."

"오노!"

"예."

"신부감을 찾아봐. 시집보낼 처녀를 찾아봐."

노히메는 언제나 그렇듯이 이번에도 어이가 없어 말이 나오지 않았다. 장녀인 도쿠히메는 아직 다섯 살이기 때문에 다른 신부감을 찾아보라고 한다. 신부감이 그렇게 아무 데나 널려 있는 것은 아니지 않은가.

"왜 잠자코 있는 거야? 시집보낼 처녀가 둘 있어야겠어. 이건 그대가 잘못한 거야. 좀더 일찍 알았어야 했는데…… 아니, 나무라지는 않겠어. 나무라면 울어버릴 테니까. 좋아, 하나는 도쿠히메라도 상관없어. 나머지 하나가 문제인데, 어서 적당한 처녀를 찾아보도록."

"주군! 진심으로 하는 말씀입니까?"

"뭣이……"

비로소 노부나가는 밥상을 밀어놓고 재촉했다.

"이 노부나가가 농담을 하는 줄 아는 거야? 빨리 서둘러야 해. 속히 미노에 가지 않으면 칙지勅旨가 다른 사람에게 내려질 우려가 있어. 그렇게 되면 노부나가는 오와리의 멍청이로 전락하고 말아."

"어머, 그러면 제게 양녀를 들이라는 말입니까?"

"당연하지. 갓난아이도 못 낳는 여자가 별안간 큰 처녀를 낳을 수 있겠어?"

"주군! 대관절 누구에게 시집보내려는 것입니까?"

"큰 쪽은 다케다 가문으로."

"큰 쪽?"

"그래. 다케다 가문의 차남 가쓰요리勝賴에게 보내겠어. 하루노부는 가쓰요리를 편애하고 있어. 분명히 가쓰요리가 다케다 가문의 뒤를 잇게 될 거야."

"그럼, 그럼 작은 쪽은?"

"작은 쪽은 도쿠히메라도 상관없어. 상대는 마쓰다이라 모토야스의 아들 다케치요야. 오노!"

"예."

"길이 없는 곳에 길을 내려고 하는 거야. 이 노부나가가 가는 길은 수월하지 않아. 도쿠히메를 주어 모토야스가 이마가와 가문과 확실하게 손을 끊게 하고, 가쓰요리에게도 딸을 주어 다케다 가문을 눌러 놓아야 해. 손을 써야 할 때 쓰지 못하는 자가 어떻게 천하를 넘볼 수 있겠어. 오다 일족은 새로운 세상을 만들기 위해서라면 희생해도 좋은 거야."

이렇게 말하고 노부나가는 진지한 표정으로 다시 재촉했다.

"어서 처녀를 찾도록 해!"

너무도 뜻밖의 일이어서 노히메는 잠자코 노부나가를 바라보고만 있을 뿐이었다. 그러나 노부나가가 무엇을 생각하고 있는지는 뼈저리게 알 수 있었다.

필시 야마시나 경으로부터 무슨 연락이 있었던 모양이다.

"이 가즈사노스케가 미노를 손에 넣었다는 소식을 들으시면, 그때에는 무사가 강제로 차지한 조정의 땅과 공경들의 장원도 반드시 되찾게 된다고 생각하십시오."

노부나가는 앞서 상경했을 때 이렇게 단언했을 뿐만 아니라 태자 책봉에 소요되는 경비까지 부담하겠다는 약속을 했다.

'그렇다. 그래서 일을 서두르는 것이 분명하다.'

노히메가 자문자답하면서 일족 중의 어린 처녀들을 이리저리 떠올리고 있을 때, 일단 물러갔던 니와 만치요가 다시 허둥지둥 달려왔다.

"말씀드립니다. 호랑이도 제 말을 하면 나타난다더니 기노시타 도키치로가 돌아왔습니다!"

"뭐, 도키치로가? 어서 들라고 하라!"

노부나가는 깜짝 놀라 큰 소리로 말했다.

잇따른 난제難題

혼인에 대한 이야기는 도키치로의 등장으로 일단 중단되고, 니와 만치요도 물러간 뒤 방 안에는 도키치로와 노부나가, 노히메만 남았다.

"도키치로, 그럼 스노마타 성을 쌓았을 뿐만 아니라 우누마 성의 오사와 지로자에몬大澤治郎左衛門까지 포섭했다는 말이냐?"

"예. 실은 주군에게 도움이 될 자라고 생각되어 오늘 남몰래 데리고 왔습니다."

도키치로는 자못 놀라운 일을 했다는 듯 어린아이 같은 의기양양한 표정으로 노부나가와 노히메를 번갈아 바라보았다.

분명히 노히메만은 눈이 휘둥그레져 있었다.

우누마는 이누야마의 약간 상류인 기소 강 건너에 있는, 오와리에서 미노에 이르는 중요한 나루터다. 더구나 그 우누마 성주인 오사와 지로자에몬 마사시게는 사이토 가문에서 '우누마의 호랑이'라 불리는 맹장이었다.

그런데 가문의 세력 다툼으로 다쓰오키 대에 이르러 소외당하게 되자 마사시게가 내심 불만을 품고 있던 차에 하치스카 마사카쓰와 함께 공작을 벌여 그를 아군으로 끌어들이고, 노부나가에게 대면시키기 위해 데려왔기 때문에 도키치로가 의기양양해 하는 것도 무리가 아니었다.

이것으로 오다 가문은 하류에 스노마타, 상류에 우누마를 통해 쐐기 두 개를 박은 것이 된다.

"제 공로 따위는 문제가 되지 않습니다. 그러나 우누마의 호랑이는 이용하기에 따라 충분히 이나바야마를 먹어치울 수 있는 맹수입니다. 부디 오늘 저녁에 은밀히 접견하시고 말씀을 나누어보십시오."

"으음."

노부나가는 무언가 생각하는 듯 입을 다물고 있었다.

도키치로는 노부나가가 진심으로 감탄하는 줄로 알았기 때문에 더욱 입이 가벼워졌다.

"상당히 줏대가 강한 사나이라 설득하는 데 무척 애를 먹었습니다. 우리 주군인 노부나가를 제외하고 섬길 만한 인물이 오늘날 일본에 어디 있겠는가, 장차 천하를 손을 넣을 분이므로 지금부터 모시고 공을 세워야 하지 않겠느냐고……"

"원숭이."

"예? 도키치로가 원숭이로 되돌아왔군요."

"너는 상당히 자만심이 강해졌어."

"당치도 않습니다! 저는 단지 스노마타를 빼앗으라고 하시길래, 빼앗는 것만으로는 다키가와 가즈마사보다도 못하다…… 이렇게 생각하고 우누마의 호랑이에게 접근해본 것뿐입니다."

"안 돼!"

"예?"

"안 돼! 나는 지로자에몬을 만나지 않겠다."

"아니, 어찌 그런 말씀을. 그렇게 되면 이 도키치로의 체면이 말이 아닙니다."

"그렇다면 이번에는 네가 지로자에몬에게 부탁하여 사이토 가문을 섬기면 되지 않겠느냐?"

"주군!"

도키치로도 그만 안색이 변했다.

당연한 일이었다. 칭찬을 받겠다는 욕심이 없는 건 아니었지만, 어쨌든 그는 미노를 공격하기 위한 돌파구를 만들고자 목숨을 걸고 여기까지 일을 추진시켰던 것이다.

"그것이 주군의 본심이십니까?"

"그렇다. 만나지 않겠다, 만날 수 없어."

"주군!"

"안색까지 바꾸다니 어떻게 하겠다는 말이냐?"

"대관절, 대관절…… 어디가 못마땅하십니까? 여기까지 호랑이를 데려왔는데…… 아니, 이 말은 다시 하지 않겠습니다. 그런 것쯤은 주군이 잘 아실 것입니다. 그런데도 만나지 않으시겠다면…… 이 도키치로의 체면이 서지 않습니다."

"체면이 서지 않는다고 대수로울 것 있느냐, 그까짓 원숭이의 체면 따위가……"

"저어…… 주군."

듣다못해 노히메가 입을 열었다.

"그런 말씀을 하시다니 도키치로 님이 너무 가엾습니다. 하다못해 어째서 만나시지 않으려는지 그 이유만이라도 말씀해주십시오."

노부나가는 이 말을 듣고 콧방귀를 뀌었다.

"도키치로!"

"예."

"이번의 공로는 칭찬할 만하다."

"예?"

"그러나 너는 평생을 스노마타의 성주로 끝낼 생각이냐? 그렇지는 않을 것이다. 그렇다면 좀더 이 노부나가의 생각을 알고 행동하라는 말이다."

"예?"

"나는 지금 목마르게 미노를 원하고 있다. 알겠느냐?"

"예. 그러기에 일부러 호랑이를……"

"나머지 이야기를 듣거라, 바보 같은 녀석!"

"예."

"네가 스노마타를 빼앗은 데 대한 상을 주겠다. 지로자에몬은 만나지 않겠어. 그대로 데리고 나가 목을 베거라! 알겠느냐, 이것이 너에 대한 상이야."

"그 말씀은, 그 말씀은……"

"듣기 싫다, 경솔하기 짝이 없는 놈. 내가 죽이라고 해서 죽인다고 지로자에몬에게 말하라. 그러면 네 체면도 설 것이다. 두 번 다시 지로자에몬에 대한 말은 입 밖에 내지 마라. 나는 한마디도 듣지 않겠다."

천장이 떠나갈 듯이 말하고 나서 다시 목소리를 낮추었다.

"그러나 공은 공이다. 오노, 원숭이가 한 성의 주인이 되었어. 그러니 축하주를 내려야 할 것 아닌가. 술을 가져와!"

노히메는 겨우 안도하고 자리를 떴으나 도키치로는 부들부들 입술을 떨면서 노부나가를 쳐다볼 뿐이었다.

사나이와 사나이

이야기가 오사와 지로자에몬 마사시게에 미치지 않는 한 노부나가는 기분이 좋았다.

그리고 하치스카 히코에몬 마사카쓰에게 녹봉을 더 올려주고 그를 도키치로의 휘하에 두었다. 방비를 단단히 하여 적이 침범하지 못하게 하라…… 이런 지시를 받고 노부나가가 앞에서 물러났을 때는 벌써 넉 점(오후 10시)이 가까워져 있었다.

'대장이 공연한 말을 할 리 없는데……'

생각은 이렇게 하면서도 도키치로의 머리는 쪼개질 듯이 아팠다.

"나는 지금 목마르게 미노를 원하고 있다."

이 말을 한 뒤 노부나가의 명령이라면서 우누마의 호랑이를 죽이라고 했다.

노부나가는 그렇게도 지로자에몬이 싫은 것일까?

'진작에 두 사람 사이에는 어떤 밀약이 있었음이 분명하다.'

여기까지는 미루어 짐작할 수 있었으나 이것만으로 문제가 해결되지 않았다.

자기가 무릎을 꿇으면서까지 설득하여, 노부나가가 얼마나 기뻐할지 모른다며 데려온 우누마의 호랑이가 아니었던가.

지로자에몬 역시 도키치로의 열의에 못이기는 체하면서,

"그토록 귀하가 이 마사시게를 생각해주시다니 고맙습니다. 무사는 자기를 알아주는 사람을 위해 죽는다고 하는데, 그 호의를 기꺼이 받아들이겠습니다."

이렇게 말하면서 도키치로의 말에 따라 시동으로 변장하고 같이 와서 성안에 있는 도키치로의 집에서 그가 부르러 오기를 기다리고 있었다.

'그러한 지로자에몬을 어떻게 내 손으로 죽일 수 있다는 말인가……'

도키치로는 집에 돌아오자 아직도 자지 않고 기다리고 있는 지로자에몬 앞에 머리를 조아렸다.

"오사와 님."

"아, 돌아오셨군요. 말씀드리기가 수월치 않아 지체하셨군요."

"죄송합니다. 이렇게 사과를 드립니다."

"아니, 왜 이러십니까?"

도키치로보다 네다섯 살 연장인 오사와 마사시게는 건장한 체구를 약간 움직이면서 말했다.

"노부나가 님이 제 행위가 마음에 거슬린다고 하시던가요?"

"실은 저도 전혀 알 수가 없습니다."

"허어……"

"주군의 말씀을 그대로 전하고 용서를 빌겠습니다. 아니, 이것은

용서를 빈다고 될 일이 아닙니다. 분개하신다면, 이 성을 떠나십시
오."

"이해할 수 없는 말씀을 하시는군요. 우선 자세한 말씀을 듣고 싶
습니다."

도키치로는 비로소 고개를 들고 울상을 지으며 사실을 말해주었
다.

"주군은 귀하를 만나지 않겠다 아니, 만날 필요가 없다고 하십니
다. 마치 고집스런 아이가 떼를 쓰듯 제가 무슨 말씀을 드려도 듣지
않으십니다."

"물론 노부나가 님의 기질로 보아 일단 말씀하신 일에 대해서는 번
복하지 않으시지요."

"차라리 그 정도라면 좋겠으나, 귀하를 베라고 하십니다. 노부나
가의 명령이다, 그러므로 죽이겠다…… 이렇게 말하면 제 체면도 설
것이라고 이치에 닿지 않는 말씀을 하십니다. 이전에 혹시 주군과 귀
하 사이에 무슨 일이라도 있었습니까?"

"그런 일은 별로 없었는데……"

오사와 마사시게는 고개를 갸웃했다.

"노부나가의 명령이니 죽이겠다고 말하면 귀하의 체면이 설 거라
고 하셨나요?"

"예. 오사와의 목을 베라. 이것이 이번 일에 대해 그대에게 내리는
상이라고, 전혀 납득할 수 없는 말씀을…… 그러나 이 도키치로가 어
떻게 귀하에게 그런 일을 할 수 있겠습니까? 이것은 무사가 할 일이
못 됩니다. 오사와 님! 자초지종은 이렇습니다. 만약 이대로 돌아가
겠다고 하시면 제가 무사히 돌아가실 수 있는 지점까지 모시겠습니
다. 혹시 분노를 금할 수 없으시면 제 목을 베고 뒷문으로 나가십시

오. 제가 문을 열어놓도록 조치하겠습니다."

"으음, 일이 묘하게 되었군요."

오사와 마사시게는 약간 고개를 기울인 채 도키치로를 바라보면서 잠시 동안 움직이지 않았다.

한밤중이라 성안은 쥐 죽은 듯 고요했다.

"기노시타 님."

"예, 말씀하시지요."

"노부나가 님은 당분간 미노 공격을 보류하신 걸까요?"

"그러나, 나는 지금 목마르게 미노를 원하고 있다, 그러므로 오사와를 죽이라고 하셨는데요."

바로 그때였다, "으음"하고 지로자에몬이 탁 무릎을 친 것이.

"알겠소!"

"무엇을…… 말씀입니까?"

"기노시타 님, 귀를 좀!"

이렇게 말하고 오사와 마사시게는 아무 소리도 나지 않는 방 안에서 도키치로의 목을 껴안듯이 하고 그 귀에 무언가 빠른 말로 속삭였다.

큰 뜻을 위한 제물

이튿날 아침……

"주군을 뵙고 말씀을 듣고자 하여 두 사람이 찾아왔는데요."

노히메는 노부나가에게 차를 권하면서 조용히 말했다.

"뭣이? 나를 만나려는 자가 있다고?"

노부나가는 날카로운 시선으로 아내를 일별했다.

"오노! 지나친 일은 용서하지 않겠어."

"원, 이런. 호호호…… 만나 보시지도 않고 그 두 사람이 누군지 아셨습니까?"

"내가 왜 몰라. 도키치로와 오사와 지로자에몬일 테지."

"주군이 이처럼 착각하실 때가 있군요. 자, 두 사람 모두 이리 들어 오너라. 여기 와서 아버님께 인사를 드리거라."

노히메는 자지러지게 웃고 옆방을 향해 쓰다듬는 듯한 목소리로 말했다.

"예."

"곧 건너가겠습니다."

모두 사랑스럽고 어린 딸들의 대답이었다.

노부나가는 깜짝 놀라 찻잔을 내려놓았다.

"아버님, 안녕히 주무셨습니까?"

먼저 들어와 두 손을 짚은 사람은 오루이가 낳은 다섯 살 된 노부나가의 딸 도쿠히메. 이어서 들어온 사람은 노부나가의 배다른 여동생 오센이 낳은 나에기 간타로苗木勘太郎의 딸인 유키히메雪姫였다.

"인사드립니다."

유키히메는 이때 열두 살이었는데 노부나가 앞에 두 손을 짚고 인사를 올린 뒤에 고개를 들자 노부나가의 막내 여동생 오이치와 너무도 닮은 미모의 소녀였다.

"오, 네가 오유키로구나. 훌륭하게 자랐어!"

눈이 휘둥그레진 노부나가에게 노히메가 녹아드는 듯한 목소리로 말했다.

"예, 훌륭하게 자랐어요. 분명히 다케다 가쓰요리 님은 열일곱일 거예요. 저는 유키히메를 나에기 가문에서 양녀로 데려왔어요. 이제부터는 제 딸이에요."

"으음, 그래……"

"그리고 도쿠히메도 오늘부터 제 딸이에요. 그렇지, 도쿠히메?"

"예. 지금부터 저는 어머님의 가르침을 받아 좋은 딸이 되겠어요."

오늘 아침 갑작스럽게 두 아이를 데려오자 노부나가도 그만 깜짝 놀란 모양이었다.

'과연 빠르기도 하다!'

아마도 내심으로는 자기 뜻대로 되었다고 감탄하고 있을 것이 분

116

명하다. 입 밖에 내지는 않았으나 두 아이를 교대로 바라보는 그 눈에는 말할 수 없는 부드러움과 연민의 빛이 감돌고 있었다.

"응, 그래. 두 사람 모두 이제부터는 오노의 자식이 되어 자라겠다는 말이지. 착하구나, 착한 아이들이야."

그러고 나서 평소에 하지 않던 말을 했다.

"과자를 주도록."

"예. 인사가 끝나면 옆방에서 과자를 주겠어요. 자, 유키히메는 동생의 손을 잡고 물러가거라."

"예."

노부나가는 잠시 동안 멍하니 두 아이의 뒷모습을 바라보았다.

"주군, 어떻습니까. 저도 경우에 따라서는 이처럼 당장 아이를 낳을 수 있는 여자라는 것을 아셨습니까?"

"응."

"도쿠히메는 다케치요와 동갑인 다섯 살. 약혼만 해놓고 앞으로 4,5년 동안은 제가 키우려고 합니다."

"응."

"유키히메는 열두 살이므로 주군의 형편에 따라 언제든지 시집보낼 수 있도록 오늘부터 제가 가르치겠어요. 그런데 주군!"

"응?"

"주군의 큰 뜻에 이처럼 철없는 아이들까지 협력하고 있다는 점을 잘 기억하셨으면 합니다."

이번에는 노부나가가 대답하지 않았다.

섣불리 대답했다가는 눈물이 나올 것 같아 노부나가도 그만 얼굴을 돌리고 얼른 두서너 번 고개를 끄덕였다.

"이제는 저도 어린아이들에게 의리를 지키고 싶어요. 부디 저 아이들이 행복해지도록……"

"그만, 더 이상 듣고 싶지 않아."

"예. 말씀드리지 않아도 잘 아실 줄은 알지만 너무 가엾어서……"

노히메의 눈에서 한줄기 눈물이 흘러내렸다.

"오노!"

"예."

"이 세상이란 슬픈 것이야. 그 슬픔을 극복해야 돼."

"주군!"

노히메는 옷소매로 가만히 눈물을 누르고 노부나가 쪽으로 향했다.

"한 가지 더 여쭐 일이 있어요."

"아, 덥군! 무슨 일인가?"

"도키치로에게 어째서 그런 무리한 일을 명하셨는지요?"

"역시 도키치로 이야기로군."

노부나가는 혀를 찼으나 노하지는 않았다.

"그것은 도키치로의 공이 너무 뛰어나기에 어느 정도의 그릇이 되는지 시험하기 위해서였어."

이렇게 말하고 빙긋 웃으면서,

"아니, 도키치로만이 아니라 오사와 지로자에몬의 인물 됨됨이도."

"어머, 오사와를 베라고 하셨는데, 그것이 어떻게 기량器量을 시험하는 일이 되는지요?"

"오노 정도나 되는 여자가 그 의미를 모르겠다는 말인가. 도키치로가 내 명령을 받고 지로자에몬을 죽인다면 그는 잔재주는 있을지 모르나 무장으로서는 스노마타의 성주가 고작이야."

"아! 과연, 그렇다면……"

"이제 알겠나? 죽이지는 않을 거야. 죽인다면 무장의 정情을 모르는 놈. 아마도 지로자에몬 앞에 머리를 조아리고 용서를 빌겠지. 용서를 빌고 도망가게 하면 고작 10만 석의 영주. 그러나 할복할 테니 용서하라며 목숨을 던지고 사죄할 만한 자라면 혹시 한 지방의 주인이 될 수 있을지도 몰라."

"어머, 그렇군요. 알겠습니다! 그때 말씀하신 기묘한 의미를…… 그리고 도키치로의 의기意氣에 대해 오사와가 어떻게 반응하느냐 하는 것도 시험하시려 했군요."

"그래."

노부나가는 아직도 어린아이들의 모습이 뇌리에서 사라지지 않은 듯 그저 내뱉듯이 말했다.

"지로자에몬이 내가 던진 수수께끼의 의미를 풀 수 있다면 그 역시 등용해도 좋을 녀석이야."

"수수께끼의 의미?"

"몰라서 묻나? 선물이 부족하다는 말이야! 어정어정 도키치로를 따라온다…… 단지 그것뿐이라면 별로 반가운 녀석이 되지 못해. 도키치로가 반할 정도의 사나이라면 그 정도의 일은 대번에 알아차릴 거야. 깨닫는다면 미노 내부에서 큰 불길이 일어날 거야. 그렇지 않다면 결코 호랑이라고 할 수가 없지."

그는 내뱉듯이 말했다.

"참, 생각이 나는군."

다시 노부나가는 손뼉을 쳐서 어젯밤부터 숙직하고 있는 니와 만치요를 불렀다.

"만치요, 도키치로와 그가 데려온 자가 아직 성안에 있는지 가서 살피고 오너라."

　노히메는 그때 벌써 평소의 아내로 돌아와 황홀한 듯 남편의 얼굴을 바라보았다.

　오늘도 아침부터 요란하게 매미가 울고 있다.

호랑이의 선물

니와 만치요가 기요스 성안에 있는 도키치로의 집에 왔을 때 이미 두 사람은 거기에 없었다.

도키치로와 우누마의 호랑이 오사와 지로자에몬 마사시게는 벌써 성 밖에서 헤어져 한 사람은 스노마타, 또 한 사람은 우누마를 향해 각각 걸음을 재촉하고 있었다.

도키치로의 표정도 밝고 우누마의 호랑이 역시 표정이 밝았다.

그것은 노부나가가 던진 수수께끼의 의미를 두 사람이 풀었기 때문이다.

"그렇구나."

우누마의 호랑이는 혼자 걸어가면서 싱글벙글 웃었다.

'선물이 부족했던 거야……'

그러나저러나 노부나가란 사나이는 얼마나 시원스럽고, 그러면서도 무서운 사람인가.

이 위험한 수수께끼를 받은 사나이가 만일 도키치로가 아니었다면 기요스에서 정말 살해되었을지도 모른다는 생각을 하자, 지로자에몬은 두 손을 짚고 솔직하게 사과한 도키치로에게 무한한 감동과 우정을 느꼈다.

'그는 사나이야! 신뢰할 수 있다.'

그렇다면 도키치로를 위해서라도 노부나가를 깜짝 놀라게 만들 큰 선물을 마련하지 않으면 체면이 서지 않는다.

센고쿠 시대의 무장은 에도 시대의 무장과는 딴판으로 분방한 기질을 가지고 있었다. 이들은 주군으로부터 대대로 녹봉을 받고 있는 데 대한 의리를 거의 느끼지 않았다.

자기 실력만이 자본인 세상이어서 마음에 들지 않으면 주저하지 않고 주군을 버린다. 그 대신 좋아지면 무조건 충성을 바쳤다.

그런 의미에서는 도리어 사랑하는 남녀 간의 정열을 방불케 한다. 일단 반하면 자신이 가진 힘을 모두 바쳐도 전혀 후회하지 않는 것이다……

이러한 센고쿠 시대를 사는 무장의 우정이 노부나가의 기괴한 말을 통해 별안간 도키치로를 향해 불타기 시작했다.

아니, 어쩌면 불타게 될 것을 알고 노부나가는 그런 기괴한 수수께끼를 던졌는지도 모른다.

'그렇다, 기노시타 도키치로를 위해서.'

오사와 지로자에몬 마사시게는 일단 우누마 성에 돌아오자 옷을 갈아입고 오랜만에 이나바야마 성으로 갔다.

젊은 성주 다쓰오키를 만나기 위해서가 아니었다. 지로자에몬 마사시게는 이미 다쓰오키에게 한계를 느끼고 있었다. 물론 여기에 깊은 이유가 있는 것은 아니다. 할아버지인 도산이나 아버지인 요시타

쓰에 비해 3대째인 다쓰오키는 아무래도 나약하여 마음에 들지 않았다.

'어디에 가도 성 하나쯤의 주인은 될 수 있다.'

자신의 실력을 믿고 있는 사람에게 주군이 마음에 들지 않는다는 것은 결정적인 요인이 된다.

지로자에몬이 성에 들어가자 때마침 와 있던 서부 미노의 3인방 중에서도 우두머리인 안도 이가노카미를 찾으러 중신들의 대기실로 갔다.

안도 이가노카미는 사이토 가문의 중요한 객장客將이고, 더구나 다쓰오키를 가장 열심히 도와주고 있었다.

아마도 이가노카미가 다쓰오키를 버린다면 남은 두 사람의 객장인 후쿠스 미노노카미와 우지이에 몬도노쇼도 즉시 다쓰오키를 따를 것이 분명하다.

"중요한 이야기가 있습니다. 단둘이 밀담을 나누었으면 합니다."

그 이가노카미를 넓은 방에서 발견하자 오사와 지로자에몬이 무뚝뚝한 표정으로 말했다.

"뭐, 중요한 밀담? 알겠소."

이미 마흔이 넘은 이가노카미는 요즘 거의 이나바야마 성에 오지 않는 오사와 지로자에몬에게 자신도 물어볼 일이 있었던 모양이어서 즉시 사람들을 물러가게 했다.

"그동안 몸이 불편하기라도 했소? 도무지 만날 수가 없었으니 말이오."

이가노카미는 몸을 앞으로 내밀었다.

"아니, 그런 것은 아니지만 병이라고 하지 않으면 나와야만 하기 때문에 계속 꾀병을 앓아왔지요."

"으음, 우누마의 호랑이다운 솔직한 말이군요."

"예. 이가노카미 님도 대쪽 같은 무장 중의 무장이시므로 제 마음을 알아주시리라 믿고 솔직하게 말씀드렸습니다."

"그럼, 귀하는 다쓰오키 님에게 싫증이 났다는 말이오?"

"싫증이 난 것이 아니라 실망했습니다."

"어떤 점에서 실망했다는 말이오?"

"하나에서 열까지 모두입니다."

묻는 쪽도 그렇지만 대답하는 쪽도 직설적이었다.

"하나에서 열까지라면 전혀 장래성이 없다는 말이로군."

"그렇습니다. 성을 짊어지고 다른 곳으로 갈 수는 없는 일이므로 부득이 꾀병을 앓으면서 낮잠을 자고 있었습니다."

"으음. 그런데 나에게 상의할 일이란?"

"꾸짖어주십시오. 히네노 빗추 따위나 상대하면서 미노를 유지시킬 수 있다고 생각하느냐고. 자기 대에 이르러 늘어난 것이라고는 소실의 숫자일 뿐, 금은이 줄어들고 영지가 좁아졌으며, 스노마타에 박힌 쐐기의 중대성도 모르고 있습니다. 노부나가가 고마키 성을 옮기고 드디어 미노에 총공격을 가하려 하고 있는데 과연 준비가 되어 있느냐고 말입니다…… 이가노카미 님을 제외하고는 꾸짖을 사람이 없습니다. 지금 정신을 차리지 않으면 소중한 가신 중에서 저처럼 꾀병을 앓는 자가 속출할 것이라고……"

여기까지 말하고 우누마의 호랑이는 지겹다는 듯이 혀를 찼다.

"이가노카미 님에게 분명히 말씀드립니다. 저는 주군이 반성할 기색을 보이지 않는 한 꾀병을 구실로 성에는 절대로 나오지 않겠습니다. 술이나 마시고 자겠습니다. 드리고 싶은 말씀은 이것뿐입니다. 그럼, 안녕히 계십시오!"

이가노카미는 굳이 지로자에몬을 만류하지 않고 다시 한 번 으음하고 신음 소리를 내며 그가 나가는 모습을 지켜보았다.

강력한 충고

센고쿠 시대를 사는 무장의 심리를 누구보다도 잘 아는 우누마의 호랑이였다. 그리고 이 호랑이가 던진 돌 하나가 드디어 큰 파문을 일으키게 된 때는 그해 중추절 날의 밤이었다.

넓은 방에서의 달맞이 잔치는 도산이 살아 있을 때부터 행하던 이 나바야마 성의 명물이었다.

나가라 강이 한눈에 내려다보이는 툇마루에 참억새로 장식을 하고, 달이 뜨기를 기다렸다가 재능이 있는 자는 노래도 부르고 시도 읊었다.

물론 술도 나왔으나 이것은 어디까지나 도에 지나치지 않는 풍류에 그쳤고, 마지막에는 언제나 깊은 반성을 동반하는 무용담이 화제에 올랐다. 그리고 잔치가 끝날 때는 도산이 무언가 마음에 남을 선물을 가신들에게 주었다.

그런데 올해는 이러한 선례를 깨고 처음부터 쉰 명에 가까운 여자들에게 술을 따르게 하는 거창한 주연으로 시작되었다.

다쓰오키 자신이 젊었기 때문에 이미 청춘과는 거리가 먼 도산의 방법과 다른 것은 당연하다고 할 수 있었는데, 사건은 그 잔치가 끝난 후에 벌어졌다.

"주군, 할 말이 있습니다."

안도 이가노카미는 술에 취한 다쓰오키가 소실들의 부축을 받고 거실로 물러가자 그 뒤를 쫓아가 먼저 여자들부터 꾸짖었다.

"음탕한 것들! 주군에게 할 말이 있으니 그대들은 물러가라."

순간 다쓰오키의 안색이 싹 달라졌으나 완고 일변도인 이가노카미는 전혀 상관하지 않았다.

"주군! 주군은 요즘 가신들 중에 환자가 늘어났다는 사실을 아십니까?"

"뭐, 환자가 늘어났다고?"

"예. 오늘 밤에도 가지타加治田의 사토 기이노카미佐藤紀伊守, 우누마의 오사와 지로자에몬 등이 모두 병을 이유로 참석하지 않았습니다. 무슨 병인지 아십니까?"

"병에 걸렸다면 도리가 없는 일. 나는 병명까지는 알지 못해."

"그 병명을 말할까요? 그것은 꾀병이란 병입니다."

"뭣이, 꾀병?"

"예. 주군이 하시는 일에 환멸을 느껴 성에 나오지 않는 병입니다. 이래가지고도 미노를 지킬 수 있다고 생각하십니까? 주군의 대에 이르러 늘어난 것은 측근의 여자들뿐, 비축한 것은 감소하고 영지도 여기저기서 줄어들고 있습니다. 한편 노부나가는 고마키 성으로 옮겨 호시탐탐 이나바야마를 노리고 있습니다. 이런 상황에 선례를 어기고 오늘과 같은 난장판을 벌이다니 어찌 된 일입니까. 차분한 마음으로 달을 쳐다보는 것이 달맞이 잔치의 의미입니다. 그런데도 상하가 모두 만취하여 여자들의 춤과 노래에 빠지다니 당치도 않은 일입니다. 이런 상태라면 앞으로도 꾀병을 앓는 자가 속출할 것입니다. 만에 하나라도 적이 침입했을 때 중신들이 모두 꾀병을 앓는 사태가 벌어지면 무엇으로 조상에게 사과하시겠습니까? 이 점에 대해 주군의 의견을 듣고 싶습니다."

드디어 군신 사이를 이간시키기 위해 오사와 지로자에몬이 던진 돌 하나는 무서운 가속도가 붙기 시작했다.

"그래, 내가 잘못했어. 용서하게, 이가노카미."

다쓰오키도 그만 입술을 깨물고 말로는 사과했으나 사태는 사과만으로 끝나지 않았다. 제3의 파도가 소용돌이치기 시작했던 것이다.

다쓰오키의 부름을 받고 달려온 히네노 빗추가 이가노카미를 정중히 침소로 안내한 뒤, 그가 칼을 풀어놓는 동시에 출입구를 잠그고 감금해버렸다.

"주군의 명령이오! 이가노카미 님, 여기서 근신토록 하시오."

이 일은 그날 밤 안으로 성 내외에 알려졌다.

'안도 이가노카미의 강력한 충고에 분노한 다쓰오키가 보복을 가했다.'

이렇게 되자 더 이상 간언하는 자도 없어졌을 뿐 아니라 감금한 다쓰오키 자신도 양심의 거리낌을 오히려 더 문란한 생활로 잊고자 했다.

'이러다가는 정말 미노의 종말이 올지도 모른다.'

그러한 불안감이 가문 전체에 서서히 번지고 있을 때 파문이 다시 파문을 불렀다.

이듬해인 에이로쿠 7년(1564) 정월 11일 밤의 일이었다.

보다이 산의 책략가

이날도 다쓰오키는 젊은 혈기에 못 이겨 술판을 벌인 뒤 넓은 방 뒤쪽에 있는 성곽에서 잠들었다.

앞서도 말했듯이 이나바야마 성은 산기슭에서 꼭대기에 이르기까지 여러 개의 견고한 성곽이 이어져 있어 산 위에서 농성하면 쉽게 공략할 수 없는 산성이다. 그런 만큼 가운데 성곽에서 안쪽의 성곽까지는 상당히 거리가 멀어 취한 다쓰오키는 거기까지 가기가 귀찮았던 모양이다.

다쓰오키가 잠든 지 얼마 되지 않아 굳게 잠근 산기슭의 정문 앞에 낯선 이가 나타나 큰 소리로 외치며 문지기를 깨웠다.

"어서 문을 여시오. 우리는 후와의 이와테磐手 성주 다케나카 한베에 시게하루竹中半兵衛重治의 지시로 동생인 규사쿠久作 님의 약을 가져온 사람이오. 목숨이 달려 있는 일이므로 즉시 문을 열어 들어가게 해주시오."

이와테 보다이 산菩提山의 성주 다케나카 한베에 시게하루란 스물
두 살의 잘 생긴 청년으로 앞서 이 성에 감금된 안도 이가노카미의 사
위였다.

따라서 다쓰오키와 히네노 빗추는 이가노카미를 감금한 뒤 그 사
위를 경계하여 일부러 군사를 거느리고 이와테 성에 갔다.

만약 불온한 움직임이 보이면 즉시 공격하려고 만반의 준비를 했
던 것인데 다케나카 한베에는 뜻밖에도 순순히 성문을 열고 이들을
맞이하였다.

"장인에 대한 조치에 관해서는 저도 아무런 이의가 없습니다."

이렇게 말하고 동생인 규사쿠를 인질로 내놓았던 것이다.

그런데 규사쿠는 2,3일 전부터 이나바야마 성에서 심한 설사병에
걸려 고생하고 있었다. 오늘날의 이질이 그것인데 정월의 포식과 주
연으로 병이 나서 계속 고생하고 있었다.

"이 병은 보통 약으로는 낫지 않습니다. 보다이 산에 있는 동안에
도 종종 이 병으로 고생했기 때문에 형님이 묘약을 만들어 두었지요.
부디 이 약을 전하도록 해주십시오."

그래서 일부러 이나바야마에서 이와테 성으로 사자가 달려가 밤중
에 약을 가지고 돌아왔다는 것이다.

문지기도 이에 대해 알고 있던 모양이었다.

"좋소, 그렇게 합시다. 잠시 기다리시오."

쾌히 쪽문을 열자 성에서 사자로 갔던 아시가루의 우두머리와 다
케나카의 부하 두 사람이 안으로 들어갔다.

"감사합니다. 수고가 많으십니다."

이야기는 다만 그뿐이어서 아무것도 이상할 게 없지만, 실은 그 무
렵에 한쪽에서는 이상한 소문이 돌고 있었다.

그 소문은 연초에 일부러 이와테 성에서 신년 인사를 왔던 형인 한베에 시게하루가 다쓰오키로부터 술잔을 받고 성을 나왔을 때,

"어떻소, 귀하가 보기에 다쓰오키 님은 명군名君이던가요?"

하는 질문에 한베에는 단아한 얼굴을 찌푸리며 이렇게 중얼거렸다는 것이다.

"그런 인물에게 장인이 감금되다니 안타까운 일이오. 구출하지 않으면 안 되겠소."

"하지만 견고한 성 깊숙이 감금되었으니 어떻게 손을 쓴다는 말이오?"

"그렇지 않소. 성은 어디까지나 건물, 그 건물을 이용하는 자는 사람이오. 이 한베에가 성 하나쯤 빼앗는 데는 스무 명도 필요치 않소."

물론 문지기가 이 말을 들었다면 섣불리 성문을 열어주지는 않았을 것이다. 어딘가 수상하다는 것을 깨달았을 테지만 이미 그들은 세 사람을 통과시킨 뒤였다.

"문을 열어주시오."

그런데 뒤를 이어 또다시 문을 두드리는 자가 있었다.

"누구요?"

아직 자리에 눕지 않았던 문지기가 깜짝 놀라 창으로 머리를 내밀고 외쳤다.

"우리는 후와의 이와테 성주 다케나카 한베에 시게하루의 지시로 동생인 규사쿠 님의 약을 가져온 사람이오. 목숨이 달려 있는 일이므로 즉시 문을 열어 들어가게 해주시오."

문지기는 눈이 휘둥그레져서는 연신 코를 비볐다.

조금 전에 들여보낸 세 사람과 똑같은 말을 하지 않는가. 자세히 보니 앞서와 마찬가지로 문 앞에 세 사람의 검은 그림자가 보였다.

"이봐, 무슨 소리를 하는 거야. 그 약을 가져온 다케나카 님의 부하들은 조금 전에 이미 들어갔어."

"그럴 리가 없소, 농담을 하고 있을 때가 아니오. 소중한 규사쿠 님의 생명이 달린 일이오. 여우에 홀린 소리는 하지 말고 어서 통과시켜주시오."

"뭣이, 여우에 홀린 소리?"

"그렇소. 규사쿠 님의 약을 가지고 이와테 성을 떠난 사람이 우리 말고 또 있을 리 없소. 농담을 해도 때와 장소가 있는 법이오."

"이거 점점 더 이상해지는군. 잠시 기다리시오. 그렇게 말하는 당신들이 여우인지 아닌지 조사해봐야겠소."

문지기로서는 왠지 모르게 섬뜩한, 그러나 흥미를 느끼게 하는 일이었다. 하필이면 이런 밤중에 똑같은 약을 가진 자가 토씨 하나도 다르지 않은 말을 하면서 두 쌍이나 나타난 것이다.

상대가 세 사람에 지나지 않기 때문에 문지기는 안심하고 쪽문을 열었다.

"그럼, 당신들이 분명히 다케나카 님의 부하라는 증거가 있거든 내놓으시오."

문지기가 이들이 어떤 사나이들일까 하고 흥미에 이끌려 그만 머리를 내놓았을 때,

"수고가 많소."

하며 한 사람이 문지기의 멱살을 쥐고 끌어내는 동시에 돌담 뒤에서 우르르 달려나온 그림자가 문 안으로 뛰어들어갔다.

"소리 지르지 마라."

멱살을 쥔 사나이가 말했다.

"다케나카 한베에 시게하루가 이나바야마 성을 인수하러 왔다. 시

끄럽게 굴면 목숨이 없다."

"아니? 그 다케나카 님이…… 그럼, 아까 들어간 세 사람은?"

"염려할 것 없다. 그들도 내 부하, 먼저 들어가 중문을 여는 일이 그들의 역할이다. 그럼, 잠시 쉬고 있거라."

조용한 목소리로 말하고 급소를 찌르자 문지기는 으윽, 소리를 내며 잠잠해졌다.

인원은 모두 열세 명.

앞서의 세 사람을 합하면 열여섯 명이었는데, 이들은 문지기 네 사람을 순식간에 해치우고 사박사박 자갈길을 밟으며 안으로 사라져갔다.

영걸英傑과 준재俊才

한베에 시게하루의 동생 규사쿠의 병은 물론 꾀병이었다. 다쓰오키가 술에 취한 눈을 비비며 일어났을 때 이미 이나바야마 성은 큰 혼란에 빠져 있었다.

몇 천에 달하는 적이 쳐들어왔는지 산꼭대기에서 산기슭에 이르기까지 점령되었고 어디에서 어떤 배반자가 나왔는지도 짐작할 수 없었다.

다만 다쓰오키는 자기 눈앞에 떡 버티고 선 자가 담황색 무명 진바오리陳羽織°에 말가죽 갑옷을 입고 손에 칼과 지휘채를 든 다케나카 한베에 시게하루라는 사실을 안 것만으로도 직감했다.

'이제 나의 최후가 왔구나!'

"다케나카 한베에 시게하루가 직접 간할 말이 있어 등성했소."

이런 말을 하는 듯했으나 귀에 잘 들어오지 않았다.

머리맡에 있던 칼을 들고 얼른 복도로 뛰어나갔다가 무엇에 발이 걸려 넘어졌는데, 그것이 숙직하던 장수 사이토 히다노카미의 시체임을 알자 더욱 당황하여 일어서다가, 다시 발에 걸린 것이 근시인 요시무라 신주로吉川新十郎의 무참한 얼굴이라는 것을 깨달았을 때 다쓰오키는 이미 완전히 이성을 잃고 공포에 사로잡혔다.

정확하게 말해서 이때부터 어디를 어떻게 달려갔는지 알 수 없다. 이 무렵에는 벌써 한베에가 데려온 다케나카 젠자에몬善左衛門의 명으로 비상을 알리는 종소리가 성안에 크게 울려 퍼져 선잠을 깬 숙직 무사들의 간담 또한 서늘해졌다. 열여섯 명이 그야말로 수천 명의 힘을 발휘했다. 복도란 복도, 뜰이란 뜰에서 만나는 아군이 모두 침입해 온 적으로 보였다.

"이미 성은 점령당했습니다."

"속히 성 밖으로 피하십시오!"

"여기 계시면 목숨이 위태롭습니다."

다쓰오키는 같이 술자리에 참석했던 근시들의 부축을 받으며 가운데 성곽에서 넓은 방으로, 거기서 다시 성 밖으로 정신없이 도주했다.

성 밖의 거리는 그때 이미 한베에의 부하와 안도 이가노카미의 부하들이 점령하고 있었는데, 그 사이를 뚫고 약 10리쯤 떨어진 이나바 군郡의 구로노黑野에 있는 작은 성으로 정신없이 도망쳐 들어갔을 때는 벌써 날이 훤히 밝아오고 있었다.

이리하여 노부나가가 노리던 이나바야마의 거성은 우누마의 호랑이인 오사와 지로자에몬 마사시게가 던진 돌 하나로 빈 성이 되었고, 다케나카 한베에 시게하루가 그 성을 지키기 위해 들어가게 되었다.

세상 사람들은 모두 깜짝 놀랐다.

남다른 준재俊才라는 소문은 있었으나 스물한 살밖에 안 된 다케

나카 한베에에게 이처럼 탁월한 지략이 있을 줄은 아무도 생각지 못했기 때문이다.

맨 처음 돌을 던진 오사와 마사시게조차도 설마 이렇게 되리라고는 상상이나 했을까?

어쨌든 이 일로 미노는 완전히 흔들리기 시작했다. 그런데 흔들린다는 사실을 알고도 가만히 팔짱만 끼고 있을 자는 없다. 에치젠의 아사쿠라가 움직이기 시작하고, 다쓰오키의 처가인 아사노 가문도, 다케다와 기타바타케도 긴장하기 시작했다.

물론 노부나가가 이 점을 간과할 리 없다. 노부나가는 재빨리 접경에 대군을 보내 곧 다케나카 한베에와 교섭을 벌일 준비를 했다.

"도키치로, 우누마의 지로자에몬이 준 선물이 재미있게 됐어."

스노마타 성에서 도키치로를 불러 지시를 내렸다.

"네가 있는 성은 하치스카 고로쿠가 있으므로 안전하다. 너는 즉시 이나바야마 성으로 가서 한베에와 교섭하거라. 순순히 이나바야마 성을 인도한다면 서부 미노의 절반을 한베에에게 건네도 좋다."

"알겠습니다."

"그러나 한베에는 예사로운 자가 아니다. 잔뜩 정신을 차리고 속지 않도록 해야 한다. 미노의 기린아와 오와리의 원숭이가 지혜 겨루기를 하는 거야. 지고 돌아오면 꼬리를 잘라버리겠다."

"헤헤헤헤."

도키치로는 웃으면서 대답했다.

"이 원숭이도 이제는 꼬리를 잘라내고 어엿한 인간이 되고 싶습니다."

"좋아, 한베에를 설득하여 우리 편으로 만들면 네 영지를 두 배로 늘려 주겠다. 어쨌거나 이나바야마 성으로 가는 길만은 확실하게 닦아놓고 오너라."

"알겠습니다."

"분명히 알았지?"

"예. 오와리의 원숭이는 아마도 미노의 기린보다 지혜주머니가 약간은 더 큰 줄로 압니다."

"좋아, 방금 한 장담을 잊어서는 안 된다."

"헤헤헤, 잊어서는 안 되지요. 이 도키치로도 심복이 하치스카 하나뿐이라면 좀 허전합니다. 그 기린도 부하로 삼을 생각이므로……"

"뭣이! 너는 다케나카 한베에를 부하로 삼을 생각이냐?"

노부나가도 그만 언성을 높이지 않을 수 없었다.

그럴 것이었다. 겨우 열여섯 명으로 이나바야마 성을 어렵지 않게 손에 넣은 사나이. 노부나가조차도 미노의 절반을 주어도 좋다고 생각했을 만큼 뛰어난 준재를 원숭이는 자기 부하로 삼을 작정인 것이다.

"원숭이!"

"예."

"믿음직하구나! 과연 너는 내 부하야. 그러나 상대도 만만한 자가 아니야."

"그 점은 저도 잘 알고 있습니다."

"좋아, 다녀오너라. 이번에야말로 네가 어떻게 하고 돌아올지 나도 눈을 크게 뜨고 보겠다."

"알겠습니다. 그럼, 다녀오겠습니다."

옥수수 수염

천성적인 낙천가로 걸핏하면 자기 자랑을 늘어놓는 자칭 태양아太
陽兒.

훗날 자기가 태양의 아들이니 어느 고귀한 어른의 후예라느니 하
고 거침없이 허풍을 떠는 도키치로도, 그의 전기에 이나바야마 성에
서 다케나카 한베에를 만난 경위에 대해서만은 쓰지 못하게 했다. 쓰
지 못하게 했다는 말은 도키치로가 결코 입을 열지 않았다는 뜻이
고, 만약 쓰도록 하면 자신에게 불리한 사정이 숨어 있다는 의미가
되기도 한다.

어쨌든 도키치로가 나중에 남에게 이야기할 때는 이나바야마 성에
서의 회견에 대해서만은 숨기고, 그 뒤 자기가 구리하라 산栗原山으
로 한베에를 찾아가 노부나가 밑에 들어가도록 권할 때가 한베에와
의 첫 만남인 듯이 말하고 있다. 이렇게 하는 것이 한베에보다 자기
가 더 돋보이리라 생각했기 때문일 것이다.

아직 매화는 봉오리만 맺혀 있고 꾀꼬리가 많은 이나바야마에도 추위에 떠는 멧새가 지저귀고 있을 뿐이었다.

그 이나바야마 성의 정문으로 스물여덟 살인 기노시타 도키치로는 작은 어깨를 들먹거리며 스물한 살인 다케나카 한베에 시게하루를 찾아갔다.

"문 열어라!"

도키치로는 군사軍師의 흰 깃발을 하치스카 고로쿠의 동생 마타주로에게 들려가지고 정문 앞에 서서 엄청나게 큰 소리로 외쳤다.

"오다 오와리노카미 노부나가의 가신 중에 이름난 장수인 스노마타 성주 기노시타 도키치로 히데요시가 다케나카 한베에 시게하루님에게 드릴 말이 있어 오와리의 군사 자격으로 찾아왔다. 문을 열고 통과시켜주기 바란다."

성을 지키고 있던 병사가 일제히 작은 창과 총안銃眼을 통해 내다 보았다. 이때는 벌써 미노에도 순식간에 스노마타 성을 쌓은 괴물로서 도키치로 히데요시의 이름이 알려져 있었다.

"어디 보세, 기노시타가 어떤 사나이인지."

"원 저런, 우리 대장은 아주 소박한 담황색 무명 진바오리를 입고 계신데, 저 사나이는 이상한 차림이로군. 마치 히에日吉 신사에 비단을 바치러 온 사자의 예물을 든 원숭이 같지 않은가?"

"그래, 그렇지 않아도 별명이 원숭이라고 하더군."

"저 사람이 뒷산에서 나무를 베어 뗏목을 만든 장본인이란 말인가."

"아니, 체구는 보잘것없으나 힘은 장사라는 거야. 그런 몸인데도 거목으로 엮은 뗏목을 번쩍 들어 나가라 강에 던져 넣었다고 하니까 말이야."

인간의 성공한 이야기는 조금만 그 내용이 알려져도 살이 붙기 마련이다.

이윽고 경비하던 무사가 도키치로의 방문을 다케나카 한베에에게 보고했기 때문에 성문을 좌우로 활짝 열고 이 작은 사나이를 맞아들였다.

일찍이 노부나가의 장인으로서 스스로 일본에서 제일가는 악인이라 자처했던 미노의 살무사 뉴도 도산의 영광이 간직되어 있는 넓은 접견실.

짐짓 문둥병을 가장한 여섯 자 다섯 치의 거구 요시타쓰가 친아버지인 도산의 학살을 모의했던 곳.

여기에 지금은 그 손자인 다쓰오키를 몰아낸 청년 군사 다케나카 한베에 시게하루가 자기보다 일곱 살이나 연상인 기노시타 도키치로 히데요시를 노부나가의 군사로서 맞이한 것이므로 역사의 흐름이란 참으로 변화무쌍하다.

도키치로는 작은 몸집을 꼿꼿이 세우고 정면 의자에 앉은 진바오리 차림의 한베에를 똑바로 쳐다보며 다가갔다.

한베에는 백자가 놓인 것처럼 조용하였으며, 희로애락을 전혀 나타내지 않고 무표정하게 앉아 있었다.

"귀하가 다케나카 님이시오?"

"그렇소."

"나는 오다 오와리노카미 노부나가의 군사로 온 기노시타 도키치로 히데요시오."

"우선 앉으시오."

"오늘은 노부나가의 사자로 왔으므로 상좌는 사양하겠소."

도키치로는 아래쪽 왼편에 있던 의자를 자기가 직접 들고 와서 한

베에의 오른쪽 아래에 놓고 천천히 걸터앉았다

옆에는 도키치로를 안내해 온 한베에의 동생 규사쿠와 감금에서
풀려난 장인 안도 이가노카미가 씁쓸한 표정으로 앉아 있었다.

"다케나카 님, 본론부터 말하겠는데 귀하의 성을 우리 주군 노부
나가 공에게 헌납할 의향은 없으시오?"

"없습니다."

한베에는 담담하게 대답했다.

"나와 노부나가 님과는 아무 인연도 없는 타인 사이, 헌납할 수 없
습니다."

"아니, 전혀 인연이 없다고는 할 수 없지요. 노부나가 공은 돌아가
신 도산 공의 사위, 귀하가 추방한 다쓰오키는 말하자면 노부나가 공
에게는 장인의 원수가 되지 않습니까. 그러므로 노부나가 공은 기회
를 보아 장인의 원수를 갚으려고 계속 미노를 노리고 있다는 사실은
귀하도 잘 알고 있을 것이오."

"그야 물론……"

"그 노부나가 공이 8천의 대군으로 이 성을 공격하려다가 생각을
바꾸었소. 사이토 다쓰오키는 반드시 제거해야 할 상대지만 귀하에
게는 아무 원한도 없습니다. 듣자 하니 귀하는 군서軍書와 병법에 통
달한 오늘날의 제갈공명이라 일컬어지는 영재이므로 이유 없는 싸움
으로 인명을 잃기보다는 힘을 합쳐 센고쿠 시대를 평정해야 한다면
서 주군이 일부러 나를 파견하셨습니다. 물론 이 성을 헌납한다면 귀
하에게 서부 미노의 절반을 양도해도 좋다는 내락內諾의 말씀도 계셨
습니다."

"규사쿠, 사자에게 차를 대접하라."

다케나카 한베에는 여전히 침착한 목소리로 동생에게 명했다.

"주군을 모시는 몸이란 서로가 괴로운 일이군요, 기노시타 님."

"그렇지 않습니다. 사리가 분명한 우리 주군 노부나가 공의 제의를 승낙하시겠지요?"

"그것은…… 자, 우선 차부터."

"예, 들겠습니다. 차를 마시면서 대답을 듣겠습니다."

"대답이라니요?"

한베에는 길다란 눈을 크게 뜨고 조용히 물었다, 지금까지 아무 말도 듣지 않은 것처럼.

'과연 예사로운 인물이 아니다!'

이렇게 되자 도키치로도 태도를 바꾸었다.

"오, 이 차는 맛이 좋군요!"

"기노시타 님은 차에 대해 아십니까?"

"알지요, 알기 때문에 맛이 좋다고 했습니다."

그러자 한베에는 규사쿠를 돌아보며 말했다.

"이번에는 진짜 차를 가져오너라,"

도키치로는 깜짝 놀라 찻잔을 놓았다. 아마도 자기가 지금 마신 것은 진짜 차가 아니었던 모양이다.

"하하하……"

도키치로는 아무렇지도 않은 듯 웃으며 말했다.

"다케나카 님, 지금 마신 것은 무슨 차였습니까?"

"그것은 옥수수 수염을 삶은 물입니다. 이 물을 마시면 두근거리던 가슴이 진정되고 간장도 튼튼해집니다."

도키치로는 다시 한 번 큰 소리로 웃었다.

"원 이런, 모르는 것은 말하지 않아야 하는데 보기 좋게 당했군요. 다케나카 님, 실은 이 기노시타 도키치로는 아직 제대로 차다운 차를 마신 적이 없습니다. 좋습니다, 차는 필요치 않습니다. 그 옥수수 수염 삶은 물을 다시 한 잔 마시고 싶군요. 왓핫핫하……"

영웅의 생각

도키치로는 웃으면서도 마음속으로는 부드득 이를 갈았다.

'이 새파란 애송이 녀석이!'

한베에는 그러한 도키치로의 감정에는 전혀 반응을 나타내지 않고 냉정한 태도로 맛있게 차만 마시고 있다.

"그런데 다케나카 님, 조금 전의 이야기에 대해서는 결심하셨나요?"

"아니, 무슨 말씀이었던가요?"

"하하하, 오늘날의 제갈공명이 왜 그렇게 아둔하십니까. 이 도키치로도 우리 주군 노부나가 공의 생각을 잘 말씀드린 줄로 알고 있는데요. 이 성을 노부나가가 공에게 이대로 헌납하실 것인지 아닌지, 그 대답을 듣지 않고는 돌아갈 수 없습니다. 옥수수 수염을 대접받은 것만으로는……"

"아, 그 말씀이군요."

"예, 바로 그 일입니다."

"그 점이라면 이미 대답을 드리지 않았습니까? 기노시타 님은 오다 가문에서 제일가는 영재인 줄 알고 있습니다. 이 한베에처럼 아직 미숙한 자를 놀리시면 안 됩니다."

"아니, 이미 대답을 하셨다고?"

"그렇습니다. 맨 처음에 헌납할 생각이 없느냐고 물으셨을 때 분명히 없다고 대답했습니다."

한베에는 어느새 입가에 미소를 띠었다.

"명철하신 기노시타 님이므로 이미 제 마음 구석구석까지 꿰뚫고 계실 것입니다. 부디 이번에는 그대로 돌아가십시오. 아까도 말씀드렸듯이 주군을 모시는 몸은 서로가 괴로운 법입니다."

"다케나카 님!"

"예."

"그러면, 귀하는 8천의 오다 군이 이대로 미노에 침입해도 좋다는 말씀인가요?"

"아니지요. 그것은 노부나가 공의 뜻에 달린 일, 어찌 제가 이 자리에서 가부를 말할 수 있겠습니까?"

"참고로 다시 한 번 여쭙겠는데……"

도키치로는 적잖이 짜증이 났다.

"무사는 자기를 알아주는 사람을 위해 죽음도 마다하지 않는다고 합니다. 인간과 인간이 접할 때는 좀더 정감 있는 반응이 필요합니다. 너무 냉담하게 대하시면 후일의 결과가 좋지 않을 겁니다."

"하하하하……"

한베에가 비로소 소리 내어 웃었다.

"영재이신 기노시타 님이기에 잘하실 줄 믿습니다마는, 그러시면 저도 참고로 한 말씀 덧붙일까요?"

"무엇을 말입니까?"

"제 처지를 말씀드리지요. 혹시 기노시타 님은 제가 주군인 다쓰오키 님을 모반한 줄로 생각하시는 것은 아닌가요?"

"그럼, 이 성에서 몰아내고도 모반하지 않았다는 말씀이오?"

"하하하, 어찌 모반이라 보십니까. 당치도 않습니다!"

"아니, 당치도 않다고요?"

"예, 우리는 어디까지나 다쓰오키 님에게 간언을 한 것뿐입니다. 이런 상태가 계속되면 열여섯 명에게도 성을 빼앗긴다, 그러므로 어서 정신을 차리고 오다의 침입에 대비해야 한다고 말입니다."

"으음."

"따라서 다쓰오키 님도 지금쯤은 크게 반성하고 계실 겁니다. 반성만 하면 우리 목적은 달성된 것이므로 주군에게 이 성을 돌려주고 오다 군에 대한 방비에 철저를 기한 뒤 저는 다시 이와테 성으로 돌아갈 생각입니다."

기노시타 도키치로는 저도 모르게 다시 한 번 신음했으나 섣불리 입을 열 수 없었다.

"아시겠습니까? 그런 의미에서 우리는 가신의 책무를 수행하고 있습니다. 그러므로 아무리 정의를 다한 권고라 하더라도 이 자리에서 노부나가 공에게 사이토 가문의 본성을 헌납할 수는 없습니다. 그렇게 되면 이 다케나카 한베에 시게하루는 자기 야심 때문에 주군의 가문을 멸망시킨 요물이라고 후대에까지 오명을 남기게 됩니다. 간언은 충성에서 나오는 것이지 모반이 아닙니다. 이러한 한베에게 성을 헌납하라고 오신 사자이기 때문에 주군을 모시는 몸은 서로가 괴롭다고 말씀드린 것입니다. 그 점을 잘 이해하시고 이 자리에서는 웃고 돌아가시기 바랍니다…… 인연이 닿으면 언젠가 다시 싸움터에서 만나 무장의 회포를 풀어보도록 합시다."

기노시타 도키치로는 망연자실하여 할 말을 잊었다.

그렇다면 자기 자신이나 노부나가, 아니 다쓰오키뿐 아니라 모든 세상 사람들이 생각했던 것보다 훨씬 더 투철한 정의의 화신이 아닌가!

한베에는 자기 재략을 믿고 주군의 가문을 빼앗은 실력자인 줄만 알고 있었는데, 주군을 위해 아무도 하지 못할 강력한 충고를 한 유례없는 충신이었던 것이다.

'과연 대단한 인물이다.'

원래가 고지식한 도키치로인 만큼 처음에는 망연자실했지만 차차 헤아릴 수 없는 감동을 느끼기 시작했다.

이처럼 분명하게 태도를 밝힌 걸 보면 오다 군에 대한 방비도 물샐틈없을 것이 분명하다.

"잘 알았습니다! 과연 다케나카 한베에 님이십니다. 무장의 귀감으로 새삼스럽게 우러러보았습니다! 이 도키치로는 더는 무리한 말씀을 드리지 않겠습니다. 다만 옥수수 수염의 맛만은 깊이 간직하고 돌아가겠습니다."

"아시겠습니까, 기노시타 님?"

"잘 알았습니다. 제가 돌아가 주군으로부터 할복을 명령받는다고 해도 이 자리에서는 이미 귀하에게 드릴 말씀이 없습니다. 부디 무사의 의지를 관철시키시기를……"

도키치로는 이렇게 말한 뒤 다시 한 번 큰 소리로 웃고 자리를 떴다. 그렇게 하는 수밖에 도리가 없었다.

그러나 일단 밖으로 나가 서릿발에 부서지는 밝은 햇빛을 보자 무서운 공포를 느꼈다.

노부나가 앞에서 호언장담했던 일이 생각났기 때문이다.

오와리의 원숭이는 미노의 기린보다 약간은 더 지혜주머니가 크다고……

'내가 너무 입이 가벼웠어.'

이 일을 사실대로 보고하면 노부나가는 과연 무어라 말할까?

오기로라도 당장 강을 건너 이나바야마를 공격하지 않고는 못 배길 것이다.

만약 노부나가가 공격한다면 다케나카 한베에는 어떤 방법으로 응전해 올까? 자신만만하다는 소문 그대로 그 창백한 청년은 냉정하게 도키치로를 대하며 눈썹 하나 까딱하지 않았다.

도키치로는 미리 준비해놓은 배로 우선 나가라 강을 건너고 다시 말을 타고 기소 강가로 향하면서 감동과 공포, 공포와 감동의 착잡한 기분에 휘말려 거의 아무 생각도 할 수 없었다.

그리고 눈앞에 기소 강의 흐름이 보이기 시작하자 이번에는 노부나가의 안색이 마음에 걸리기 시작했다.

강 건너 가사마쓰의 야진野陣에서는 고마키 산성에서 나온 노부나가가 도키치로의 귀환을 애타게 기다리고 있을 것이다.

눈을 크게 뜨고 도키치로를 지켜보겠다고 한 그 노부나가가……

배가 기슭에 닿았을 때 도키치로는 체념했다. 아무리 크게 꾸중을 듣는다 해도 이 경우에는 둘러댈 거짓말이 없다.

"미처 사람을 잘못 보았습니다."

이렇게 말하고 다케나카 한베에의 요지부동한 충성심을 그대로 노부나가에게 전할 수밖에 없다.

'그러나저러나 오늘의 나는 왜 이렇게도 작아 보이는 걸까……'

"기노시타 도키치로 님이 돌아오셨습니다!"

재빨리 기노시타를 발견한 노부나가의 고쇼가 진지에 도착하여 찬 강바람에 흔들리는 장막 안을 향해 외쳐댔다.

기노시카는 이 소리를 듣고 더욱 어깨를 축 늘어뜨리고, 자기가 먼저 선수를 쳐서 꾸벅꾸벅 머리를 숙였다.

"주군! 꼬리를 잘라주십시오. 이 원숭이는…… 형편없는 장님이었습니다."

노부나가는 푸르기만 한 겨울 하늘을 잔뜩 노려보면서 처음부터 한마디도 하지 않고 도키치로의 보고를 들었다.

"왓핫핫하…… 으음, 그렇게 됐구나. 좋아, 원숭이! 용케 그대로 돌아왔다. 거기서 계속 지껄였더라면 너만이 아니라 이 노부나가까지 수치를 당할 뻔했는데 곧바로 돌아오기를 잘했어. 왓핫핫하…… 좋아, 일단 군사를 철수시키고 우리도 다시 한 번 정초를 즐기기로 하자. 염려하지 마라, 이것으로 이겼어. 미노는 곧 손에 들어오게 될 것이다."

다 듣고 나서 즉시 공격 명령을 내릴 줄 알고 있었는데 찢어질 듯한 웃음소리로 들판을 진동시키고 즉시 진지를 철수하도록 명령했다.

큰 잔으로 마시다

이번에야말로 무슨 수를 써서라도 미노를 공격하여 이나바야마 성을 함락시킬 줄 알았던 노부나가가 깨끗이 군사를 철수시켜 고마키 성에서 다시 노히메가 있는 기요스로 돌아오자 노히메는 깜짝 놀랐다.

'대관절 주군은 무슨 생각을 하고 계실까?'

일부러 고마키 산에 성을 쌓은 이유는 이나바야마 성을 손에 넣어 확실하게 미노에 진출함으로써 천하에 무위를 떨칠 첫걸음을 내딛기 위해서인 줄로 알고 있었던 것이다.

노부나가가 기요스 성에서 무장을 풀자 노히메는 미심한 점을 묻지 않을 수 없었다.

"주군, 무언가 잊은 것이 있어 가지러 오신 줄 알았는데 한가롭게 갑옷을 벗으시는군요."

"어서 술이나 가져와. 갑옷을 벗은 이유는 그대도 알 거야."

노부나가는 가부좌를 틀고 앉으면서 조롱하듯 말했다.

"아니면, 그대는 속히 이나바야마 성을 빼앗아 살무사의 원수를 갚으란 말인가?"

노히메는 손뼉을 쳐서 시녀에게 술상을 준비시켰다.

사실 노히메에게 그런 조급함이 없었던 것은 아니다. 어떻든지 절호의 기회라 믿고 자신도 승낙했던 출진이었는데 어째서 깨끗이 군사를 철수시키고 돌아왔을까?

"주군은 미노보다도 이세를 먼저 빼앗고 싶어졌나요? 그렇지 않다면 저로서는 이번 일을 이해할 수가 없어요."

"흥."

노부나가는 비웃었다.

"이 노부나가가 빼앗고 싶은 것은 천하일 뿐이야. 천하를 빼앗으려는 큰 도둑이 왜 의미 없이 철수했겠어. 이나바야마는 빼앗지 않아도 손에 넣은 것이나 다름없기에 좀 쉬려고 돌아온 거야."

"무슨 말씀입니까, 미노를 손에 넣은 것이나 다름없다니?"

"살무사의 딸도 요즘에는 머리가 좀 둔해졌군. 알겠나, 이나바야마 성은 이미 결말이 났어. 다케나카 한베에라는 코흘리개가 고작 열여섯 명으로 빼앗은 성을 이 노부나가와 같은 큰 도둑이 8천 명이나 되는 부하를 데리고 공격할 것 같은가? 더구나 그 성에 들어갔다가 여기저기서 코흘리개들의 반항에 부딪히면 천하를 빼앗으려는 도둑의 관록이 떨어지게 돼. 두고 보면 알 거야, 이나바야마 성에 들어갔을 때는 벌써 천하의 반은 빼앗은 뒤일 테니까. 노부나가는 큰 도둑이기 때문에 그대의 아버지인 살무사가 나에게 반했던 거야."

노히메는 어이가 없어 멍하니 노부나가를 쳐다보고만 있었다.

이해가 되지 않지만 알 것 같기도 했다. 노부나가의 기질로 볼 때 한베에가 이나바야마 성을 고작 열여섯 명이라는 인원으로 빼앗았다는 사실은 참을 수 없는 모욕이었음이 틀림없다.

"그럼, 처음부터 한베에의 성을 무조건 인수할 생각으로 싸우지 않았다는 말씀인가요?"

"뻔한 질문을 하는군. 한베에가 거절하면 이나바야마 성만이 아니라 미노 전부가 대번에 손에 들어오게 돼. 그것도 모르고 코흘리개를 상대로 싸웠다면 어떻게 되었을 것 같은가? 모처럼 무너져가던 적군이 하나가 되어 3천이나 5천의 소중한 군사를 잃을 수밖에 없는 거야. 그런 싸움을 하면 그야말로 천하의 웃음거리가 될 뿐이야. 알겠거든 술 상대로 모리 산자에몬을 부르도록 해."

노히메는 더 이상 말하지 않았다.

아직 분명하게는 알 수 없었으나, 남편이 군사를 철수시킨 이유를 어렴풋이 짐작할 수 있었다.

노부나가의 말처럼 지금 이나바야마 성 공격에 총력을 기울인다는 것은 분명히 어리석은 일…… 아니, 그보다도 노부나가의 기질에 맞지 않는 일이라고 할 수 있다. 만약 한베에를 상대로 하는 싸움이 길어지면 그야말로 노부나가는 스물한 살인 한베에와 능력이 비교되는 결과를 초래할 것이다.

노히메가 직접 일어나 모리 산자에몬을 부르러 나가자 노부나가는 혼자 싱글벙글 웃기 시작했다.

이처럼 혼자 웃을 때는 노부나가의 머리가 자신감과 비책으로 무섭게 회전하는 순간이다.

"여봐라!"

노부나가는 술잔을 손에 들고 외치듯 말했다.

"마루의 장지문을 활짝 열어놓아라. 추위 따위가 무엇이란 말이

냐. 매화의 꽃봉오리는 서리 속에서 맺혀지는 법이다! 활짝 열도록
하라."

그러고는 싱글벙글 웃으며 술잔을 기울였다.

천재와 귀재

모리 산자에몬이 노히메를 따라 방으로 들어왔다.

"부르셨습니까?"

산자에몬이 두 손을 짚자 노부나가는 비로소 웃음을 그쳤다.

"내가 없는 동안 수고가 많았다. 잔을 받거라."

"감사합니다."

"산자에몬!"

"예."

"미노 문제는 이제 결말이 났어."

너무나 갑작스런 말에 산자에몬 또한 노히메와 마찬가지로 눈을 깜박거렸다.

"결말이 났다고 하시면?"

"끝났다는 말이야. 다케나카 한베에라는 코흘리개가 제법 구미가 당기는 길을 열어 내게 미노를 고스란히 넘겨주었어."

"다케나카 님이 주군에게 미노를?"

"왓핫핫하…… 오노까지도 아직 모르겠다는 얼굴이군. 내 말을 잘 들어라, 산자에몬."

"예. 잘 듣겠습니다."

"한베에 녀석이 말이다, 자기는 다쓰오키에게 모반한 것이 아니라 강력하게 충고했을 뿐이라며 자못 영리한 말을 했다는 거야."

"그 이야기는 저도 들었습니다."

"따라서 녀석은 머지않아 성을 다쓰오키에게 돌려주고 자신의 거성인 이와테의 보다이 산으로 돌아갈 것이다."

"틀림없이 그렇게 할 겁니다."

"그 점이 바로 녀석의 계산 착오인 게야. 세상에는 강력한 충고를 받고 눈을 뜨는 자와 그렇지 못한 자가 있기 마련이야. 산자에몬, 다쓰오키는 어느 쪽이라고 생각하느냐?"

"제가 보기에 다쓰오키는 눈을 뜰 만한 그릇이 아닌 듯합니다마는."

"하하하……"

노부나가는 즐거운 듯이 웃고 산자에몬의 잔에 다시 술을 따랐다.

"알겠느냐, 산자에몬. 눈을 뜨지 못한 다쓰오키는 성을 돌려받고 나면 앞서 당한 일에 화가 나서, 한베에를 죽이지는 않겠지만 그대로 두지는 않을 것이다."

"그렇습니다."

"이것으로 한베에는 이미 끝난 거야. 젊은 나이에 은퇴하거나 도망치거나 하겠지. 하지만 한베에의 기질로 보아 도주하지는 않을 거야. 따라서 불우한 은거 생활을 시작할 테지. 내가 여기까지 말했더니 도키치로 녀석은 무릎을 탁 치고 뒷일은 자기가 맡겠다고 하더군.

알겠나, 원숭이가 한 말의 의미를?"

"글쎄요."

"큰 충신인 다케나카 한베에가 불우한 위치에 놓이게 되면 미노의 결속은 와해되기 마련이야. 특히 불평불만이 극에 달할 사람은 한베에의 장인 안도 이가노카미 모리나리元就일 테지. 원숭이 녀석은 벌써 이가노카미에게 공작을 펴고 있을 거야."

"아, 과연!"

"그런 뒤 틀림없이 다쓰오키에게 쫓겨나 불우한 위치에 놓인 한베에 시게하루를 설득하러 갈 테지. 원숭이 녀석이 미노에 관한 일은 자기에게 맡겨달라고 했어. 왓핫핫하."

노히메는 비로소 자기 얼굴에도 남편의 얼굴처럼 웃음이 번지고 있음을 깨달았다.

'이제야 알았다!'

산자에몬은 아직도 약간은 미심쩍은 표정이었으나 노히메는 남편의 생각을 알고, 머지않아 다쓰오키에게 쫓겨나 불평 속에 은거를 강요받을 다케나카 한베에를 찾아가는 도키치로의 모습이 눈에 보이는 듯했다.

"부디 나의 군사가 되어주시기를."

그 특유의 열변으로 간곡하게 설득하면 대부분의 사람들은 움직이지 않을 수 없다. 사실 도키치로는 우누마의 호랑이라는 마음의 벗을 이미 사이토 가문 내부에 갖고 있는 것이다.

"그러면, 그러면……"

노히메는 노부나가의 웃음이 그치기를 기다렸다가 물었다.

"주군은 다케나카 님이 우리 편이 되었을 때 이나바야마 성을 공략하시겠다는 말씀입니까?"

"바보 같은 소리!"

노부나가는 잔을 내밀면서 말했다.

"그때는 내가 당당하게 이나바야마 성으로 군사를 데리고 옮겨갈 때인 거야. 이미 완전히 미노가 내 손에 들어왔으니까."

모리 산자에몬은 무릎을 탁 쳤다.

"아, 알겠습니다."

"이제 알겠나?"

"예."

"알겠거든 좋은 구경감을 보여주겠다. 미노를 손에 넣었다고 팔짱만 끼고 있으면 조정을 대할 면목이 없어. 오노! 그대가 돌보고 있는 신부들을 이리 데려와."

"예? 무어라 하셨습니까?"

"그대가 돌보는 신부들…… 만으로는 부족해. 산자에몬에게 모두 보여줄 필요가 있어. 오이치도 데려오고 자센마루와, 산시치마루도 데려와."

노부나가는 상당히 취한 듯 문을 활짝 열어놓은 한기 속에서 손을 크게 흔들면서 느닷없이 한쪽 어깨의 옷을 벗었다.

결혼 전략

대부분의 무장은 대군을 거느리고 출진했다가 목표를 공격하지 못하고 돌아오면 의기소침해져 몹시 불쾌해 하거나 깊은 생각에 잠기게 마련이다.

그러나 노부나가에게는 이러한 소극적인 면이 전혀 없었다. 노부나가는 어떠한 경우에도 전진을 멈추지 않는다. 하나의 길이 막히면 또 다른 통로를 찾고, 다시 이것이 막히면 전보다 몇 배나 더 강렬하게 제3의 길을 개척해 나간다.

이번 일만 해도 다른 무장이었다면 아마도 기세를 타고 이나바야마 성을 공격했을 것이다.

실은 다케나카 한베에 시게하루도 이 점을 충분히 예상하고 있었다.

한베에 역시 노부나가가 깨끗이 군사를 철수시킴으로써 이 성을 다쓰오키에게 반납하게 되면 그 뒤에 자기 입장이 어떻게 된다는 것쯤은 계산하지 못할 사나이가 아니었다.

만약 노부나가가 공격했더라면 한베에는 분명 다쓰오키를 맞아들이고 미노의 병력을 집결시켜 마음껏 자신의 능력과 충성심을 만천하에 과시했을 것이다.

그런데 차 대신 옥수수 수염을 끓인 물을 대접받은 도키치로가 화를 내기는커녕 도리어 감동하여 돌아가고 노부나가도 군사를 철수시켰기 때문에 그 힘을 시험할 기회를 놓쳐 스스로 비극 속에 뛰어드는 결과를 자초하고 말았다.

그런 의미에서 노부나가는 과연 한베에와는 비교가 안 되는 지략의 소유자였다.

"미노 문제는 이제 결말이 났어!"

이 지략의 소유자가 이렇게 말하고 술자리로 자랑스럽게 불러낸 이들은 뜻밖에도 그의 자식들이었다.

물론 이것도 노부나가의 전진과 상관이 없는 무의미한 장난은 아니다.

적자인 기묘마루만은 부르지 않았으나 차남인 자센마루를 상좌에 앉히고 삼남 산시치마루와 막내 여동생인 이치히메, 양녀 유키히메와 장녀 도쿠히메를 나란히 앉힌 모습은 삼짇날의 히나단雛壇°을 보는 것처럼 아름다웠다.

자센마루와 산시치마루는 동갑인 여섯 살. 이치히메와 유키히메도 동갑으로 열세 살의 봄을 맞이했다. 장녀인 도쿠히메는 일곱 살이 되었다.

그러나저러나 오다 가의 사람들은 어쩌면 이렇게도 모두 빼어난 미모의 소유자들일까.

열세 살인 이치히메와 유키히메의 미모는 절세가인이라는 말 그대로 아름다우며 기품이 있었고, 그 밑의 어린것들도 장래의 미모를 상상할 수 있는 화사한 모습들이었다.

"자, 전부 모였어, 산자에몬."

노부나가가 말했다.

"이 아이들은 모두 군사 몇 천과 비견할 만한 가치를 지녔다. 잘 보아두거라."

산자에몬은 노부나가의 마음을 깨닫지 못하고 도움을 청하듯 노히메를 바라보았다.

"한발 앞서 꽃구경을 하시는군요, 산자에몬 님."

노히메는 웃으면서 눈을 가늘게 떴다.

"예. 그야말로 봄철 꽃밭에 들어온 기분입니다."

"산자에몬!"

"예."

"아부하는 소리는 그만둬. 이 아이들은 모두 노부나가가 천하에 바치는 희생의 꽃이야."

"희생의 꽃?"

"그래. 그러므로 아부는 그만두고 이 노부나가가 일일이 이름을 소개할 테니 잘 듣도록."

"이름 말씀입니까? 그것은 말씀하시지 않아도……"

"말하지 않아도 안다는 뜻이겠지. 하지만 그대는 아직 모르고 있어."

"모른다고 하시면?"

"말하지 않았으니 알 리가 없지. 그렇지 않은가, 오노?"

"예. 모리 님은 모르실 거예요."

노히메는 이미 노부나가의 속셈을 간파한 듯 생글생글 웃었다.

"산자에몬, 맨 오른쪽에 있는 아이가 장차 이세의 기타바타케 가문을 이을 자센마루야."

"예? 그 기타바타케……"

산자에몬의 눈이 휘둥그레진 것은 당연한 일이었다. 기타바타케 가문은 요시노吉野 시대(남북조 시대의 별칭)의 초석이라 불리던 귀족 기타바타케 지카후사親房의 자손으로 이치시 군一志郡의 다키多藝 산성 밑에 저택을 소유한 이세의 지방관 기타바타케 도모노리具教를 가리키는 것임이 틀림없다.

도모노리는 다키의 고쇼御所°라 불리며 지카후사의 8대손으로 그 세력은 기이의 구마노熊野에서 야마토, 이가와 시마志摩에까지 걸쳐 있고, 병력은 2만 5천이라고 한다.

이 기타바타케 가문을 차남인 자센마루가 이어받게 하겠다니 도대체 무슨 의미일까.

"하하하……"

노부나가가 웃기 시작했다.

"기타바타케 가문에는 미에히메三重姬라는 열네 살의 훌륭한 처녀가 있어. 자센마루는 여섯 살이니까 어울리는 부부가 될 거야."

"저어, 그 처녀가 열네 살이라면……"

산자에몬은 이렇게 말하면서 나란히 앉아 있는 열네 살의 이치히 메와 여섯 살인 자센마루를 비교해보았다.

"그래. 신부가 약간 연상일 뿐이지. 그 다음은 기타바타케의 방계 傍系인 북부 이세의 명문 간베神戸 가문을 계승할 산시치마루일세."

"아니, 산시치마루 님은 간베 가문을?"

"그래. 간베 구란도 도모모리藏人具盛에게도 올해 두 살 된 미쓰세 三瀬라는 딸이 있어. 어떤가, 이들도 어울릴 것 같은데?"

"글쎄요……"

산자에몬은 신음하듯 대답했다.

둘 다 여섯 살인데, 한쪽은 열네 살의 신부와 맺어주고, 또 한쪽은 두 살밖에 되지 않은 신부를 맞이한다니 대관절 노부나가는 무슨 생각을 하는 것일까? 어쩌면 취중의 농담일지 모른다고 생각했다.

"그 다음은 이치히메인데, 이 아이는 장차 미노와 가까운 오미의 오다니小谷 성주 아사이 나가마사淺井長政의 아내가 될 거야. 나가마사는 열일곱 살로 이치히메와는 세 살 차이. 이들도 더할 나위 없는 부부가 아니겠나?"

이 말을 듣고 이치히메는 깜짝 놀라는 표정으로 노히메를 바라보았다. 아마도 이치히메로서는 처음 듣는 말이었음이 틀림없다. 그렇지 않다면 이 꽃 같은 처녀는 이미 얼굴을 붉혔을 것이다.

"그리고 다음으로…… 유키히메는 고슈甲州에 있는 다케다 하루노부의 차남 가쓰요리勝賴에게 출가하는 거야. 가쓰요리는 차남이지만 앞으로 다케다 가문을 상속하게 돼. 그는 틀림없이 열일곱 살일 거야. 어떻게 생각하나? 원 저런, 가쓰요리의 아내가 될 사람이 얼굴을 붉히는군."

과연 유키히메는 얼굴에서부터 목덜미까지 복숭아 빛으로 빨갛게 물들었다. 그녀는 벌써 이 이야기를 알고 있었던 모양이다.

"그 다음 도쿠히메는 오카자키 성주 마쓰다이라 모토야스의 적자 다케치요의 아내가 된다. 다케치요도 도쿠히메와 동갑인 일곱 살이다. 잘 기억해두거라. 오른쪽부터 기타바타케, 간베, 아사이, 다케다, 마쓰다이라의 순서야. 알겠나?"

"예…… 예."

"그런 뒤 이 노부나가는 미노를 손에 넣고 이세의 기타바타케와 간베, 고슈와 신슈의 다케다, 미카와의 마쓰다이라를 인솔하여 천하를 쟁취하러 나설 것이다. 핫핫하. 오노, 이제 됐어. 소중한 신부들을 데리고 나가 맛있는 것을 주도록. 정말 훌륭한 아이들이야, 훌륭하고 말고."

노부나가는 환하게 웃으면서 아이들을 내보냈다.

"산자에몬, 술을 마셔라!"

세 겹으로 쌓인 술잔 중에서 맨 밑에 있는 잔을 꺼내 산자에몬에게 내밀었다.

산자에몬은 잔을 받기는 했으나 여전히 망연한 표정으로 노부나가를 바라보았다.

'노부나가가 천하에 바치는 희생의 꽃……'

그러나저러나 얼마나 철저하게 결혼 전략을 짜냈을까.

전에도 한꺼번에 세 명이나 애첩을 맞아들여 사람들을 깜짝 놀라게 만든 노부나가였다. 그 무렵부터 노부나가는 전략적으로 아이들을 낳았던 것일까?

이런저런 생각을 하자 산자에몬은 그만 등골이 오싹해졌다.

하나의 목적을 위해 모든 것을 걸고 사는 사나이의 처절하기 짝이 없는 칼날 같은 비정非情.

'냉엄하기가 미노의 살무사보다 한 단계 더 높다.'

"산자에몬! 자, 내가 따를 테니 꿀꺽 삼켜라. 천하를 삼킨다는 기분으로 단숨에 들이켜라."

이때 아이들을 데리고 나갔던 노히메가 들어왔다.

"제가 따르겠어요. 주군, 그 술병을 이리 주십시오."

얼른 노부나가의 손에서 술병을 받아들었다.

"왓핫핫하. 그런데, 산자에몬."

"예."

"이 일을 아직 세상에는 알리지 마라. 그렇다고 내가 일단 결정한 일이므로 변경하리라 생각하면 안 된다. 반드시 실현하고야 말겠어. 기회를 보아 반드시…… 반드시. 그렇지, 오노?"

"예. 주군이라면 하실 수 있어요."

"암, 물론이야. 그렇지 못하면 난세는 언제까지나 계속되는 거야. 언제까지나 거리에서 그 고약한 송장 썩는 냄새가 사라지지 않아. 산자에몬! 나를 도와주게. 새로운 세상을 만들기 위해 그대도 목숨을 던져야 해. 그대의 자식들도 나에게 목숨을 맡기게…… 노부나가는 이처럼 모든 것을 걸고 빈손이 됐어. 벌거벗었어. 왓핫핫하."

이렇게 말하고 노부나가는 자기가 취했음을 깨달았는지 "오노! 어깨를……"하고 벗었던 한쪽 어깨에 다시 고소데小袖˚를 입히게 하고 "베개!"하며 외치는 동시에 그 자리에 드러누웠다.

노히메는 얼른 베개를 가지러 가면서 시녀에게 열어놓았던 마루의 문을 닫게 했다.

"저는 이만 물러가겠습니다."

산자에몬은 정중하게 고개를 숙였다.

"수고하셨어요."

산자에몬이 물러가자 노히메는 다시 한 번 일어나 노부나가에게 자기 우치카케打掛˚를 덮어주었다.

노부나가는 벌써 드르렁 코를 골면서 노히메가 내려다보는 가운데 편안히 잠들어 있다.

시녀가 작은 등잔을 가지고 왔다.

감은 무르익고

노부나가는 그 뒤에도 잠시 기요스에 머무르면서 맨 처음에 결정한 일이 마쓰다이라 다케치요와 도쿠히메의 정식 약혼이었다.

이 혼사는 오다 가문과 마쓰다이라 가문의 영원한 동맹을 위한 가장 중요한 쐐기가 되었다.

마쓰다이라 모토야스는 이 약혼 전후로 이름을 이에야스家康로 바꾼 뒤 이마가와 가문과 완전히 관계를 끊고 노부나가와의 동맹을 선언했다.

그러고 나서 얼마 동안은 영지 안에서 일어난 잇코一向° 종 신도들의 반란 진압에 몰두해야만 했으나, 도쿠히메와 다케치요의 약혼이 이루어지자 노부나가는 유키히메와 다케다 가쓰요리의 혼인을 추진하기 시작했다.

에이로쿠 8년(1565)의 초가을이었다.

이때 가쓰요리의 아버지 하루노부 뉴도 신겐晴信入道信玄은 에치

166

고의 우에스기 겐신上杉謙信을 상대로 싸움과 화해를 거듭하다가 다시 엣추越中로 출병하여 겐신과 치열하게 싸우는 중이었다.

"때는 지금이다!"

기회 포착에 민감한 노부나가는 때를 놓치지 않고 오다 가몬노스케織田掃部助를 고후甲府에 있는 신겐에게 사자로 파견하여 정중하게 결혼을 제의했다.

신겐은 기뻐했다. 자기 매형인 이미가와 요시모토를 죽여 그 명성을 천하에 떨친 젊은 노부나가와는 진작부터 손을 잡았으면 했던 것이다.

물론 신겐은 이 맹장을 자신의 상경 작전 때 자기편으로 끌어들일 생각이었음이 틀림없다.

"이들은 정말 천생연분이오. 아비가 이런 말을 한다는 것은 우스운 일이지만, 내 아들 가쓰요리는 무장으로서 결코 부끄럽지 않은 자질을 가지고 태어났소. 노부나가 님에게도 절대로 사위로서 폐를 끼치지 않을 것이오."

그리하여 유키히메가 다케다 가문으로 출가한 때는 같은 해 11월 13일이었다.

이 혼인은 신겐보다도 노부나가에게 더 큰 힘을 실어주었다.

다케다 겐지源氏의 직계 자손으로 전술과 전략에서는 일본에서 으뜸이라는 신겐과 손을 잡게 되었던 것이다. 아마 이 소문만 듣고도 겁을 먹었을 사람이 미노에는 적지 않았을 것이다.

더구나 이듬해인 에이로쿠 9년(1566)이 되자 노부나가에게 뜻밖의 서신이 왔다.

앞서 노부나가가 바쿠후의 청사에 찾아가 만났던 쇼군 아시카가 요시테루가 드디어 마쓰나가 히사마쓰에게 살해되어, 그 동생인 요시아키가 고슈江州의 야시마矢島에서 은밀히 서신을 보낸 것이다.

말할 나위도 없이 노부나가의 힘으로 아시카가 바쿠후를 재건시켜 달라는 부탁이었다.

이 말은 벌써 천하의 다음 실력자는 노부나가라는 소문이 오미 부근에까지 퍼졌다는 증거였다.

조정이 의지하려는 사람도 노부나가이며, 바쿠후에서 의지하려는 사람도 노부나가다.

이렇게 되면 이미 미노의 감은 완전히 무르익은 것이나 다름없다. 예상대로 우누마의 호랑이가 설득한 결과 우선 안도 이가노카미 모리나리가 3인방의 다른 두 사람인 후쿠스 미노노카미, 우지이에 몬도노쇼와 함께 은밀히 노부나가와 내응했다.

장인인 안도 이가노카미가 내응했으므로 오늘날의 제갈공명이라는 다케나카 한베에 시게하루가 찾아올 날도 멀지 않았다고 생각하였을 때 마침 도키치로가 의기양양한 모습으로 노부나가 앞에 나타났다.

"드디어 설득에 성공했습니다."

"한베에를 말이냐?"

"예. 좀처럼 찾아보기 어려운 훌륭한 인물이었습니다. 자기는 이미 세상을 버린 자이므로 이대로 있겠다며 움직이지 않기에 저는 그의 은둔처인 구리하라 산을 백 번이나 찾아갔습니다. 그리하여 결국 이 도키치로가 설득했으므로 한베에를 제 밑에 있도록 허락하여주십시오."

노부나가는 웃으면서 도키치로의 청을 허락했다.

모든 것이 노부나가의 예상대로였다. 한베에가 이나바야마 성을 다쓰오키에게 돌려주고 거성으로 돌아가자 다쓰오키는 곧바로 한베에를 추격했던 것이다.

추격 대장인 히네노 빗추가 군사를 거느리고 보다이 산으로 갔더니 한베에는 성문을 열고 그를 맞이했다고 한다.

"비록 충성심에서였다고는 하나 주군을 그토록 놀라시게 한 죄는 적지 않습니다. 그러므로 저는 즉시 은퇴하여 근신할 터이니 가독家督에 관한 일은 제 아우인 규사쿠에게 말씀해주시도록 히네노 님께서 주군께 전해주십시오."

이렇게 되자 히네노 빗추는 한베에를 죽이지도 못하고 그대로 이나바야마로 돌아와 다쓰오키에게 그 뜻을 보고했다.

여기까지의 처리 과정은 참으로 능란했다. 그러나 그때 노부나가가 재빨리 군사를 철수시켜 한베에가 스물한 살의 젊은 나이로 은퇴해야만 했던 일은 정말 애처로운 일이었다.

그리하여 한베에가 곧바로 구리하라 산에 초막을 짓고 은거하면서 독서로 세월을 보낼 때, 이렇게 될 줄로 예측했던 도키치로가 끈기를 가지고 설득한 셈이다.

미노의 3인방이 내응했으며 다케나카 한베에가 노부나가를 섬기게 되었다는 소문은 순식간에 미노 전체로 퍼져 나갔다.

"그러면 드디어 이나바야마로 나가볼까……"

노부나가는 자리에서 일어났다.

때는 에이로쿠 10년(1567) 춘삼월이었다.

원래 고마키 성은 이나바야마 성으로 옮길 때까지 일시적으로 머물렀던 성이다.

노부나가는 출병과 동시에 다키가와 가즈마사에게 북부 이세에서 활발한 양동작전을 벌이도록 명령한 뒤, 기소 강을 건너자 즉시 이나바야마 성을 포위하고 성 밑의 이노구치 마을에 불을 지르도록 했다.

모든 것을 깡그리 불태우고 새로운 마을을 건설할 생각인 것이다.

제1진은 시바타 곤로쿠 가쓰이에.

제2진은 안도 이가노카미 모리나리.

제3진은 이케다 가쓰사부로 노부테루信輝.

제4진은 모리 산자에몬 요시나리可成.

제5진은 마에다 마타자에몬 도시이에.

제6진은 삿사 구라노스케 시게마사佐佐內藏助成政와 후쿠토미 헤이자에몬福富平左衛門.

제7진은 사카이 우콘坂井右近과 하야시 후지타로林藤太郎, 주조 고하치로中條小八郎.

제8진은 히라테 겐모쓰 나리요시平手監物成義.

제9진은 하야시 사도노카미 히데나리秀成.

제10진은 사쿠마 우에몬 노부모리信盛.

제11진은 야나다 데와노카미 마사쓰나梁田出羽守政綱.

제12진은 아오야마 간타로青山甚太郎.

제13진은 기노시타 도키치로 히데요시, 다케나카 한베에 시게하루.

이 밖에도 본진을 지휘하는 노부나가와 예비대가 편성되어 그 총수는 1만 2천을 웃돌았으므로 이 싸움의 승부는 처음부터 결정된 것과 다름없었다.

그러나 앞서도 종종 말했듯이 이나바야마 성은 산성의 정상에서 농성하면 군량이 떨어지지 않는 한 절대로 함락되지 않는다고 사이토 도산이 자랑하던 난공불락의 성이다.

노부나가는 이 점을 알고 있었기 때문에 마을을 불태우기는 했으나 그 다음은 서두르지 않았다.

이렇게 하는 동안 미노의 토호들은 각각 자신이 어떻게 처신해야 할지 생각하게 될 것이다. 아니 결코 적대할 수 없는 노부나가의 힘을 분명히 깨닫고 저항을 단념할 것이다.

총공격을 명한 때는 성을 포위한 지 13일째 되는 날이었다.

노부나가는 자기 진지로 도키치로를 불러 별일 아니라는 듯이 물었다.

"어떠냐, 이제는 들어가도 되겠지?"

"예. 적절한 시기라고 생각합니다."

"그대에게는 한베에라는 훌륭한 군사軍師가 있다. 나는 적의 저항력을 약화시키기 위해 오늘까지 기다려왔어. 이쯤해서 아군을 손상시키지 않을 뿐더러 적도 크게 자극시키지 않고 성을 손에 넣을 묘안을 생각했느냐?"

"그 점은 처음부터 생각하고 있었습니다."

"으음, 또 그 허풍이 나오는군. 그래, 어떻게 하면 되겠느냐?"

"이 작전은 군사인 다케나카 님과 제 생각이 완전히 일치된 의견입니다마는, 정면에서 총공격하는 것만으로는 좀처럼 승부를 결정지을 수 없습니다. 그러나 이 성에도 유일하게 공격할 수 있는 급소가 있습니다."

"잘난 체하지 마라. 어디서부터 공격을 시작하겠다는 말이냐?"

"그곳은 제가 스노마타에 성을 쌓을 때 귀중한 목재를 베어낸 성 뒤쪽의 즈이류지 산입니다. 이 산에서 성 뒤쪽으로 나와 불의의 공격을 가하면 상대는 분명 앞뒤에서 적을 만나 깨끗이 포기할 겁니다. 총공격이 결정되면 부디 지형을 잘 아는 이 도키치로에게 즈이류지 산 방면을 맡겨주십시오. 산에 익숙한 자들을 선발하여 데리고 가겠습니다."

노부나가는 큰 소리로 웃었다.

"좋아, 노부시의 두목과 한베에 군사에게 공을 세우도록 해주겠다. 그러나 언제까지나 총공격만 하게 만들면 용서치 않겠다. 이것은 싸움이 아니라 노부나가의 이전인 거야."

"알겠습니다. 이전하는 인원을 너무 오래 들판에 머무르게 하면 주군의 권위가 손상되니까요."

"그 점을 안다면 오늘 밤 안으로 뒤로 돌아오너라. 이쪽에서는 내일 아침 일찍 공격을 개시할 것이다."

이리하여 3월 15일, 정원의 벚꽃이 한창 만발한 바람 한 점 없는 봄날의 새벽부터 총공격이 시작되었다.

호리병박의 집

"어때, 올라갈 수 있겠느냐? 어서 서둘러."

"그러고 싶지만 길이 없어. 길은 사라지고 바위 덩어리밖에 없어."

"그야 당연한 일이지. 그 살무사인 도산이 성의 함락에 대비하여 만들어놓은 유일한 샛길이라 하지 않는가. 아직까지 이 길을 통해 빠져나간 자는 하나도 없어. 바위 덩어리이기는 하지만 빠져나갈 곳은 있을 거야."

"그러니까 서두를 수가 없어. 내 눈은 부엉이가 아니야. 지금 길을 찾고 있어."

14일 밤 안으로 진격하라는 명을 받은 기노시타의 군사들은 우누마 가도와 히다 산의 가도가 교차되는 곳에서 성의 뒤쪽 골짜기에 있는 즈이류지 산의 샛길로 접어들어 산을 오르면서, 이런 이야기를 나누고 있었다.

마침 달이 구름에 가려져 있었으나 구름이 벗겨지면 주위가 대낮처럼 밝았다. 그러나 달빛으로 밝아진 눈이 일단 숲에 들어가면 도리어 방해가 되었다.

다케나카 한베에도 이곳에 샛길이 있다는 말은 들었지만 물론 지나간 적이 없었고, 도키치로의 후각이나 어둠에 익숙한 하치스카 히코에몬 일당의 빠른 발으로도 좀처럼 길을 찾을 수 없었다.

단지 오래된 샛길이 도중에 사라졌을 뿐만 아니라, 산속 깊숙이 들어가자 나무꾼과 사냥꾼들이 지나간 길이 군데군데 보이곤 하여 오히려 군사들의 눈을 어지럽게 만들었다.

일행은 몇 번이나 깎아지른 바위에 부딪히기도 하고 깊은 절벽을 만나 되돌아왔다가는 다시 걷기도 했다.

"이러다가는 날이 밝기 전에 성 뒤에 도착할 수 없겠어. 그렇다면 병력을 셋으로 나누어 전진하는 편이 좋겠어. 그리고 어느 일대든 길을 발견하면 공격을 개시하기 전에 봉화를 올려 그 위치를 알리기로 하세."

도키치로가 말하자 한베에도 찬성했다.

"그것이 좋겠어. 우리는 기습 부대이니 소수의 병력으로 적의 간담만 서늘하게 만들면 되는 거야. 올 수 없는 곳에서 왔다는 이것만으로도 적은 어떤 대부대가 왔는지 몰라 분명 혼비백산하여 무너질 거야."

"하하하, 열여섯 명이 나타났는데도 다쓰오키는 성을 버리고 도망쳤을 정도이니 다시 한 번 다케나카 식으로 해보세."

이에 길을 알 수 없게 된 계곡에서 기노시타 군은 지도를 나누어 가지고 셋으로 갈라졌다.

물론 도키치로는 한베에와 함께였다.

"아, 여기에 등나무 덩굴이 늘어져 있군. 우리는 이 덩굴을 타고 올

174

라가 서쪽으로 나가세. 지도상으로는 여기가 직선거리여서 성과 가장 가까워."

"그게 좋겠어. 빨리 서두르지 않으면 달이 지겠어."

"바로 그게 문제야. 기습을 하는 것이므로 횃불을 들고 갈 수도 없으니 달이 지면 얼마 동안 어둠 속에서 헤매야만 해."

"바위가 떨어지지 않도록 조심해서 올라가게."

"나는 원숭이일세. 이럴 때는 몸이 가벼워. 자네는 괜찮겠나, 군사 양반?"

"염려하지 말게. 나도 산에서 자란 사나이일세."

가까스로 절벽을 올라가자 작은 분지가 나타났다.

"이상한데, 길 비슷한 곳이 있어."

"으음, 이곳은 분명히 사람이 밟고 지나간 길…… 아무래도 이상해."

"무엇이 이상하다는 말인가, 군사 양반?"

"어쩌면 이 부근에 감시 초소가 있을지도 몰라. 이것을 좀 보게. 이 철쭉 나뭇가지는 최근에 밟혀서 부러진 거야."

"아, 정말 그렇군. 소리가 나지 않도록 조심하며 나가야겠어."

이에 뒤따르는 자들에게 그 뜻을 전하는 동안 달이 구름 속으로 들어가버렸다.

"원, 구름이군, 잠시 기다리세."

"아니, 더는 기다릴 수 없어. 달은 이대로 구름에 가려진 채 질 거야. 구름에 가렸어도 아주 어둡지 않으니 이럴 때 한 걸음이라도 더 나가야 해."

이렇게 손으로 더듬어가며 얼마를 더 전진했을 때, 한베에가 도키치로의 어깨를 치며 앞쪽을 가리켰다.

"아, 불빛이 보이는군. 오두막일세."

"오, 정말 그렇군."

도키치로도 걸음을 멈췄다.

"그러나 감시를 위한 초소라면 도리어 다행한 일, 샛길이 있다는 증거가 되니까."

"그래, 그런 점에서는 다행이지만……"

한베에는 고개를 갸웃했다.

"아무튼 저 불빛 주위를 포위해보세. 몇 명이 있는지는 알 수 없으나 그들이 봉화라도 올려 우리가 여기 있다는 사실을 성안에 알리면 지금까지의 고생이 수포로 돌아갈 테니까."

"옳은 말일세. 저들이 깊이 잠들었을지도 모르지만, 곧 날이 밝을 것이므로 몰래 지나갈 수는 없는 일. 역시 몰래 포위하여 처치해야겠지. 물론 모두 다 죽이면 안 돼. 한 사람은 길 안내로 살려 두어야겠지."

"그럼, 우선 양쪽에서 오두막으로 접근하세. 포위가 끝날 때까지 소리를 내면 안 돼."

한베에의 지시에 따라 여기서도 인원을 셋으로 나누어 좌우와 정면에서 호랑이 꼬리를 밟는 기분으로 불빛을 향해 접근했다.

불빛은 단 한 군데.

가까이 가서 보니 주위에는 분명히 사람이 일군 듯한 밭 같은 것이 있고, 그 중앙에 사방 두 평 정도인 작은 오두막이 있을 뿐이었다.

규모로 보아 감시병이 있다고 해도 고작 네다섯 명밖에는 없을 것 같았다.

정면으로 접근한 도키치로와 한베에는 밭 같은 곳을 지나 오두막으로 다가갔다.

"아니, 이상한 것이 있네."

도키치로가 먼저 한베에를 돌아보았다.

"이것을 좀 보게. 이 처마 밑에 매달려 있는 것이 모두 호리병박이야."

"뭣이, 호리병박?"

"그래. 더구나 모두 잘 말린 것들이야. 그렇다면 성에서는 평소에도 이 샛길에 감시병을 두고 있었다는 의미인데. 그렇지 않다면 호리병박이나 기르는 사람을 감시병으로 이용했을 리는 없지."

"으음, 이것은 분명히 지난해 여름에 딴 호리병박이 아니로군……혹시?"

한베에는 호리병박으로 손으로 더듬어보고 고개를 갸웃거리며 생각에 잠겼다.

"기노시타 님."

"무언가 미심쩍은 일이라도 있나, 군사 양반?"

"혹시 이곳은 감시병의 초소가 아닌지도 몰라. 이번에 감시병을 두었다면 몰라도 전부터 이런 곳에 사람을 배치했다면 내가 몰랐을 리 없으니까. 좋아, 잠시 기다려주게. 내가 깨워볼 테니."

바로 그때였다. 오두막에 드리워져 있던 것은 문이 아니라 발이었던 모양이어서, 소리도 없이 안에서 처마 밑으로 검은 그림자가 나왔다.

"누구냐, 거기서 수군거리고 있는 자는 누구냐?"

"미안합니다. 실은 이 산에 사냥을 나왔다가 길을 잃고 달까지 져서 오도가도 못하고 있습니다. 여기가 도대체 어디입니까?"

한베에가 이렇게 말하자 상대는 별로 경계하는 기색도 보이지 않았다.

"길을 잃었다고? 거짓말을 하는군."

무뚝뚝한 소리로 말하고는 히죽히죽 웃고 있는 듯했다.

"내가 이 부근의 산을 감시하는 사이토의 부하인 줄 알고 겁을 먹은 것처럼 보이는데."

"그럼, 당신은 사이토의 감시원이오?"

"감시원이라고 대답하면 죽일 생각이겠지. 그러나 염려할 것 없소. 나는 사정이 있어서 이 산으로 도망쳐 어머니와 단둘이 숨어서 사는 사람이오."

"허어, 그러면 이 오두막에는 당신과 어머니뿐이오?"

다시 한 번 한베에가 묻자 안에서 목소리가 들려왔다.

"예, 그래요. 고타로小太郎, 누가 오신 모양이구나. 누추하지만 안으로 모시지 그래."

그러면서 누군가 등불을 들고 얼굴을 내밀었다. 옷차림은 보잘것없었으나 제법 품위가 있어 보이는 마흔두세 살쯤 된 갸름한 얼굴의 여자였다.

그러자 이번에는 도키치로가 말을 걸었다.

"이상한데. 어투에 오와리의 억양이 있는 것을 보니 당신들 모자는 오와리 태생인 것 같군."

"어머, 그러고보면 당신들의 말에도 오와리의 억양이 있군요."

"점점 더 이상하군. 정말 이상해. 분명히 우리는 오와리 태생이지만 당신들은 누구의 처자요? 보아하니 전에는 유서 있는 무사의 가족이었던 것 같소. 젊은이는 아직 스무 살 정도인 씩씩한 청년. 그런 사람이 이런 산속에 사는 데는 까닭이 있을 것이오. 아버지는 어떤 사람이오? 아니, 이거 인사가 늦었군. 나는 노부나가 공의 가신으로 기노시타 도키치로 히데요시라는 사람이오."

"아니, 그럼 댁이 스노마타 성을 쌓은 그 유명한?"

어머니가 깜짝 놀라 등불을 높이 쳐들었다.

"어머, 그렇군요. 여기 있는 고타로의 아버지는 전에 니와 군丹羽郡의 오다小田 성채에 있었어요. 오다 노부키요 님의 가신으로 호리오 다노모 요시히사堀尾賴母吉久라는 이름입니다."

"으음, 역시 오다 가문과 관련이 있는 호리오 다노모 님의 처자였군."

도키치로는 이렇게 말하고 별안간 껑충 뛰어 처마 밑에 매달린 호리병박 하나를 땄다.

"군사 양반, 군사 양반, 호리병박에서 보배가 나왔어. 이것으로 우리는 이번의 이나바야마 공격에도 가장 큰 공을 세우게 됐어! 여보시오, 아주머니, 이 호리병박 하나를 내게 주시오. 지금부터 이것을 나의 우마지루시馬印°로 삼겠소. 이 우마지루시를 싸움에 이길 때마다 하나씩 늘려 천 개로 늘리겠소. 이의가 없겠지요?"

"예, 이의가 있을 리 없지요."

"좋아, 이의가 없다면 촌각을 다투어야 해. 호리오 고타로, 지금부터 그대는 오다의 가신일세. 그 첫 출발로 여기서 이나바야마 성의 뒷문으로 가는 지름길을 안내하게. 어떤 일이 있어도 내일은 그 성을 손에 넣어야만 해. 어서 준비를 하고 안내하게. 여기서 그대를 만난 것은 이 도키치로의 큰 행운. 자네 모자도 세상에 나갈 수 있는 때를 만난 거야. 자, 어서 준비하게."

이렇게 말하고 도키치로는 다시 따낸 호리병박을 높이 쳐들고 어린아이처럼 춤을 추기 시작했다.

다케나카 한베에 시게하루는 호리오 고타로가 무어라 대답할지 똑바로 그의 얼굴을 바라보았다.

"이겼다, 이겼어. 그 증거로 우마지루시도 결정했어. 이봐, 고타로, 어서 서둘러."

"예."

잠시 생각에 잠겼던 호리오 고타로는 결연하게 말하고 오두막 안으로 뛰어들어갔다.

한베에는 빙긋이 웃었다. 아직 지지 않은 달이 훤히 주위를 밝히고 있다.

벚꽃은 말이 없다

 기노시타 도키치로의 말처럼 이 일은 전혀 예상치 못한 행운이었다.

 여기까지 온 이상 언젠가는 샛길을 발견할 테지만, 그러나 날이 밝은 뒤에 발견하면 이미 때가 늦다. 날이 밝는 동시에 노부나가가 진두에서 지휘하는 총공격이 시작되기 때문이다.

 아마도 성급한 노부나가는 일단 공격을 개시하면 손을 늦추지 않을 것이다. 시치마가리七曲り 가도, 미즈노테水ノ手 가도, 이노구치井ノ口 언덕 햐쿠마가리百曲り 가도를 지나 다쓰오키가 농성 중인 산정을 향해 밀물처럼 쳐들어갈 것이 분명하다.

 그렇게 되면 퇴로가 차단된 사이토 군은 궁지에 몰린 쥐가 되어 쌍방의 손해가 엄청날 것이다.

 그런데 직선거리로 성과는 불과 12,3정丁밖에 되지 않는 이 분지에서 오다 가문과 관련이 있는 은둔자를 만나다니, 그야말로 도키치로에게는 참으로 묘한 행운이 싹트기 시작했다.

일단 오두막으로 들어갔던 호리오 고타로가 준비를 마치고 나오자 도키치로는 즉시 그에게 봉화를 올려 아군에게 신호를 보내도록 했다.

봉화라고는 해도 오늘날의 장난감 불꽃과 같은 것에 지나지 않았다.

빨간 불이 한 줄기 꼬리를 그리면서 하늘로 올라갈 뿐이었으나, 실은 그것은 이번 싸움의 승리를 결정짓는 환희의 신호이기도 했다.

"자, 이것으로 됐어. 여기서부터 차례로 보초를 남기고 우리는 맨 먼저 산꼭대기의 뒷문으로 향한다."

일행이 모두 그대로 전진하면 나중에 이곳으로 올 아군이 다시 길을 잃는다. 따라서 적당한 간격을 두고 이나바야마 성의 뒷문까지 종대로 나아가자는 계획이었다.

그런 다음 선두에 선 도키치로와 한베에가 성에 도착하기만 하면 자연히 그 뒤와 연결되어 전원이 공격 위치에 서게 된다.

물론 길 안내는 나중에 시게스케茂助로 이름을 바꾼 호리오 고타로가 맡았다.

"서둘러야 해, 고타로. 대장은 성급한 분이라 틀림없이 날이 밝기 전에 공격을 개시하실 거야. 여기서 늦어지면 우리는 면목이 없어."

도키치로는 만약에 늦어지면 그대의 책임이라는 듯이 고타로를 재촉하면서 마지막 계곡을 향해 민첩하게 이동했다.

그때 이미 달은 하늘에 없었다. 내일의 운명을 아는지 모르는지 이나바야마 성은 그 웅장한 모습을 어둠 속에 감추었다가 이윽고 다시 희미하게 밝아오는 잿빛 하늘에 모습을 드러냈다.

일찍 잠에서 깨어나는 새도 아직 둥지에서 나오지 않은 시간, 성을 에워싼 오다 군이 이노구치 마을의 불탄 자리에서 짐승처럼 움직이기 시작했다.

"공격하라!"

먼저 시치마가리 가도의 선봉을 명령받은 시바타의 군이 철포의 불을 당겼다.

성을 포위한 지 14일, 공격하는 체했다가 물러가고 물러가는가 하면 다시 공격하는 작전이 보름 가까이나 계속되었다.

"또 시작이군."

이것이 계략인 줄 깨닫지 못했기 때문에, 산꼭대기에 있는 사이토 군도 처음에는 이렇게 판단하고 별로 무장을 서두르지 않았다.

그런데 오늘 아침은 철포를 쏘는 방식이 다르다. 시바타 군의 발사를 신호로 하여 사방에서 경기를 일으킨 어린아이처럼 성급하게 총성의 경쟁이 벌어졌다.

"탕탕!"

"탕탕탕!"

그리고 이와 때를 같이하여 성의 후문이 있는 언덕에서 일제히 함성을 지르며 진격을 개시했다.

"아니, 이제는 참다못해 총공격을 시작한 모양이다."

"좋아! 명예롭게 죽을 때가 왔어."

"뭐, 명예롭게 죽어? 나는 그렇게 생각하지 않아. 개죽음이라 생각하지만 어쩔 수 없지."

"그런데 주군은 전세가 불리해지면 뒷산의 비밀 통로로 빠져나가 오미의 아사이 가문으로 피신하신다더군."

"그따위 생각은 할 것도 없어. 우리는 주군을 위해 싸우는 것이 아니야. 대대로 살아온 미노의 땅에 뼈를 묻기 위해 싸우는 거라네."

"그래! 아무튼 보름 동안이나 버텼어. 이것으로 체면은 섰으니 오늘은 용감하게 싸우다 죽으면 돼."

이처럼 사람들의 마음은 이미 다쓰오키에게서 떠나 있었다. 그러므로 성에서 농성하는 자들 사이에는 자포자기하는 풍조가 만연되어, 시치마가리의 시바타 군과 햐쿠마가리의 데노히라마쓰手の平手 부근에서 쳐들어온 이케다 군을 보자 성곽에서 무서운 기세로 공격해 나갔다.

물론 둘째 성곽도 똑같은 분위기 속에서 대기하고 있음이 분명하다.

그런데 이때 산꼭대기에서 '와아' 하고 함성인지 비명인지 구별할 수 없는 소리와 함께 불길이 치솟았다.

날은 이미 훤하게 밝아 봄기운이 완연한 산에는 활짝 핀 벚꽃이 아침을 더욱 맑게 빛내고 있었다.

항복 권고장

산꼭대기에서는 아래가 잘 내려다보이지 않는다.

맑기는 하나 봄날의 공기에는 아지랑이가 섞여 있다. 망망한 구름의 바다…… 라고는 할 수 없으나, 그 밑에서 요란한 총성과 무서운 함성이 뒤섞이고 있다는 사실이 별천지의 일처럼 느껴진다.

물론 산기슭은 이미 많은 사람들이 피로 물들었을 것이다.

아니, 그 피비린내 나는 참상을 최소한으로 줄이기 위해 지금 기이한 일단이 뒷문을 통해 성곽 안으로 잠입하고 있었으나 다쓰오키는 아직 이 사실을 모른다.

그는 갑옷을 입었으나 투구는 쓰지 않고, 지금부터 무사들의 대기소에 가려고 잠에서 덜 깨어 나른한 몸을 마루로 옮겨 밖을 내다보고 있었다.

"저 밑이 시끄러워 오늘은 꾀꼬리도 울지 않는군."

다쓰오키는 몹시 불쾌했다.

원인이 오랜 농성에 있음은 두말할 나위도 없으나, 자기가 이처럼 농성하는 동안 처가인 오미의 아사이 가문이 대군을 보내 노부나가 군과 싸워주리라 기대하던 것이다.

'원군이 아직까지 도착하지 않다니 어째서일까?'

마지못해 서부 미노에까지 나왔던 아사이 군은 다쓰오키를 배반한 미노의 3인방 때문에 진로가 저지되었다는 핑계로 더 이상 움직이려 하지 않았다.

물론 오다 군을 꺼렸으며 동시에 사위인 다쓰오키를 포기했기 때문이기도 했으나, 사실 그대로를 고하는 자가 없다는 것이 큰 비극이었다.

"오다 군도 이 성의 견고함에 놀랐을 것이다. 어디 한번 오늘은 무서운 맛을 보여주겠다."

그러면서 다시 복도로 걸어가기 시작했을 때 뒤쪽의 장작 창고와 군량미 창고 부근에서 와아, 하는 함성이 들렸다.

"무엇이냐, 저 소리는!"

다쓰오키는 근시를 돌아보며 소리쳤다.

"내 명령도 없이 밑의 성곽으로 나가면 안 된다. 조급하게 서두르지 말라고 해라."

그러자 이번에는 불꽃이 튀는 소리와 함께 천지를 뒤흔드는 화약의 폭발음이 들렸다.

다쓰오키는 비틀거렸다.

화약고에 불이 붙어 폭발했다는 것쯤은 그도 분명히 상상할 수 있었으나 이것이 뒷문으로 침입한 기노시타 군과 다케나카 한베에의 소행일 줄은 생각지도 못했다.

"지금 저 소리는 예사로운 소리가 아니다. 가서 살피고 오너라. 멍청한 놈들, 대체 무엇들을 하고 있었다는 말이냐!"

물론 이 화약고에 대한 방화는 노부나가에게 아군의 기습이 성공했다는 소식을 알리는 신호이기도 했으나, 그보다도 사이토 군의 동요를 한층 더 부채질하는 결과가 되었다.

근시가 허둥지둥 달려갔으나 다시 돌아오기 전에 이미 성안은 발칵 뒤집힐 정도로 큰 혼란에 빠졌다.

"적이다! 적이 뒷문으로 쳐들어왔다."

"불이야, 불! 총기고가 날아갔다!"

"쌀 창고에도 불이 붙었다! 장작 창고도 불타기 시작했다."

"모두 나와 싸워라! 적이다, 적!"

이런 혼란 속에서 근시가 돌아왔다.

"보고합니다! 오다 군의 기노시타 부대가 뒷문으로 침입했습니다."

이 말을 들었을 때 다쓰오키는 복도의 기둥에 기대어 자신의 거구를 지탱하는 것이 고작이었다.

절대로 습격하지 못하리라 믿고 감시병 하나도 내보내지 않았었다. 그 허점을 교묘히 찌르고 침입해 오다니……

만약의 경우에는 아사이의 원군에게 달아나려 했던 유일한 구멍의 밧줄이 완전히 끊어지고 말았다.

이렇게 되면 인간의 두뇌란 완전히 굳어져 아무런 도움도 되지 않는 물건으로 변하게 된다.

공포조차 느끼지 못하고, 서 있어야 할지 주저앉아야 할지조차 판단할 수 없다.

'모든 것이 끝났구나!'

이러한 절망감이 부목浮木처럼 의식의 표면에 아른거릴 뿐, 결단과 판단의 기능은 완전히 사라져버렸다.

"주군!"

잠시 후 나가이 하야토長井隼人가 구르듯이 달려왔다.

"벌써 이 부근은 불바다입니다. 성곽으로 나가 싸우시겠습니까, 아니면 이대로 여기서 자결하시겠습니까?"

여기까지 말했을 때 다쓰오키는 비로소 기묘한 자세로 복도에 주저앉았다.

어쩌면 서 있을 힘마저 잃어버렸음을 마지막 노력을 다해 감추려고 했는지도 모른다.

"아니면……"

나가이 하야토가 다시 재촉했다.

"기노시타가 가져온 서면을 보시겠습니까? 이것은 노부나가가 보낸 항복하라는 권고장입니다."

"뭣이, 항복 권고장?"

'얼마나 치밀한 자인가……'

기노시타는 더 이상 놀랄 것도 없다는 듯 상실감에 찬 얼굴로 듣고 있었다.

"예. 기노시타의 휘하에는 다케나카 한베에 시게하루도 있습니다. 원통한 일이지만 이미 운이 다했습니다."

다쓰오키는 하야토가 내민 서면을 얼른 받아 펼쳤다.

이미 자기가 처한 입장을 분명하게 깨달았던 것일까? 바르르 손을 떨면서 빨려 들어가듯이 읽는 그의 눈에는 생기가 없다.

불륜不倫을 일삼는 가문에 지금 하늘이 불을 내려 벌하려 한다. 나는 소심하고 암울한 그대를 일찍부터 가련하게 여겼기에 굳이 칼을 대어 목을 자를 생각은 없고, 스스로 무기를 버린다면 평생 동안 살아갈 수 있는 혜택을 주겠다. 그러니 살기를 원한다면 항복을 청하는 사자를 내게 보내라.

노부나가

"주군, 결단을 내리십시오!"

"……"

"주군! 이미 중앙의 성곽 아래에서는 반격하는 소리가 그쳤습니다. 주군이 사로잡히신 줄 아는 것이 분명합니다."

그 말을 듣고도 다쓰오키는 여전히 서면을 손에 들고 서 있었다.

'항복하면 목숨만은 건질 것 같다.'

이것을 깨닫기까지는 다시 얼마간의 시간의 걸렸다.

그 정도로 기노시타 군의 기습과 뒤이어 벌어진 일들은 다쓰오키의 이성을 마비시키고 그의 간담을 얼어붙게 만들었다.

가련한 패배자

노부나가는 당당하게 가슴을 떡 펴고 성곽의 넓은 방에 있는 의자에 앉아 있었다.

이미 총성은 그쳤고, 활짝 열어놓은 미닫이를 통해 조용히 떨어지는 벚꽃이 보인다. 짓궂게도 꾀꼬리마저 크게 울어 지나가는 봄을 아쉬워하는 것 같다.

"이미 미노는 나의 것, 이번에는 싸움이 아니라 성을 이전하는 것뿐이었어."

이렇게 호언장담하며 고마키 성에서 군사와 무기를 모두 옮긴 노부나가였으나, 막상 이나바야마 성에 들어와 의장에 앉고보니 감개무량했다.

오와리를 손에 넣기 위해 살무사인 도산은 여기에서 노히메를 시집보내며 남편인 자신을 찔러 죽이라고 했다.

"내 자식이 언젠가는 그대의 문앞에 말을 맬 것이다."

그러한 도산이 마침내 노부나가의 기량에 반하여 이렇게 예언한 지 14년째. 서른네 살인 노부나가는 지금 천하 평정의 거창한 야심을 불태운다.

자식인 요시타쓰가 아버지를 몰아내고 모든 혈육을 학살하면서까지 집착했던 악연의 이나바야마 성.

"항복하는 자는 벌하지 않겠다. 유능한 자는 등용할 것이다. 소란을 피우지 말고 기다리거라."

수많은 포로를 끌어다놓고 의기양양하게 지시하는 니와 만치요의 목소리가 들린다.

"떠나고 싶은 자는 가도 좋다. 또 여자들은 아무 죄도 없다. 뭣이, 진중을 통과할 수 있는 증서를 달라고? 하하하, 그런 것이 없다고 해서 오다의 무사가 산적과 같은 짓을 할 줄 아느냐. '떠나려고 하니 통과시켜 주십시오'라고 하면 그만이야. 염려할 것 없다."

그러고보면 산꼭대기에서 불길이 오른 뒤부터 사이토 군은 적이기는 하나 안타까울 만큼 사기가 떨어졌다.

'이들이 과연 3대나 계속된 명문의 가신들이란 말인가?'

주인에게 이상理想이 없다는 것은 얼마나 인간을 약하고 슬프게 만드는 일인지 모른다.

개개인을 놓고 보면 오다 군이나 사이토 군이 결코 차이가 있을 리 없다. 그런데도 한쪽은 자신만만하고 다른 한쪽은 자신의 길을 찾지 못해 방황하면서 가진 힘을 절반도 발휘하지 못한다.

"멸망해 가는 이 성에도 벚나무가 한 그루쯤은 있어도 좋다고 생각합니다."

노부나가를 섬기라는 말에, 겨우 기시 가게유만이 나풀나풀 떨어지는 꽃잎을 가리키며 부부가 함께 자결했으나, 이것 역시 생각해보면 다른 사람들과 마찬가지로 삶의 가치를 찾지 못한 슬픈 오기에 지나지 않았다.

"사이토 다쓰오키 님의 도착이오"

노부나가가 눈을 크게 뜨고 깊은 감개에 잠겨 있을 때, 모리 산자에몬의 아들 나가요시가 큰 소리로 산정에서 데려온 다쓰오키의 도착을 고했다.

노부나가는 시선을 입구로 돌렸다.

'대관절 어느 정도의 인물일까?'

뛰어난 자라고는 생각지 않았으나 어쨌든 도산의 손자이고 아내의 조카이다. 웬만한 인물이라면 미노에 성을 하나 맡기고, 사이토 가문과 관련된 악연을 조상에 대한 제사를 올리게 함으로써 씻어버리게 하고 싶다는 심정으로 기다리는 노부나가 앞에 먼저 모습을 나타낸 사람은 도키치로였다.

"주군 앞이오, 다쓰오키 님."

다쓰오키는 고개를 떨군 채 노부나가 앞에 앉았다. 몸집은 아버지를 닮아 우람했으나, 핏기가 없는 창백한 얼굴은 어딘지 모르게 노히메를 연상케 했다.

아니, 얼굴의 윤곽은 노히메를 닮았으나 그 선의 긴장미는 전혀 달랐다. 한 사람은 보면 볼수록 팽팽하여 당장이라도 소리가 날 것 같은 금선琴線을 연상시키는 데 반해 다쓰오키는 단지 모양 좋게 그려진 선으로만 보였다.

다쓰오키의 뒤를 이어 핏기를 잃은 중신들이 줄줄이 들어와 그 뒤에 늘어섰다.

히네노 빗추, 사이토 구로에몬, 나가이 하야토, 마키무라 우시노조牧村丑之丞, 히라노 미마사카平野美作 등등……

이들의 얼굴을 보자 노부나가는 구역질을 느꼈다.

가신들은 이미 각각 항복을 청하였기 때문에 다쓰오키와 생사를 같이 하겠다고 결심한 자는 하나도 없었다.

"다쓰오키!"

노부나가는 꾸짖듯이 부르고 상대가 천천히 고개를 들자 넓은 방이 떠나갈 듯이 큰 소리로 웃었다.

"왓핫핫하…… 정말 세상은 난세로구나."

"예? 무어라 하셨습니까?"

"난세라고 했어. 너는 이제부터 무슨 일을 하겠느냐? 원하는 바가 있을 테니 말해보라."

그러나 다쓰오키는 고개를 떨군 채 대답하지 않았다.

"아무 생각도 없단 말이냐?"

"……"

"천하를 손에 넣겠느냐, 중이 되겠느냐? 아니면 거지가 되겠느냐, 할복하겠느냐?"

노부나가는 이렇게 말하면서 자기 목소리에 심한 증오감이 묻어난 다는 점을 깨닫고 깜짝 놀랐다.

'녀석은 문자 그대로 암울한 자야.'

이 세상에 어리석은 것처럼 큰 죄는 없다. 더구나 상대는 나무꾼이나 농부가 아니라 조상의 덕으로 미노의 태수가 되어 노부나가를 몇 년 동안이나 괴롭혀 왔다는 생각을 하자, 노부나가는 스스로 자신을 꾸짖고 싶었다.

'어른답지 못하다!'

그러면서도 미친 듯이 분노가 치솟았다.

다쓰오키는 노부나가의 말이 격해질수록 점점 더 창백해지면서 와

들와들 떨기 시작한다.

마침내 노부나가는 다쓰오키를 보기가 괴로워졌다.

'조상의 명복을 빌 힘조차 없는 녀석이다.'

"다쓰오키!"

"……"

"네게는 동생이 있다. 네 동생 신고로新五郎에게 가문을 물려주면 사이토 가문의 제사 비용은 내가 마련하겠다."

"……"

"어떠냐, 지금의 감회는? 1년 전에 성문을 열고 나를 도와야 했다고 생각지는 않느냐? 아니, 생각할 리가 없지. 너는 대단한 인물이니까, 마음대로 해도 좋다. 자유롭게 말이다. 약속하겠다. 왓핫핫하…… 이제 됐다. 산자에몬, 밖으로 안내하거라."

"예."

모리 산자에몬이 얼른 다가오자 다쓰오키는 자리에서 일어서 산자에몬을 따라 현관까지 나왔다.

"자, 그럼, 몸조심하십시오."

"잠깐, 나는…… 나는 어디로 가면 좋겠나?"

"그것은 자유입니다. 여봐라, 거기 누구 없느냐? 이 분을 성 밖까지 모시거라."

산자에몬 역시 짜증스러운 듯이 말하고 얼른 안으로 들어갔다.

다쓰오키는 지금까지 자기 소유였던 성문 앞에 망연히 서 있었다. 이미 그 주위에는 사이토 가문의 가신은 한 사람도 없다. 화창한 햇살이 타고 남은 성곽을 따뜻이 감쌌다.

"누구냐, 너는?"

경호하던 아시가루 대장이 성큼성큼 다가와 묻고는 깜짝 놀랐다.

다쓰오키의 얼굴을 아는 모양이다.

"아, 다쓰오키 님이시군요. 나가시는 길입니까?"

"그렇다."

"어느 쪽으로 가시려는지요? 보통 분이 아니시므로 제가 경비선 밖까지 모셔다드리겠습니다."

이 말에 다쓰오키는 다시 입을 다물고 말았다.

만약 이 모습을 할아버지인 도산이 보았다면 무어라 했을 것인가.

일대의 호걸인 살무사 도산의 손자는 노부나가의 문전에 말도 맬 수 없게 되었다.

"서둘러주십시오. 그렇지 않으면 저희들이 곤란합니다. 혹시 난폭한 자라도 나타나면 생명이 위태로울지도 모릅니다."

"알겠다. 그럼……"

재촉을 받고야 다쓰오키는 비로소 걷기 시작했다. 걷기 시작했다기보다 쫓겨났다고 하는 편이 정확할지 모른다. 그리고 성에서 나와 불타버린 이노구치에 와서야 처음으로 중얼거렸다.

"나가시마長島로 가겠다."

잠시 혼간 사에 몸을 의탁하고 거기서 생각을 정리해야겠다고 마음먹었다.

아시가루 대장은 그래도 다쓰오키를 가이즈 군海津郡의 시마타島田까지 배로 모시라고 부하에게 명했다.

수도를 바라보는 성

일곱 번에 걸쳐 군사를 동원했던 노부나가의 이나바야마 성 공략은 드디어 성공을 거두었다.

"자. 이제 이전은 끝났다. 즉시 시가지 계획에 착수하라."

노부나가는 여전히 '이전'이란 말을 바꾸지 않고 그대로 이나바야마 성에 머물면서 성과 시가지 건설에 착수했다. 승리를 거둔 뒤 한 번도 고마키 성에 돌아가지 않았으므로 이전할 생각으로 나왔음이 분명하다.

노부나가의 영지는 미노를 합쳐 모두 1백 20만 석.

"여기가 천하에 무위를 펴기 위한 근거지가 될 터이므로 요시타쓰나 다쓰오키가 살던 성은 사양하겠다. 모두 새로 짓도록 하라."

노부나가는 밤낮을 가리지 않고 직접 공사를 독려하여, 그해 초가을에는 전에 비해 몇 배에 달하는 거대한 성곽을 완성시켰다.

이것이 얼마나 웅장한 면모를 일신한 일인지는 훗날 이 성에 종종 찾아왔던 예수교 선교사인 페로가 같은 포르투갈 선교사에게 보낸 서신에 잘 묘사되어 있다.

페로는 이 성을 당시 포르투갈의 인도 총독이 살던 고아 궁전과 비교하여 그 화려함이나 광대함이 훨씬 더 뛰어나다고 찬탄하였다.

전에 있던 센조다이千疊臺°까지 훌륭한 돌층계가 만들어지고, 1층에 15 내지 20개 정도의 객실이 있다. 이것은 마치 크레타의 미궁과 같은 교묘하기 짝이 없는 구조로 되어 있고, 곳곳에 황금으로 만든 병풍 장식이 있으며, 순금의 못을 사용한 판자문을 세웠다고 기록하였다.

2층은 왕비(페로는 노부나가를 왕이라 불렀다)의 휴게실과 거실, 그리고 시녀들의 방으로 채워졌다. 왕은 여기에 긴란金襴°으로 도배를 하고, 마루와 망루를 만들었으며, 1층과의 사이에 고귀한 꽃과 각종 물고기, 분수와 폭포가 있는 정원을 대여섯 군데나 만들었다.

그 주변의 산에는 일본에서 들을 수 있는 갖가지 새의 노랫소리와 그 자태의 아름다움이 갖추어져 있었다. 게다가 3층에는 다실茶室이라 불리는 곳이 몇 군데나 있으며, 4층에서 바라보는 전망은 한마디로 나타낼 수 없을 정도로 아름답고도 놀랍다고 했다.

이 공사가 완성되자 노부나가는 모리 산자에몬을 불러 명했다.

"이것으로 모양새는 갖추었으므로 그대는 나고야那古野에 가서 세이슈 사政秀寺의 다쿠겐澤彦 선사를 불러오너라."

다쿠겐은 노부나가가 자기에게 간언한 뒤 자살한 히라테 마사히데의 명복을 빌기 위해 세운 세이슈 사의 주지로 초빙했던 당시 팔대 고승 중의 한 사람이었다.

"그러면 이노구치에도 새로 사찰을 건립하시렵니까?"

"멍청한 녀석, 그렇게 절만 세워서 무엇하겠느냐. 살무사나 꺽다리의 망령은 아무리 절을 많이 세워 명복을 빈다고 해도 지옥의 귀신이 놓아주지 않아. 이유는 다른 데 있어. 나중에 알게 될 것이니, 속히 다녀오너라."

"알겠습니다."

그리하여 산자에몬이 오와리에서 선사를 데려오자 노부나가는 성을 밑에서부터 순서대로 안내하고 맨 위에 있는 네번째 성곽에 이르러, 망루의 마루에 서서 사방을 둘러보게 했다.

"여기서 바라보는 전망이 어떻소, 선사?"

다쿠겐 선사는 눈이 휘둥그레져 숨을 죽였다.

북쪽으로 나가라 강, 남쪽으로 기소 강이 내려다보이고 새로운 시가지가 눈에 확 들어온다. 멀리 연보랏빛 산이 바라보이고 강기슭의 아지랑이가 그대로 푸른 하늘에 녹아든다.

"과연 절경입니다."

"단순히 절경뿐이라면 의미가 없지요. 실은 이번에 인장印章을 하나 만들었는데 한번 살펴주시오."

노부나가는 선사 앞에 황금 인장 하나를 내놓았다.

인장에는 '천하포무天下布武(천하에 무력을 편다)'라는 네 글자가 뚜렷하게 새겨져 있었다.

"허어!"

다쿠겐은 눈을 크게 뜨고 노부나가를 바라보았다.

"드디어 히라테 님과의 약속을 지키시렵니까?"

"그렇소."

"지하에서도 무척 기뻐하시리라 생각합니다. 그런데, 소승을 부르신 까닭은?"

"선사, 이름을 하나 지어주시오."

"이름이라고 하시면?"

"이곳은 천하포무, 중원을 평정할 근거지요. 이노구치니 이나바야마 성이니 하는 이름은 마음에 들지 않소."

"허어……"

선사는 다시 놀랐다.

새삼스럽게 물어볼 피요도 없이 노부나가의 의도가 어디 있는지 선사의 마음에 역력히 와 닿았다.

"천하인天下人의 발상지에 어울리는 이름을 골라보라는 말씀이군요?"

"그렇소. 이곳을 근거로 교토로 올라가 어떻게든 난세를 종식시키려 하오."

"으음."

선사는 시선을 눈 밑의 풍경으로 옮기고 잠시 고개를 갸웃거리며 생각하다가, 말문을 열었다.

"기산岐山이라고 하면 어떨까요?"

"아니, 너무 딱딱한 이름이오."

"그렇다면 기요岐陽는?"

노부나가는 다시 고개를 저었다.

"그럼, 기후岐阜가 어떻습니까?"

"기후?"

"예. 주나라 문왕文王이 기산에서 군사를 일으켜 천하를 평정했다고 하여 예전에는 이 산을 기산이라 불렀다고 합니다. 그러므로 이 이름을 그대로 사용하면 어떨까 싶어 말씀드렸습니다마는 마음에 드시지 않는 것 같군요. 또 기岐는 기소 강의 기와도 통합니다. 성이 기소 강 남쪽에 위치하여 기요가 어떨까 생각했으나 이 이름 싫으시면

높을 기岐자와 언덕 부阜자(일본음은 후)를 합한 기후라는 이름이 어떨까 합니다."

"기후?"

노부나가는 다시 한 번 음미하듯 중얼거려보고는 무섭게 눈썹을 치켜올리고 외치듯이 말했다.

"좋아요, 기후! 이것으로 결정하겠소. 노부나가가 기후에서 일어나 천하를 평정했다, 바로 이것이오. 기후가 좋겠소. 기후로 결정하겠소!"

진객珍客의 내방

에이로쿠 10년(1567)은 노부나가에게는 순풍에 돛을 단 해였다.

이세에서는 다키가와 가즈마사가 점점 그 세력을 확장시켰고, 약혼한 사이였던 장녀 도쿠히메와 마쓰다이라 다케치요는 노히메가 기요스 성에 있는 동안 혼례를 올리자고 하여 히나雛 인형° 같은 아홉 살 동갑내기끼리 예식을 올렸다. 또 장남 기묘마루는 관례冠禮를 올려 노부타다信忠로 개명하고 다케다 신겐의 딸 기쿠히메菊姬와 약혼을 했는데……

이것은 가쓰요리에게 출가시킨 양녀 유키히메가 뜻밖에도 요절했기 때문이었다.

유키히메와 가쓰요리는 아주 사이가 좋아 혼인한 지 1년만에 사내아이를 낳았다.

신겐은 첫 손자의 출산에 희색이 가득하여 낳은 지 얼마 되지도 않아 노부카쓰信勝라는 이름을 지어주었다.

"이 아이야말로 다케다 가문을 계승할 녀석이다."

신겐은 사람을 만날 때마다 자랑하고 총애했으나, 그 어머니는 얼마 뒤 노부카쓰를 남기고 눈을 감았다.

세상 사람들은 남편인 가쓰요리가 미모의 유키히메를 지나치게 사랑하여 산욕기産褥期인데도 동침했기 때문에, 이것이 원인이 되어 병이 났다는 소문이 돌 정도였다.

하지만 유키히메가 죽었다고 해서 그냥 내버려둘 수는 없었다. 그래서 노부나가의 맏아들 노부타다에게 신겐의 맏딸을 출가시켰으면 한다는 내용으로 사자가 기후에서 고후甲府로 달려갔다.

물론 이것도 가쓰요리와 유키히메의 경우와 다름없는 정략결혼.

신겐 쪽에서도 즉시 이를 승낙한다는 회답이 왔다. 미노에 진출한 노부나가가 신겐으로서는 결코 멀리할 수 없는 중요한 인척의 한 사람이었기 때문이다.

이리하여 양가 사이에 납채納采가 교환된 때는 노부나가가 기후 성으로 옮긴 해 11월의 일로, 오다 가문의 사자는 이번에도 오다 가몬노스케였다.

오다 가문에서는 신겐에게 호랑이 모피 다섯 장과 표범 모피 다섯 장, 비단 백 필, 황금으로 장식한 말안장 열 개와 역시 황금으로 장식한 등자 열 개를 보냈다.

상대인 기쿠히메에게는 두꺼운 명주 백 필과 얇은 명주 백 필, 흰 비단 백 필, 붉은 비단 백 필, 상중하의 비단 허리띠 각 3백 개와 은화 3백 관 등을 보냈으므로 그 호화로움은 고슈甲州 무사의 눈을 휘둥그레지게 만들기에 충분했다.

이렇게 되자 신겐도 지지 않았다.

그는 아키야마 하루치카秋山晴近를 사자로 삼아 노부나가에게는 양초 삼천 개, 옻 천 통과 곰의 모피 천 장, 말 열한 필을 보냈다.

또 사위가 될 기묘마루 노부타다에게는 마쓰쿠라 요시히로松倉義弘가 만든 큰 칼 하나, 오사모지 야스요시大左文字安吉가 만든 호신용 칼 하나, 적색 안료 천 근과 솜 천 묶음, 말 열 필을 보냈다.

이리하여 유키히메의 죽음을 계기로 양가의 결속은 더욱 굳어져 착실히 내실을 기하면서 에이로쿠 11년(1568) 봄을 맞이한 노부나가에게 조락한 바쿠후의 주인 아시카가 요시아키가 다시 사자를 보내 도움을 청하였다.

이것은 기후에 나와 상경할 기회를 노리던 노부나가로서는 그대로 내버려둘 문제가 아니었다. 마치 교토에서 기회를 만들어놓고 그에게 손짓을 하는 것과도 같은 일이다.

그날 노부나가는 센조다이에서 창 너머로 만발한 벚꽃을 바라보다가 이웃해 있는 오미의 지도를 펴놓고 험악한 표정으로 노려보았다.

미노와 수도인 교토를 가로막고 있는 곳은 오미일 뿐.

춘풍도 꾀꼬리도 연못의 잉어도 안중에 없었다.

오미의 오다니小谷 성주 아사이 나가마사에게 여동생 이치히메와의 혼인을 제의한 때가 작년 가을이었는데 아직 아무런 대답이 없다.

이 성에 남아 있던 나가마사의 여동생이자 사이토 다쓰오키의 아내는 정중히 오다니 성으로 돌려보냈고, 서부 미노의 3인방도 각각 노력하고 있을 터인데 아직 회답이 없는 것은 어째서일까?

사사키, 롯카쿠, 교고쿠 등은 노부나가의 협력만 얻는다면 별로 두려운 적이 아닌데도 노부나가의 제의에 회답을 주저하는 이유는 혹시 에치젠의 아사쿠라 요시카게朝倉義景가 "오다 가문과의 혼사는 사양하는 편이 좋겠소"라는 압력을 가했기 때문인지도 모른다.

'만약에 그렇다면 아사쿠라의 압력을 제거하기 위해 어떻게 해야

할 것인가?'

이런 생각을 하고 있을 때 노히메가 시녀도 거느리지 않고 나타나 말을 걸었다.

"주군, 바쁘십니까?"

"내게 바쁘지 않을 때가 있다고 생각하나? 쓸데없는 소리를 하러 오면 안 돼."

돌아보지도 않고 꾸짖자 노히메는 간드러지게 웃었다.

"호호호 바쁘셔도 할 수 없어요. 잠시 만나셔야 할 사람이 찾아왔어요."

"바빠도 만나야 한다고?"

"예. 만나시면 어떤 좋은 생각이 떠오를지도 몰라요."

"누구야? 어서 말해."

"제 사촌오빠인 아케치 주베에明智十兵衛예요."

"뭣이, 미쓰히데光秀라고?"

노부나가는 비로소 날카로운 시선으로 아내를 바라보았다.

"미쓰히데가 여기로 그대를 찾아왔다는 말인가?"

"예. 이십여 년 만에…… 지금은 에치젠의 아사쿠라 가문에 의탁하여 4천 5백 관의 녹봉을 받는다고 해요. 그런데 주군과 밀담을 나누고 싶어 일부러 미노에 왔으므로 꼭 만났으면 한다는 거예요."

노부나가는 잠시 대답하지 않았다.

노부나가가 역시 장인인 도산이 몹시 총애하던 아케치 주베에 미쓰히데가 보기 드문 수재라는 말은 들었고, 아사쿠라 가문을 섬긴다는 사실도 알고 있었다.

그러나 미쓰히데는 소년 시절에 자신을 사랑해주며 양육한 도산이 위기에 처했을 때도 나타나지 않았고, 또 그 뒤 미노에 소동이 일어났을 때도 돌아오지 않은 것으로 보았다.

'하찮은 입신주의자일 테지……'

노부나가는 이렇게 판단하고 별로 호감을 가지지 않았다.

그러한 미쓰히데가 지금도 노부나가가 생각하고 있던 에치젠의 아사쿠라 가문에서 일부러 기후까지 찾아왔다고 하므로 고개를 갸웃거리지 않을 수 없었다.

"이리 안내해도 괜찮을까요?"

"오노!"

"예."

"미쓰히데가 그대에게 무슨 말을 했겠지? 시시한 이야기라면 듣고 싶지 않아."

"호호호, 제게는 밝힐 수 없는 중요한 서신을 가지고 온 모양이에요. 시시한지 아닌지는 그 서신을 보시고 나서 주군이 결정할 문제예요."

"뭐, 중요한 서신? 그것을 내게 보냈다는 말인가?"

"예, 물론이에요."

"누가 보낸 서신인가? 설마 아사쿠라 요시카게가 이 노부나가에게 서신을 보낼 리는 없는데……"

"그것을 제게는 말하지 않더군요. 어느 고귀한 분…… 이라고만 말했어요."

"고귀한 분?"

노부나가는 이맛살을 찌푸리고 생각하다가 무릎을 탁 쳤다.

혹시 오미로 피신했던 아시카가 요시아키가 아사이 가문의 알선으로 에치젠의 아사쿠라 가문에 갔는지도 모른다…… 문득 이런 생각이 들었기 때문이다.

"좋아, 만나겠어. 이리 데려오도록."

"만나시겠습니까? 주베에가 이번에는 주군의 칭찬을 받을지도 모른다고 했어요."

"이번에는…… 이라니 무슨 소리를 하는 거야. 나는 미쓰히데와는 첫 대면이야. 처음 만나는 사람에게 좋은 일은 기대하지 않아. 아사쿠라 가문이 보낸 사자는 아닐 테니 접견실에서는 만나지 않겠어. 이대로 거실에서 만나겠다고 전해."

"알겠습니다. 그럼, 안내하겠어요."

노히메가 나가자 노부나가는 무슨 생각을 했는지 그 자리에 벌렁 드러누웠다.

그리고 오미에서 에치젠으로 통하는 통로의 지도를 보란 듯이 얼굴에 덮고 드르렁드르렁 코를 골기 시작하는 것이었다.

그로부터 약 5분 뒤 미쓰히데가 노히메의 안내로 방에 들어왔다.

"주군! 일어나십시오. 주베에 님이 오셨습니다."

아케치 주베에 미쓰히데는 노히메 뒤에 단정하게 앉아 씁쓸히 웃었다.

'아, 많이 취하셨군.'

물론 노히메는 정말 자는 것이라 아니라는 사실을 알고 있었으나 혹시 미쓰히데는 깨닫지 못했는지도 모른다.

미쓰히데는 노부나가가 얼굴 위에 덮은 지도를 보자 번쩍 눈을 빛냈으나 얼른 방 안의 가구와 장식물에 시선을 돌렸다.

"주군! 일어나십시오, 주군."

"으…… 으…… 왜 이러는 거야, 허락도 없이 들어와서."

"아케치 주베에 님을 모시고 왔습니다. 일어나십시오."

"뭐, 주베에를? 원 이런, 내가 실례를 했군."

노부나가는 그때야 비로소 지도를 뒤로 치우고 일어나 앉아 크게 기지개를 켰다.

"오, 그대가 주베에인가?"

미쓰히데는 그 앞에 공손히 두 손을 짚었다.

"아케치 주베에 미쓰히데, 처음 인사를 올립니다. 주무시는 데 방해를 해서 죄송합니다."

"그런데 말이지."

노부나가는 그 얼굴을 멍한 눈으로 바라보면서 크게 입을 벌리며 하품을 했다.

노골적인 흥정

"자네는 이마가 많이 벗겨졌군."

이것이 미쓰히데에게 던진 노부나가의 첫마디였다.

"나는 좀더 젊은 미남인 줄 알았는데."

"죄송합니다."

미쓰히데는 꼼꼼한 성격인 모양이어서 웃지도 않고 다시 한 번 고개를 숙이고 말했다.

"정말 몰라볼 정도로 변했습니다. 훌륭한 공사였군요."

"아니, 그렇지도 못해. 이곳은 잠시 머무를 일시적인 거처에 지나지 않아."

"그러나 이만한 성곽도 현재 일본에는 없습니다."

노부나가는 그 말에는 대꾸도 하지 않았다.

"주베에, 자네는 아사쿠라에서 얼마나 받고 있나?"

그러면서 오른손 엄지손가락으로 코를 쑤시면서 몸을 앞으로 쑥 내밀었다.

물론 미쓰히데의 인물 됨됨이를 시험하려는 것이 분명하다.

미쓰히데는 얼른 시선을 다른 곳으로 돌렸다.

"예, 4천 5백 관을 받고 있습니다."

"으음, 넷하고 반이로군. 그럼, 나에게는 얼마를 내놓으란 말인가?"

"예? 아니, 무어라 하셨습니까?"

미쓰히데의 얼굴에 갑자기 당황하는 기색이 떠오르고 그 목소리가 떨렸다.

"그러니까, 나에게 얼마를 받겠느냐고 물었네. 자네는 아사쿠라 요시카게에게 불만이 있어서 이리 왔을 테니까."

"예…… 그것은, 하지만……"

"말을 꾸밀 것은 없어. 자네 얼굴에 씌어 있네. 아시카가 요시아키가 아사쿠라 가문을 의지하려고 에치젠에 가 있을 테지. 자네도 그 일에 한몫 거들어 요시카게에게 권하여 상경케 하고, 교토에서 미요시三好, 마쓰나가松永 등의 무리를 몰아낸 뒤 바쿠후를 재건할 계획이었을 거야. 그런데 요시카게가 좀처럼 움직이지 않는다…… 아니, 움직이지 않는다기보다도 그에게는 미요시나 마쓰나가의 무리를 제거할 결단도 무력도 없다. 그래서 이 노부나가에게 다리를 놓으려고 찾아왔을 테지. 서신을 가지고 왔을 터이니 그것을 보고 나서 가능한 일이라면 요시아키를 도와도 되지 않겠나, 주베에?"

미쓰히데의 얼굴이 저도 모르는 사이에 붉으락푸르락했다.

과연 노부나가가 내다본 그대로였고, 또 이것은 통찰력이 약간만 있는 사람이라면 충분히 꿰뚫어볼 수 있는 일이었다.

그러나 아무리 그렇다 해도 이렇게 중요한 일을 마치 물건의 값을 매기듯이 노골적으로 꺼내리라고는 생각지 못했다.

"어떤가, 내 추측이 틀렸나, 주베에?"

"아닙니다. 정말…… 놀랐습니다. 과연 훌륭하신 통찰력입니다."

"그런가. 그럼, 멀리서 온 손님이니 한잔 나누면서 이야기하세."

노부나가의 말은 점점 더 점입가경이었다.

"나도 언제 수도로 진입할 것인가 하고 생각하던 중일세. 그러므로 요시아키가 도와줄 만한 가치가 있는 인물이라면 자네와 함께 둘수도 있어. 어떤가, 자네가 보기에 요시아키는 이전의 쇼군 요시테루공보다 나은가 못한가?"

"글쎄요, 그것은……"

너무도 빨리 다그치는 바람에 미쓰히데는 미처 정신을 차리지 못했다.

"실은, 그 요시아키 공이 이번 봄 요시아키의 아키라는 글자를 태양을 부른다는 의미의 아키라昭로 고치셨기 때문에 정확하게는 요시아키義昭 공이 되셨습니다."

"하하하…… "

"아니, 어째서?"

"주베에, 아무리 이름을 바꾼다 해도 인간이 어리석으면 좀처럼태양을 부를 수 없어."

"그, 그러합니다."

"나는 지금 그의 인물됨이 요시테루 공보다 나은지 못한지를 묻는거야. 요시테루 공은 길을 잘못 택했어. 그분은 쇼군 따위가 될 것이아니라 검술 사범이 되었더라면 훌륭할 뻔했어. 원래가 검술 사범이기 때문에 철포가 무섭다는 사실을 몰랐지. 그러므로 2백 자루의 철포가 쏘아대는 마쓰나가 히사히데 일당의 총탄 세례를 받고 용감하게 바쿠후의 저택에서 전사했다고 하지 않는가."

"그렇습니다."

"그런 분이라면 아무리 다른 방면에 뛰어난 자질을 가졌다 해도 쇼군으로서는 낙제일세. 그 쇼군보다 나은지 못한지에 따라 내 마음도 결정될 것일세."

"그러시면, 만약 인물은 이전의 쇼군보다 뒤진다고 해도 도우시겠습니까?"

겨우 미쓰히데가 자세를 바로 하고 눈을 똑바로 뜨자 노부나가는 손을 내저었다.

"알겠어! 이제 됐어. 그 정도로 됐다는 말일세. 그럼, 술을 마시기로 할까?"

"예?"

"자네도 결코 방심해서는 안 될 사나이란 말이야."

"도무지 이해할 수 없는 말씀을 하시는군요."

"이해할 수 있건 없건 그 이야기는 그만두세, 주베에."

노부나가는 다시 크게 웃으며 손뼉을 쳐서 시동을 불렀다.

"오늘은 말이다. 이 진객을 만취시켜 본심을 털어놓게 만들겠다. 내가 자랑하는 큰 잔을 꺼내 주연을 준비하라고 이르거라. 안주도 충분히 마련하라고 해. 그리고 마님도 오라고 해라. 알겠느냐?"

"알겠습니다."

미쓰히데는 다시 두 손을 모으고 망연히 노부나가를 바라보았다.

"이제 됐어."

노부나가는 손을 내저으며 말했으나 무엇이 됐다는 것일까? 또 무엇을 알았다는 말일까? 미쓰히데로서는 정말 이해할 수 없었다.

아니, 그보다도 더 미쓰히데를 당혹스럽게 만든 것은 노부나가가 어떤 마음으로 맞이하고 있는지조차 확실히 파악할 수 없다는 점이었다.

처음에는 완전히 무시하고 있구나…… 이렇게 생각하고 자신의 방문을 기뻐하지 않는 줄 알고 있었는데, 지금 술자리를 준비하라는 말을 들으니 그렇지도 않은 듯했다.

진객이라고 하면서 노히메까지 부르라고 한다. 안주를 충분히 준비하라고 하는가 하면 비장의 큰 술잔을 내오라고도 한다.

'과연 듣던 것 이상으로 기이한 인물……'

이런 생각을 하다가 미쓰히데는 깜짝 놀랐다.

이야기가 묘한 방향으로 벗어나는 바람에 아직 그 중요한 요시아키의 서신을 노부나가에게 내놓지 않았음을 깨달았기 때문이다.

"아 참, 소중한 친서를 깜빡 잊어버릴 뻔했습니다."

서신은 모두 두 통이었다. 하나는 요시아키의 것이고, 또 하나는 요시아키가 바쿠후를 재건할 수 있도록 하기 위해 문자 그대로 분골 쇄신하고 있는 호소카와 후지타카細川藤孝(유사이幽齋)의 친서였다.

미쓰히데가 비단 보자기에 싼 서신을 공손히 품속에서 꺼내 노부나가 앞에 내밀자 그는 이것을 아무렇게나 받아 탁자 위에 놓았다.

"보지 않아도 알 수 있어. 나중에 읽도록 하겠네."

미쓰히데는 눈이 휘둥그레졌다.

"그것은 너무……"

"하하하…… 경솔하다는 말일 테지, 주베에? 그러나 자네가 보기에 이전의 쇼군보다 못한 인물의 서신이라면 서둘러 읽을 필요가 없어. 그런 인물을 자네는 이용하려는 속셈이 아닌가, 하하하. 그렇다면 자네는 그자를 업고 출세하려는 생각일 테니까. 그보다는 나와의 흥정이 더 선결문제일 것 걸세. 좋아…… 아사쿠라는 4천 5백 관을 준다고 했지, 주베에?"

"……"

"그럼, 이 노부나가는 만 관을 주겠네. 어떤가? 이것으로 흥정을 끝내고 술이나 마시도록 하세."

미쓰히데는 너무도 정확히 자기 마음을 알아맞히는 바람에 당장에는 대답할 수 없었다.

노부나가는 다시 즐겁다는 듯이 웃었다.

수재들의 문답

노부나가에게 아시카가 요시아키의 존재는 어디까지나 천하를 평정하기 위한 큰 도구에 지나지 않았다.

요시아키가 나타나건 나타나지 않건 수도에 진출하려는 계획에는 변함이 없었다. 따라서 그 요시아키를 등에 업고 찾아온 아케치 주베에 미쓰히데는 하나의 소도구라 할 수 있다.

어쨌든 얼마나 상대를 이용할 수 있느냐에 따라 값을 매기면 그만이다.

그러나저러나 불과 반각半刻도 안 된 회견에서 녹봉 만 관을 약속하다니 얼마나 과단성 있게 비싼 값으로 사들인 것일까.

당시 동전 1관을 쌀로 계산하면 약 10만 석 이상. 따라서 느닷없이 미쓰히데를 '10만 석 이상'으로 사겠다고 했으므로, 이것을 뒤집어 말하면 요시아키의 서신을 가져온 미쓰히데를 '충분히 이용할 수 있는 사나이'라고 보았다는 뜻이 된다.

시녀들이 지시한 대로 술과 안주를 가져오자 노부나가는 더욱 짓궂게 미쓰히데를 조롱하기 시작했다.

미쓰히데는 첫마디에 만 관이라는 말을 듣자 그만 얼굴이 벌겋게 상기되기 시작했다.

당연한 일이다. 자신의 계산으로는 그 절반인 5천 관으로도 노부나가를 섬길 생각으로 찾아왔기 때문에……

"자, 이 큰 잔으로 들게, 주베에. 아니면, 만 관으로는 부족하다는 말인가?

"아닙니다, 별로."

이렇게 대답하기는 했으나 미쓰히데 역시 수재라는 자부심을 가진 사나이였다. 그로서도 노부나가의 인물됨을 시험하려고 여러모로 궁리하고 왔음이 분명하다.

"부족하다는 표정인 것 같은데, 결코 무리가 아니야."

노부나가는 진지한 얼굴로 말을 이었다.

"나는 현재 1백 20만 석을 가지고 있는데 그 10분의 1밖에 주지 않겠다고 했으니까. 그러나 주베에, 이것은 자네가 말을 잘못했기 때문이라고 생각해야 하네."

"예? 무어라 하셨습니까?"

"실은 말일세, 나는 2만 관을 주려고 했으나 만 관으로 줄였어."

"……"

"내 말을 들어보게. 자네는 이 성을 쌓은 뉴도 도산의 조카이자 오노의 사촌 오빠가 아닌가. 그러므로 자네는 우선 사이토 가문의 재건 문제부터 꺼내고 그런 뒤에 요시아키의 서신을 이야기했어야 하는 거야. 그랬더라면 그 두터운 정의를 생각해서 만 관, 요시아키를 업고 온 값이 만 관, 이렇게 해서 모두 2만 관이 되었을 텐데 자네는 그 처음의 만 관을 스스로 포기한 결과가 되었어."

그 말을 듣고 석 되들이 큰 잔을 손에 들었던 미쓰히데의 얼굴에는 순간적으로 당황하는 기색이 떠올랐다.

'나를 조롱하고 있구나!'

그러나 사이토 가문의 재건 문제를 말하지 않은 것은 자신의 실책이었다.

'이 녀석은 자신의 입신출세만을 생각하는 박정한 자로구나.'

노부나가에게 이런 생각을 갖게 만들었음이 분명하다.

"참으로 죄송스럽습니다."

미쓰히데는 꿀꺽 한 모금 마시고 난 뒤 입을 열었다.

"사사로운 문제여서 사이토 가문 이야기를 꺼내지 않았는데 도리어 불쾌감을 드렸군요."

"뭐, 사사로운 문제여서 사이토 가문 이야기를 꺼내지 않았다고?"

"예. 요시아키 공에 관한 일은 어디까지나 천하에 관한 일, 사이토 가문 문제는 사사로운 일이기 때문에 먼저 천하에 관한 일부터 말씀드렸습니다."

노부나가는 싱긋 웃었다.

"으음, 그런가. 하지만 이제 와서 새삼스럽게 말한다고 해도 이미 늦었어."

"그렇습니다. 말하라고 하셔도 저는 지금은 그런 말씀을 드릴 생각이 추호도 없습니다."

"허어, 많이 생각했군."

"황송합니다. 불초하나마 이 주베에는 주군을 모시고 열심히 일하여 공을 세운 뒤에 다시 말씀드리려고 합니다."

박정한 녀석이란 생각을 갖게 하면 평생 동안 손해라고 순간적으로 판단한 미쓰히데의 두뇌도 과연 수재라는 소문에 걸맞는 것이었 지만 역시 상대는 그 이상의 수재였다.

노부나가는 빙긋이 웃었다.

"그럼, 자네도 납득했다는 말이지? 납득했다면 이제부터는 노부 나가의 가신, 가신이 된 이상 사양 않고 묻겠어."

예의 그 다그치는 어조로 못을 박았다.

"좋습니다, 무슨 말씀이라도……"

"그러면 첫번째로 묻겠다. 자네가 아사쿠라 가문을 등진 이유는?"

"현재의 주인인 요시카게는 문약文弱합니다. 그러므로 일부터 아 사쿠라 가문을 의지하려고 찾아온 어른…… 즉 요시아키 공을 15대 쇼군으로 옹립하여 무로마치 바쿠후를 재건할 실력이 없습니다. 이 렇게 되면 일본이 혼란에 빠질 것이라고 판단했습니다."

물 흐르듯이 말하는 이야기를 듣고 노부나가는 느닷없이 큰 소리 로 일갈했다.

"나를 희롱하는 게냐!"

불쾌한 일

"꾸중을 하시니 황송합니다. 제가 어찌 주군을 희롱……"

이제는 미쓰히데도 낯빛이 변하지 않았다.

분명 노부나가의 성격을 철저히 연구했을 것이기 때문이다.

"희롱이 아니고 무엇이냐! 나는 아사쿠라 가문을 등진 이유를 물었을 뿐 천하의 경륜經綸에 대해서는 묻지 않았어. 물은 것만 순서대로 대답해."

"죄송합니다. 아사쿠라 요시카게 님에게 요시아키 공을 모시고 온 호소카와 후지타카 공은 요시아키 공과 형제이십니다. 이번에도 13대 쇼군 요시테루 공이 시해되자 불문에 들어가 가쿠케이覺慶라는 이름으로 나라奈良의 이치조인一乘院에 승적을 두셨던 전 쇼군의 아우님 요시아키 공을 절에서 구출하여 15대 쇼군으로 환속시키신 큰 충신입니다. 그 호소카와 후지타카 공과 아사쿠라 요시카게는 『고킨슈古今集』를 함께 공부한 동문입니다."

"으음, 혀를 잘도 놀리는군."

"예, 순서에 따라 말씀드리겠습니다. 호소카와 후지타카 공과 같이 니조 조코인二條淨光院 님에게 『고킨슈』를 배운 것이 에치젠의 아사쿠라 요시카게가 오늘날과 같은 문약을 초래한 원인이었다고 생각합니다. 아무튼 요시카게는 황폐해진 에치젠의 이치조타니 성一乘谷城에 있으면서도 교토의 풍물에 심취하여 오늘은 가무, 내일은 주연, 모레는 들놀이 등 난세의 무장답지 않은 나날을 보내고 계십니다. 그러므로 이미 아사쿠라 가문은 종말을 맞이했다고 판단했기에 그를 등지게 되었습니다."

"으음."

노부나가는 이 말을 반쯤 흘려들으면서,

'과연 이런 말재주가 수재라는 말을 듣게 된 원인의 하나로구나……'

하고 생각하면서 두번째 화살을 쏘았다.

"그러면, 호소카와 후지타카는 그런 줄도 모르고 『고킨슈』를 함께 배운 동문을 믿고 요시아키를 데리고 몸을 의탁하러 왔다는 말이로군."

"예, 그렇습니다."

"그럼, 호소카와 후지타카의 됨됨이는?"

"당대 일류의 문학자, 더구나 무략과 전략에 정통하고 식견과 인품도 나무랄 데가 없는 분이라고 보았습니다."

"뭣이, 식견? 하하하…… 아무튼 좋아. 장래성이 없는 아사쿠라 가문에 의탁하려 했다면 식견이 있다고는 할 수 없지만, 그 뒤 이 노부나가에게 시선을 돌렸다면 식견이 있다고 보아야겠지."

"그렇습니다! 옳으신 말씀입니다."

"그럼, 자네는 그 호소카와 후지타카를 통해 요시아키를 내게 선물로 바치고 출세하려 하는군."

"황송한 말씀입니다. 이만, 이 미쓰히데도 인간으로 태어난 이상 천하를 위해 조금이라도 도움이 되었으면 싶어서……"

"알겠네. 크게 공을 세워 자네 힘으로 오늘의 만 관을 10만 관으로, 20만 관으로 늘리도록 하게."

"감사합니다."

"그렇다면, 요시아키를 이곳으로 맞이할 절차는?"

"주군이 기꺼이 받아들이겠다는 서신을 제가 가지고 가서 아사쿠라 가문에 계신 호소카와 후지타카에게 전하면 즉시 에치젠을 떠나 이곳에 오기로 약속하셨습니다."

"여정旅程은? 길은 어느 곳을 택하겠나?"

"에치젠에서 북부 오미로 빠져 그곳에서 아사이 나가마사의 인사를 받고 나서 미노 가도로 접어드는 것이 좋지 않을까 생각합니다마는……"

"뭣이, 요시아키를 오다니 성의 아사이 나가마사와 만나게 한다는 말인가?"

"그렇습니다."

역시 미쓰히데는 평범한 무장이 아니다. 그의 눈 또한 천하의 일을 예리하게 꿰뚫어보고 있다.

"주베에."

"예."

"과연 자네는 단수가 높군!"

"뜻밖의 말씀을 하시는군요."

"이것은 칭찬하는 말이야. 자네는 혹시 내 여동생 오이치와 아사이 나가마사의 혼담이 차질을 빚고 있다는 말을 듣지 못했나?"

"그 이야기라면 아사쿠라 요시카게가 술자리에서 여자들에게 자랑삼아 하는 말을 들었습니다."

"허어, 술자리에서 여자들에게?"

"예. 아사이 가문은 우리 가문의 은혜를 입었다. 우리 가문의 뒷받침과 원군이 없었다면 롯카쿠, 사사키의 세력을 몰아내고 북부 오미에서 오늘날과 같은 지위를 누릴 수 없었다. 그러므로 내가 싫어하는 오다 가문과 어찌 인연을 맺을 수 있겠는가. 그 점에 대해서는 나를 생각해서라도 사양하라고, 아버지인 히사마사에게도 말했기 때문에 취소한 것이다…… 라고 말했습니다."

"그렇다면 자네는 요시아키가 여기 오기 전에 아사이 나가마사를 만나게 하여 이 혼담을 성사시키려는 생각인가?"

"그 놀라우신 통찰력에는 고개가 수그러질 뿐입니다."

"하하하……"

노부나가는 비로소 큰 소리로 웃었다.

"과연 주베에, 자네도 자못 재미있는 사나이야."

"예……"

"이왕 말이 나온 김에 한 가지 더 묻겠어. 오이치를 나가마사에게 출가시키고 요시아키 공을 기후에 맞아들인 다음에 할 일은?"

"과감한 결단을 내리셔야 합니다. 즉 아사이 부자를 포섭한 다음에는 롯카쿠와 사사키의 무리를 정벌하고 나서 요시아키 공을 모시고 상경하셔야 한다고 생각합니다."

"아사쿠라는? 자네의 옛 주인 아사쿠라는 어떻게 하겠나?"

"그것은……"

노부나가의 기분이 좋아지자 미쓰히데는 의기양양해졌다.

"쇼군 요시아키 공을 받들어 미요시와 마쓰나가의 무리를 토벌한 뒤, 쇼군의 이름으로 아사쿠라 요시카게에게 상경하라고 명하시는 것이 좋을 듯합니다."

"아사쿠라가 순순히 그 명을 따르리라고 생각하나, 주베에?"

"아마 그렇지는 않을 겁니다."

"듣지 않으리라는 것을 알면서도 명령을 내린다는 말이지?"

"그렇습니다. 그리하여 명령을 어긴다는 이유로 아사쿠라를 토벌하시라는 말씀입니다."

미쓰히데는 동석한 사람이 여자들뿐이어서 안심하고 말했으나, 이 말을 들은 노부나가의 얼굴에는 한순간 불쾌한 빛이 떠올랐다…… 그러나 이것을 깨달은 사람은 어떻게 될지 흥미를 가지고 지켜본 노히메뿐이고 당사자인 미쓰히데도 취기와 자만심 때문에 깨닫지 못했다.

"오노!"

"예."

"드디어 주베에가 본심을 털어놓았어. 왓핫핫하, 정말 재미있군. 역시 주베에는 살무사의 조카야. 주베에, 다시 잔을 받게! 오늘 밤에는 실컷 마시세, 왓핫핫하……"

아사쿠라의 후퇴

이곳은 호쿠리쿠北陸, 이치조타니 성에 있는 아사쿠라 요시카게의 거실이다.

하쿠 산白山 산맥 하나를 사이에 두었을 뿐인데도 오와리나 남부 미노보다 한 달 가까이 철이 늦은 이 일대에도 푸른 잎이 무성한 한여름이 찾아왔다.

요시카게는 아까부터 침통하게 입을 다물고는 짙푸른 정원의 나무들을 바라보았다.

맞은편에 호소카와 후지타카가 앞에 놓인 차에도 손을 대지 않은 채 점잖게 앉아 있다.

"참으로 갑작스런 일이어서…… 더구나 사랑하던 영식令息 구마와카隈若 님의 상중이라 비탄에 잠겨 계신데도 불구하고 이런 말씀을 드려 죄송하오나 널리 헤아려주십시오."

후지타카가 이렇게 말했으나, 아직 요시카게는 잠자코 있다. 요시카게의 얼굴은 창백하고 이따금 눈꺼풀이 바르르 경련을 일으켰다. 사랑하던 아들을 일찍 잃은 데다 그 슬픔을 달래기 위해 교토에서 시녀를 구해와서 지나치게 주색에 탐닉하다 얻은 불규칙한 생활의 피로 때문이기도 했다.

아무튼 이런 난세에는 학문을 닦는 일이 도리어 살아가는 데 방해가 된다. 요시카게가 그 좋은 예이고, 이마가와 요시모토도 이로 인해 노부나가에게 패했다고 해도 과언이 아니다.

공경의 딸을 아내로 맞이한 뒤에는 "하잘것없는 그 따위 촌놈이" 하고 남을 깔보는 버릇이 들었으면서도 그 촌놈의 억센 체력 앞에는 힘을 쓰지 못했다.

똑같이 술을 즐겼지만 노부나가는 날이 밝으면 곧 말을 달려 땀을 뻘뻘 흘리며 맹훈련을 한다. 그러나 요시카게는 풍류에 빠져 와카和歌로 시름을 달래며 다시 술을 마셨기 때문에 그 숙취가 사흘째, 때로는 닷새째 계속되어 그만 중독 증상을 나타냈다.

"그러니까 무슨 일이 있어도 기후에 의지하겠다는 말이오?"

이렇게 말했을 때는 분하다는 듯이 요시카게의 입술도 일그러져 있었다.

"속히 상경할 준비를 하라고 재촉하는 것은 무리이므로 삼가라는 것이 요시아키 님의 뜻이라……"

후지타카는 말하기가 몹시 거북한 듯했다.

"결국 버림받았군요, 이 요시카게는."

"그런 뜻은 아닙니다. 여기서 무리를 하시면 요시카게 님에게도 이롭지 못합니다. 그러므로 일단 오다 가문에 의지하고자 하는 겁니다."

"상대가 오다 가문이 아니라면 나도 마음이 가벼울 텐데……"

"그러나 요시카게 님, 지금 실정으로는 요시아키 님을 모시고 상경하여 미요시와 마쓰나가의 무리를 대번에 몰아내기 위해서는 오다 님의 힘을 빌릴 수밖에 없습니다."

"물론 그렇기는 하지만……"

"이것은 결코 작고 사사로운 일이 아닙니다. 쇼군 가문을 받들고 바쿠후를 재건하지 않으면 세상은 더욱 혼란에 빠질 뿐입니다. 모든 것은 천하를 위해, 평화를 이룩하기 위해서라 생각하시고 승낙해주십시오. 그 대신……"

이렇게 말하면서 호소카와 후지타카는 품속에서 비단 보자기에 싼 서신을 꺼내 공손히 요시카게 앞에 놓았다.

"이처럼 요시아키 님도 아사쿠라 가문의 호의는 평생 잊지 않겠다고 하시면서 훗날을 위해 이 글을 제게 맡기셨습니다. 보시기 바랍니다."

"요시아키 님이 나에게?"

"그렇습니다."

요시카게가 떨리는 손으로 서신을 펴자 확실히 요시아키의 필적으로 씌어 있었다.

이번에 귀하의 가문을 떠나면서 지극한 충의를 다시금 절감했소. 그러므로 앞으로도 그 고마움을 잊지 않겠소.

7월 4일 요시아키 서명
아사쿠라 사에몬노카미左衛門督 님에게

결코 아사쿠라 가문을 소홀히 대하지 않겠다고 쇼군이 직접 쓴 서

약서나 상장으로 받아들일 만한 글이었다. 요시카게는 결국 쇼군의 뜻을 받아들이고 말았다. •

"도리가 없군요. 우리가 당장 미요시와 마쓰나가를 토벌하기 위한 군사를 출동시키지 못하는 것이 이번 일의 원인…… 그러나 이것만은 유념해주시오, 호소카와 님. 나와 노부나가와는 특히 관계가 불편한 사이이므로 만일에 바쿠후 고쇼에 돌아가더라도 절대로 노부나가 혼자 일을 도모하도록 하지는 마시오."

"이 후지타카의 눈에 흙이 들어가기 전에는 결코 천하의 정치를 사사로운 감정으로 처리하지는 않겠습니다."

"그럼, 곧 요시아키 님의 송별연을 열도록 합시다. 대망을 품으신 몸이므로 부디 조심하시오."

"승낙해주셔서 감사합니다. 교토에서 다시 뵐 날을 고대하겠습니다."

이리하여 결국 아케치 주베에 미쓰히데의 계책은 훌륭히 성공을 거두었다.

아시카가 바쿠후의 재기를 위해 이전의 쇼군 요시테루가 죽은 뒤 고심에 고심을 거듭해온 호소카와 후지타카로서도 요시카게에게 능력이 없다고 판단한 이상 미쓰히데와 손잡고 노부나가에게 의지할 수밖에 없었던 것이다.

쇼군의 기후 도착

아직 일정한 거처도 없이 방랑하던 쇼군 아시카가 요시아키 일행은 7월 16일 에치젠의 이치조타니를 출발했다.

아무리 방랑 중이라고는 하나 세이이다이쇼군征夷大將軍°의 일행이므로 아사쿠라 요시카게는 일족인 아사쿠라 가게쓰네景恒와 중신인 마에바 후지에몬前波藤右衛門에게 군사 8백을 주어 이들을 오미와의 접경까지 나가 전송케 했다.

그리고 이날 밤은 이마조今庄에서 묵고 이튿날인 17일에는 오미에 들어가 기노시타의 지조도地藏堂에서 오다니 성주 아사이 나가마사를 만났다.

비록 떠돌아다니는 쇼군이기는 했으나, 일본의 무장은 표면상 모두 세이이다이쇼군의 지휘를 받게 되어 그 권위는 대단했다.

"아사이 나가마사인가?"

지조도 위에서 요시아키가 이렇게 말하자 나가마사는 계단 밑에서 머리를 조아리고 신하의 예를 올리지 않으면 안 되었다.

"존안을 뵙게 되어 영광입니다."

요시아키는 나가마사의 안내로 오다니의 규카이 사休懷寺에 도착하여 사흘 동안 머물면서 나가마사의 아버지 히사마사도 접견했으므로 그동안 오다와 아사이 가문의 혼사 이야기도 충분히 내비칠 기회가 있었다.

아니, 비록 그 일을 직접 내비치지 않더라도 쇼군이 노부나가에게 의지하기 위해 기후에 가는 것만으로도 정치적인 효과와 의미는 충분히 갖는다고 할 수 있다.

요시아키와 같이 있다는 것은 노부나가가 '세이이다이쇼군의 의사'에 따라 움직인다는 의미가 되고, 이것은 바로 '천하의 장악'에 손을 대었다는 뜻이 된다.

어쨌거나 요시아키 일행이 사흘 동안 머물면서 아사이 부자로부터 여러 가지 상납품을 받고 기후로 떠난 날은 7월 19일, 그리고 8월 중순에는 오이치가 아사이 나가마사에게 출가했으므로 이것이 얼마나 큰 역할을 했는지 짐작할 수 있다.

19일에는 기후에서 노부나가의 사자로 후와 가와치노카미와 나이토 쇼스케가 군사 천오백을 거느리고 쇼군을 맞이하기 위해 오다니의 규카이 사에 왔다.

이에 대해 아사이 쪽에서도 후지가와藤川까지 오백의 호위병을 딸려 배웅했으므로 방랑하는 쇼군이 이번 여행을 얼마나 마음 든든히 여기고 기뻐했는지 잘 알 수 있다.

미노에서는 쇼군의 숙소로 정한 니시노쇼西庄의 릿쇼 사立政寺에 도착하자 대번에 녹봉 만 관을 받고 오다 가문의 중신이 된 아케치 주베에 미쓰히데가 접대 책임자로 요시아키와 후지타카 앞에 나타나는 등, 여기서도 모든 일이 후지타카와 미쓰히데의 계획대로 되었다.

　노부나가가 릿쇼 사로 요시아키를 처음 찾아온 날은 27일이었다.

　이날 노부나가는 노히메가 가져온 예복을 바라보고 싱글벙글하며 웃음을 그치지 않았다.

　"왜 그렇게 계속 웃으십니까?"

　"우스우니까 웃을 수밖에."

　"고귀하신 쇼군과 만나시는 일이 어찌 우스우십니까?"

　"다케다 노인이 부러워하리라는 생각이 들어서 그래."

　"다케다 님만이 아닙니다. 부러워하는 사람이 도처에 있을 거예요."

　"오노."

　"이제 웃음을 그치십시오."

　"그만 웃으려 해도 웃음이 그치지 않는군. 생각해보면 인생이란 참으로 우스운 거야."

　"운이 좋았던 거예요."

　노부나가는 예복을 입혀주는 노히메의 말에는 대답하지 않고 자기 생각에 빠져 말을 이었다.

　"이게 도대체 무슨 연극인지 모르겠군…… 그대의 아버지는 스스로 살무사라고 불렀지만 지금은 모두 이리와 너구리들뿐이야."

　"또 그런 말씀을 하시는군요. 남들이 들으면 깜짝 놀라겠어요."

　"생각해봐. 오와리의 멍청이가 거창하게 예복을 입고 떠돌이 쇼군 앞에 머리를 조아리다니……"

　"말씀을 삼가세요."

　"그 떠돌이가 수고한다느니 뭐니 하면서 의젓하게 지껄일 테지…… 곁에는 호소카와와 아케치 같은 여우들이 근엄한 얼굴로 대령하고 있을 것을 생각하니 알현하는 자리에서도 배를 움켜쥐고 웃게 될 것 같아."

"어이가 없군요, 주군. 자, 돌아서세요."

"그대도 훌륭한 암여우지만…… 잘난 체하는 아케치 여우가 노리는 것은 입신출세뿐이야. 호소카와 여우는 간레이시키管領職°를 노릴 테고."

"그러면 주군이 원하시는 것은 무엇입니까?"

"나는 커다란 너구리지. 내가 원하는 것은 천하를 장악하는 일이야."

"그러나 쇼군께서는 이제 천하가 자신의 손에 돌아왔다고 생각하실 텐데요."

"바보를 고치는 약은 없어. 가장 불쌍한 사람은 그 쇼군이라는 바보 여우야. 아무 힘도 없이 천하를 손에 넣고 어떻게 먹겠다는 것일까. 천하라는 튀김은 너무 크기 때문에 몸에 독이 된다는 것을 모르고 있어."

"자, 준비가 끝났어요, 커다란 너구리 님."

"좋아. 그럼 다녀오겠어, 이 암여우야."

"호호호…… 못 말릴 분이에요, 주군은!"

"웃음이 나오지 않게 하는 방법이 없을까? 참, 그렇군. 웃음이 나오려 하면 재빨리 코털을 뽑아야겠어. 그러면 혹시 눈물이 나올지도 몰라."

이런 농담을 하고서 릿쇼 사에 도착한 노부나가의 모습은 조금도 흠잡을 데 없이 충성스러워 보이는 무장이었다.

"구니쓰나國綱가 만든 큰 칼 한 자루, 잿빛 돈점박이 말 한 필, 갑옷 두 벌, 침향沈香 백 근, 비단 백 필, 금화 천 관……"

노부나가가 잔뜩 몸을 뒤로 젖히고 엄청난 양의 진산품 목록을 읽어내려가자, 정면에 앉아 있던 쇼군 요시아키는 계속 고개를 끄덕이며 감격의 눈물을 떨구었다.

크나큰 서막

이용하고 이용당하는 데에는 언제나 두 가지 이상의 의미가 있다.

이용을 당함으로써 쌍방의 이익이 될 뿐만 아니라 제삼자에게도 충분히 도움을 주는 경우가 있는가 하면 이용만 당하고 버림받는 경우가 있고, 이용을 당해 그것이 자기뿐만 아니라 남의 불행까지 초래하는 경우도 적지 않다.

요시아키는 이 가운데 어느 쪽일까?

만약에 요시아키가 뛰어난 기량을 지녔다면 아무리 노부나가라 해도 단지 그를 이용만 하고 버릴 수는 없을 것이다.

'노부나가가 어째서 초라한 신세로 전락한 우리 주종을 이렇듯 거창한 의식을 갖추고 환영해주는 걸까?'

당연히 이 점을 생각했어야 하는데도 요시아키의 생각은 그에 미치지 못했다.

그는 아직도 전혀 자신을 모르고 있다. 노부나가는 어디까지나 아시카가 씨라는 과거의 유물을 존중하여 요시아키에게 충성을 바치는 거라고 믿었기에 눈물을 흘리며 미쓰히데에게 감사하고 노부나가를 고맙게 여겼다.

그러나 요시아키와 함께 온 호소카와 후지타카는 그처럼 호락호락한 인물이 아니었다.

호소카와는 오다 노부나가의 무력을 이용하여 수도권 일대에서 미요시와 마쓰나가의 무리를 몰아내고 다시 아시카가 바쿠후를 중심으로 한 질서와 평화를 회복하려 하였다.

따라서 그가 생각하는 '쇼군'은 반드시 명석하고 과단성이 있어야 할 필요는 없었다. 다만 아시카가의 직계 혈통이면서 측근의 의견을 잘 받아들이는 인물이기만 하면 충분했다.

그런데 미쓰히데의 경우는 후지타카와 생각이 약간 달랐다. 그는 열여섯 살경부터 전국을 편력하면서 군학軍學에서부터 축성, 포술砲術에 이르기까지 두루 섭렵하여 반드시 천하에 이름을 떨치겠다는 야망을 위해 살아온 출세주의자다.

이러한 그가 아사쿠라 요시카게의 교양과 무력에 이끌려 섬기기는 했으나 요시아키 역시 자기가 생각했던 것만큼 큰 인물은 아니라고 남몰래 실망하며 싫증을 느꼈을 때, 호소카와 후지타카가 방랑하고 있던 이름뿐인 쇼군 아시카가 요시아키를 데려왔으므로 이 기회를 놓칠 리 없었다.

미쓰히데는 성격적으로 원래 노부야스나 도산을 좋아하지 않았다.

두 사람 모두 행동에서부터 언어에 이르기까지 예의란 도무지 찾아볼 수 없고 조잡하기 짝이 없어, 경멸한다기보다도 오히려 감정적으로 혐오감을 느꼈다. 그런 의미에서 요시카게는 교토의 풍물을 즐기는 지적인 취향 면에서 자신과 일맥상통했다. 그러기에 일단은 아사쿠라 가문을 섬길 생각이었을 테지만……

이처럼 야심만만한 미쓰히데가 결국 자신의 취향을 버린 이유는 요시아키와 노부나가가 손잡게 하여, 요시아키의 이름과 노부나가의 실력이면 천하를 노릴 수 있다고 생각하고 이번 일을 꾸몄음이 틀림 없다.

천하 통일만 이루어지면 두 사람을 연결시킨 큰 공신인 미쓰히데 는 당연히 이들 사이에서 천하를 조종하는 막후의 인물이 될 수 있 다.

이렇게 생각하면 노부나가와 요시아키, 후지타카와 미쓰히데 등 네 사람의 만남이 얼마나 흥미진진한 대작의 서막이 될지 알 수 있 다.

정면에 겨우 서른을 갓 넘긴 요시아키를 앉히고 큰 칼을 가진 고쇼 를 뒤에 세우고는 후지타카와 미쓰히데가 좌우에 대령한 가운데 노 부나가가 머리를 조아린 장면은, 그야말로 아시카가 이에모리家隆가 한창 전성기를 누릴 때의 무로마치 바쿠후를 그대로 릿쇼 사에 옮겨 다놓은 듯한 느낌을 주었다.

"오다 공, 고개를 드시오."

"예."

앞서 요시아키의 형으로서 검성劍聖 쇼군이란 말을 듣던 요시테루 앞에서는 그토록 방약무인한 태도를 보인 노부나가가 여기서는 자기 도 주연의 한 사람이 되어 공손한 배우의 역할을 하고 있다.

물론 이렇게 하는 것이 이제부터 그가 하려는 일에 권위를 부여하 기 위해서는 반드시 필요하다는 계산에서 나온 연기였으나, 노부나 가의 심중에는 이와 전혀 다른 생각이 없지도 않았다.

그것은 요시아키가 독도 약도 되지 않을 무골 호인이어서 자기 의

견에 무조건 따르는 사람이라면 이대로 아시카가 바쿠후의 재건이라는 명목으로 일단 천하를 평정시켜도 괜찮겠다는 생각이었다.

노부나가는 요시아키의 명령에 고개를 들고 자기 품에 들어와 눈물을 글썽거리며 기뻐하는 떠돌이 쇼군을 비로소 쳐다보았다.

인품은 요시테루를 방불케 할 정도로 단아했으나 물론 검도로 단련한 요시테루만큼 예리하지는 못하고, 마치 환속한 승려처럼 부드러운 인상을 주었다.

다만 미간이 약간 좁은 것이 마음에 걸렸으나 그 밖에는 제15대 쇼군으로 능히 통할 만한 인품이라는 생각이 들었다.

'이 정도라면 저택에 있게 해도 별로 손색없는 장식물이 될 것이다. 다만 의지가 약해 보이므로 상당히 똑똑한 사람을 측근에 두지 않으면 안 되겠다.'

이런 식으로 관찰하고 있는 노부나가에게 요시아키가 떨리는 목소리로 말했다.

"이번에 그대가 보인 충성, 이 요시아키는 평생 잊지 않고 마음에 새겨둘 것이오."

"고마우신 말씀입니다."

노부나가는 다시 한 번 정중히 고개를 숙였다.

"그런 고마우신 말씀을 듣게 된 이상 호소카와 님과 상의하여 미력하나마 전력을 다해 하루빨리 교토에 환궁하실 수 있도록 도모할 것이니 과히 심려치 마십시오."

"잘 부탁하오."

"그 점은 분명히 약속드리겠습니다."

이것으로 알현을 끝낸 뒤 잔을 받고 물러나 이번에는 별실에서 노부나가와 호소카와 후지타카의 회견이 시작되었다. 물론 미쓰히데도 이 자리에 어김없이 참석했다.

"호소카와 님, 귀하가 보기에 쇼군은 이전의 쇼군 요시테루 님과 기량 면에서 어떤 차이가 있소?"

세 사람만 있게 되자 노부나가는 태도를 바꾸어 거의 자기 본심을 드러내듯 하면서 미쓰히데에게 물었던 것과 똑같은 질문을 했다.

"글쎄요, 선대는 무武를 숭상하셨고 지금의 쇼군은 문文을 즐기십니다. 그러므로 보좌를 어떻게 하느냐에 따라서는 오다 님의 신뢰를 결코 저버리지 않으실 줄로 생각합니다마는……"

"보좌를 어떻게 하느냐에 따라서는?"

"그렇습니다. 쇼군으로 부족함이 없도록 앞으로 이 후지타카가 충분히 교육을 행할 생각입니다."

"으음……"

노부나가는 일부러 고개를 갸웃하고 생각하다가 말을 이었다.

"이 노부나가의 눈에는 약간 독선적이고 감정에 치우치기 쉬우며 변덕스러운 것이 결점으로 보였는데……"

후지타카가 깜짝 놀라 노부나가를 바라보았다.

"그러한 성격은 이 후지타카가 반드시……"

"그러면 이 노부나가가 약간 불안해집니다. 이렇게 합시다. 쇼군에 관한 일은 일체 호소카와 님에게 일임할 터이니 호소카와 님은 어떤 경우에도 절대로 노부나가를 배신하지 않을 것이며, 노부나가도 또한 평생 호소카와 님을 등지지 않겠다는 각서를 교환하면 어떻겠소?"

"으음."

후지타카는 나직이 신음했다.

노부나가의 제안에는 쇼군은 문제삼지 않고, 호소카와 후지타카와 제휴하여 평생토록 부하로 삼아도 좋다는 의미가 담긴 듯했다.

옆에서 듣고 있던 미쓰히데가 깜짝 놀란 듯 시선을 떨구었다. 당연한 일이었다. 노부나가는 쇼군보다도 그 측근에 있는 후지타카와 미쓰히데 같은 책사들이 서로 손을 잡지 않을까 경계하여 두 사람 사이에 확실한 못을 박으려 한다는 것을, 미쓰히데는 알고 있었기 때문이다.

잠시 생각하다가 후지타카가 무거운 어조로 대답했다.

"좋습니다. 그 대신 오다 님도 고립되어 계시는 쇼군을 위해 전력을 다해주시겠지요?"

"물론이오. 내일부터 즉시 준비에 착수하여 가능한 한 빨리 교토에 쇼군의 거처를 반드시 건립하리다."

"그러면 각서를 작성합시다."

"알겠습니다."

곁에 있던 미쓰히데가 정중하게 대답하고 지필묵을 준비하였으나 그 역시 노부나가의 뜻하지 않은 한마디 때문에 벗겨진 이마 위로 땀을 흘리고 있었다.

미쓰히데로서는 어디까지나 호소카와 후지타카가 쇼군 쪽 사람으로 남기를 바랐다. 그러면 자신이 쇼군과 교섭하는 데 있어서 없어서는 안 될 인물로 중용된다.

그런데 후지타카마저 자신과 마찬가지로 노부나가의 가신이나 객장客將이 된다면 자신의 그림자는 훨씬 더 흐려지지 않겠는가.

그래도 쌍방이 각서를 교환하자 미쓰히데는 밝은 표정으로 돌아왔다.

"이것으로 쇼군 님도 안도하실 겁니다. 호소카와 님, 우리 주군은 일단 결정하신 일은 반드시 실천하시는 분이니까……"

아마도 이 큰 연극의 제2막에서 노부나가의 관록에 한결 더 무게가 실렸을 것이다.

노부나가는 해가 지기 조금 전에 릿쇼 사를 떠나 성으로 돌아와 귀찮다는 듯이 예복을 벗어던졌다.

"오노, 역시 나는 좀더 노련한 너구리였어. 그러나…… 그러나 호소카와와 아케치 같은 여우는 지금까지 내 부하가 갖지 못했던 것을 가지고 있어. 그 두 사람을 부하로 삼으면 교토에서 황실이나 공경과의 교섭을 잘 추진시킬 수 있을 거야. 그 여우들이 말이야……"

이렇게 말하고 코웃음치며 책상다리를 하고 앉았다.

스리바치 고개

　노부나가가 그토록 고대하던 상경에의 길이 드디어 열리기 시작했
다.

　이렇게 되자 제3막부터는 노부나가도 전처럼 용맹스러운 야인 역
할만 하는 배우로 일관해서는 안 되었다.

　우선 이 기회에 여동생인 이치히메를 아사이 가문에 출가시켜 오
미에 다리를 놓아야 했다.

　혼사에 대해 아들인 나가마사는 진작부터 찬성했으나 그의 아버지
히사마사가 완강히 거부했다. 왜냐하면 아시카가 요시아키를 전송한
뒤, 에치젠의 아사쿠라 요시카게가 또다시 히사마사에게 자기는 이
혼담이 탐탁지 않다는 의사를 전해왔기 때문이다.

　요시카게로서는 요시아키와 후지타카가 자기를 버린 데 대해 분개
하고 있던 차에, 그 두 사람을 안내한 자가 바로 자기가 데리고 있던
아케치 미쓰히데라는 사실을 알았으므로 결코 찬성할 수 없었다.

아사이 가문의 사자를 통해 이 사실을 알게된 노부나가는 웃으면서 고개를 끄덕이고 아사이 가문과 아사쿠라 가문 쌍방에 대해 각서를 썼다.

아사이 가문에는,

'이 혼인이 이루어지면 노부나가는 에치젠의 아사쿠라 가문과도 화친을 맺어 결코 적대관계에 들어가지 않겠다'

라는 각서를 보내고, 아사쿠라 가문에는,

'내가 미력을 다해 비록 천하를 장악한다 해도 아사쿠라 요시카게 님에게는 추호도 다른 마음을 갖지 않을 것입니다.'

라고 써서 보냈다.

이 각서에는 성급하던 노부나가의 예전 모습과는 달리 마치 사람이 달라진 듯한 부드러운 태도가 엿보였다. 각서가 쌍방에 전달되자 양쪽 모두 이미 쇼군을 옹립하고 있는 이웃의 강자 노부나가에게 혼담을 거절할 구실이 완전히 사라지고 말았다.

그리하여 8월 11일에 이치히메는 화려한 행렬과 함께 기후에서 오다니 성으로 출가하여, 오미로 향하는 노부나가에게 탄탄한 길을 열어주었다.

이치히메는 오와리에서 미노에 걸쳐 소문이 자자하던 보름달과 같은 미모의 소유자였다.

따라서 그녀를 맞이한 나가마사가 기뻐하지 않을 리 없었고, 나가마사의 근시와 시녀들 역시 눈이 휘둥그레져서 젊은 나가마사의 행복을 축복하고 선망하였다.

그러나 고집이 강하기로 유명한 그의 아버지 히사마사와 몇몇 가신들은 쓸쓸히 중얼거렸다.

"드디어 도련님이 노부나가의 덫에 걸렸다."

"어쩌면 도련님을 잠자리에서 살해하라는 명령을 받고 왔는지도 몰라."

"그래. 일찍이 노부나가의 부인도 도산으로부터 사위를 죽이라는 명령을 받고 시집왔듯 오다 가문과 음모는 불가분의 관계에 있으니까."

"아니, 그 경우와는 사정이 좀 달라. 그때 죽이라고 한 쪽은 사이토 가문이었어."

"아무튼 그러한 분위기에서 자란 이치히메가 아닌가. 더구나 마성魔性을 띤 것처럼 아름답다는 점이 더욱 불길하단 말일세. 지나치게 아름다운 여자를 가리켜 경국지색傾國之色, 즉 나라를 기울어지게 만들 정도로 아름다운 여자라고 하지 않았나."

이러한 반대파 중에서도 특히 중신인 엔도 기에몬遠藤喜右衛門의 반대는 히사마사에게 큰 영향을 미쳤다.

그는 노부나가의 인상으로 미루어 잔인하기가 짝이 없는 인물이므로 앞으로 반드시 아사이 가문을 멸망시키려 할 것이라고 주장했다.

이런 엔도 기에몬이 히사마사 앞에 나와 노부나가 암살의 비책을 속삭인 때는 이치히메가 시집온 지 한 달쯤 지난 늦가을의 어느 날이었다.

"주군, 이 기에몬이 보기에 도련님은 아무래도 부인의 포로가 되신 것 같습니다마는……"

"기에몬, 말을 삼가게. 어떻든 나가마사는 내 아들이야. 여색에 빠져 앞뒤를 잊을 만큼 어리석지는 않아."

"그러시면, 이 기에몬이 도련님에게 한 가지 진언할 일이 있습니다마는 허락해주시겠습니까?"

"어떤 진언을 하겠다는 말인가?"

"가능한 한 조속한 시일 내에 사위로서 오다 가문을 방문하시라고 진언하려 합니다."

"뭐, 나가마사에게 오다 가문을 방문하게 한다는 말인가?"

"도련님이 그때 무어라 말씀하실까요? 완강히 거절하실지 아니면 승낙하실지……"

"승낙한다면 그대는 나가마사를 비웃겠다는 말인가?"

"당치도 않습니다…… 만약 승낙하신다면 제가 도련님과 함께 가서 기후 성에는 들어가지 않고 반드시 쌍방이 중간 지점에서 회견하시도록 주선하겠습니다. 그리고 그 자리에 노부나가를 유인하여 처치할 생각입니다."

"으음."

히사마사는 긴 눈썹 밑에서 눈을 무섭게 빛내며 숨을 죽였다.

"그 수법은 앞서 사이토 도산이 도미타富田에서 사용한 적이 있으므로 노부나가가 말려들지 않아."

"그렇지만 같은 수법이기 때문에 요시아키 공을 옹립한 뒤 도도해진 노부나가가 도리어 쉽게 걸려들 것이라 생각합니다."

"만약 실패했을 경우의 각오는?"

"그 경우에는 이 엔도 기에몬이 단독으로 계획했던 일이라고 하여 절대로 가문에는 누가 되지 않도록 하겠습니다."

"기에몬, 나는 자네 생각이 나쁘다고는 말하지 않겠어. 그러나 이 내용을 나가마사에게는 알리지 말고 노부나가와 만나보는 것은 괜찮겠지. 어떤 인물인지 파악하기 위해서는 서로가 직접 대해보지 않고는 납득이 안 될 테니까."

"그러면 은밀히 추진하겠으니 노하지 마십시오."

엔도 기에몬은 신혼부부가 머무는 둘째 성곽으로 향했다.

나가마사는 이야기를 듣고 노부나가를 만날 마음이 내키는 모양이었다.

"그런가. 나도 한번 기후 성으로 인사를 갔으면 하고 생각했었어. 그러면 그대가 가서 노부나가 님의 형편이 어떤지 타진해보게."

엔도 기에몬은 나가마사가 스스로 기후 성에 갈 생각이었다는 데 대해 화가 났다. 그러나 이런 내색은 하지 않고 곧 노부나가에게 가서 그 뜻을 전하자 노부나가는 뜻밖의 대답을 했다.

"올 것 없어."

더구나 기에몬을 직접 만나지도 않고 모리 산자에몬을 통해 서신으로 나가마사에게 대답했던 것이다.

'우리가 간청하여 인연을 맺었으므로 귀하신 몸이 여기까지 찾아올 것이 아니라 내가 오다니에 가서 만나려고 한다. 나중에 기회를 보아 이곳을 방문하기 바란다. 어떤 일이 있어도 먼저 우리에게 오지 않기를 당부한다. 그렇지 않으면 에치젠의 아사쿠라 님과 또 이번 혼사에 반대한 가신들이 불쾌하게 여길 것이므로 양가를 위해 바람직하지 않다. 고슈甲州는 아직 평정되지 않아 롯카쿠의 무리들이 소요를 일으키고 있기도 하여 모든 일이 불안한 실정이므로 영내의 안전이 긴요할 것으로 생각한다.'

이 회답에 엔도 기에몬은 경계심이 들기도 했으나 자신의 뜻대로 되었다고 기뻐했다.

올 필요가 없다고 했을 뿐만 아니라 자기가 직접 오다니로 나오겠다고 하는 것이 아닌가.

'어쩌면 이 서신으로 안심시켜 놓고 나서 일거에 오다니 성을 빼앗을 생각인지도 모른다……'

그렇다면 더욱 좋다고 기에몬은 생각했다.

나가마사에게는 알리지 않고 접경인 스리바치 고개 부근에 군사를 매복시켰다가 노부나가가 오다니에 도착하기 전에 처치하면 된다. 나가마사에게는 그런 뒤에 적당히 구실을 대면 그만이라고 생각했다.

　주군인 히사마사와는 묵계가 되어 있었고, 아사쿠라 요시카게도 기뻐하며 뒤처리에 협력해 줄 것이 분명하다.

　기에몬은 이 일을 다시 한 번 히사마사에게 살짝 귀띔을 하고 나서 즉시 노부나가를 맞이할 준비에 착수했다.

　노부나가는 이것을 아는지 모르는지, 9월 20일을 기하여 기후에서 출발하겠다는 연락이 왔다.

　'대관절 수행원은 얼마나 거느리고 올 것인가?'

　그날이 되자 나가마사에게는 노부나가 일행을 고갯마루의 찻집에서 마중하도록 이르고, 거기서부터 오다니까지의 길 양쪽에 물샐틈 없이 복병을 배치한 뒤 기에몬 자신은 나가마사와 함께 찻집에서 기다렸다.

　아홉 점 반(오후 1시) 무렵 단풍이 든 나무 사이에 자란 참억새 수풀에서 노부나가의 모습이 보이기 시작했다.

　"아니?"

　기에몬은 고개를 갸웃거렸다. 마중하러 나간 아사이 쪽에서는 모두 무장을 단단히 하였는데도 맨 앞에서 유유히 말을 타고 오는 노부나가는 느긋한 평복 차림이 아닌가……

　아니, 노부나가만이 아니다. 기노시타 도키치로 히데요시 이하 약 백오십 명쯤 되는 수행원도 모두 들놀이를 나온 듯한 가벼운 복장이고, 약간의 병사만이 창을 들고 있을 뿐이었다.

　이전에 사이토 도산의 간담을 서늘하게 만들었던 때와는 정반대로 아무런 방비도 하지 않다니 대관절 무슨 생각을 한 것일까.

나가마사도 깜짝 놀라 눈이 휘둥그레졌다.

"약간의 수행원뿐이로군. 더구나 무장도 하지 않았어. 그렇다면 우리가 너무 거창한 것 같아."

"예, 아주 홀가분한 기분으로 오신 것 같습니다."

엔도 기에몬은 입으로는 이렇게 말했으나 속으로는 '기회는 왔다!'고 회심의 미소를 지었다.

'드디어 노부나가 놈은 자만에 빠져 우리가 놓은 덫에 걸렸다.'

아군은 이 고개에서 내려갈 때까지 삼백, 다시 골짜기까지에는 팔백 남짓 숨겨놓았다. 일단 고개를 내려가게 했다가 양쪽에서 협공하면 무장도 하지 않은 백오십 명 정도를 해치우기란 어린아이 팔을 비트는 것보다도 쉬운 일이다.

"자, 도착했다. 다 같이 나가 마중하거라."

나가마사의 목소리에 이어 노부나가가 유유히 사방의 가을 경치를 둘러보면서 고개 정상에 모습을 나타냈다.

가을의 햇살이 그의 전신에 쏟아지고 약간 땀이 난 애마의 목덜미가 반짝반짝 은빛으로 빛났다.

군데군데 빨갛게 단풍이 든 옻나무 잎과 이 한가로운 일행의 모습은 마치 이미 난세가 끝난 것이 아닌가 착각할 정도로 아름답고 조용하게 조화를 이루고 있었다.

"일부러 마중을 나와주었군."

노부나가는 양쪽에 도열하여 기다리는 아사이 쪽 가신을 보자 가볍게 말을 건네고 찻집 앞에 있는 나가마사에게로 천천히 말을 몰았다.

"과연 아사이 가문의 가신답게 모두 중무장을 하고 맞이해주다니 감격스럽군. 나는 워낙 태평스러운 사람이라 이런 차림으로 오게 되어 여간 부끄럽지 않아. 그렇지 않은가, 도키치로?"

"그렇습니다. 마음가짐이 다소 소홀했던 것 같습니다."

"도리가 없지. 다시 돌아가서 의복을 바꾸어 입고 올 수는 없는 일이니까. 이번만은 아사이 가문의 조소를 받고 돌아가기로 하세."

"예, 그래야겠지요."

한쪽 무릎을 꿇고 앉아 이들의 대화를 듣고 있던 엔도 기에몬은 다시 한 번 지면을 향해 히죽 웃었다.

'역시 자만하고 있다. 떠돌이 쇼군을 맞이하더니 당장이라도 천하를 손에 넣을 것 같은 기분인 모양이다……'

노부나가는 그때 비로소 말에서 내려 긴장한 나가마사 앞으로 성큼성큼 다가갔다.

풍류 고개

노부나가는 상쾌한 초가을 바람에 옷소매를 나부끼며 나가마사 앞에 서서 얼굴 가득히 웃음을 띠고 대견스러운 듯이 말을 걸었다.

"아사노 님이신가?"

"오다 님, 먼 길에 잘 오셨습니다."

"아니, 자네야말로 일부러 나와 맞이해주다니 고맙기 짝이 없네."

나가마사가 정중하게 인사하자, 노부나가는 사람이 달라진 듯이 부드럽게 말했다.

"우리는 조금 전에도 감탄했지만 오미는 아직 어지러운 상태라네. 여기에 대비하여 빈틈없이 경계를 펴고 이처럼 맞이해주다니 새삼스럽게 놀랐네."

"아니, 도리어 부끄럽습니다. 당연히 오다 님도 무장을 갖추고 오실 줄로 알았기 때문에……"

"우리도 어느 정도는 무장을 해야겠다는 생각도 했지만, 인연이 닿아 맺어진 매제를 찾아가는 데 거창한 차림이 도리어 어울리지 않을 것 같아 사양했네. 그러나……"

그러면서 노부나가는 나가마사의 근시가 마련한 의자에 앉아 천천히 주위의 경치를 둘러보았다.

"이것은 나의 실수였어."

"실수라니요?"

"잘 살펴보게. 우리가 고개로 접어들었을 때 비로소 깨달은 일이지만 여기저기에 수상한 살기가 감돌고 있어. 저 숲, 저 언덕, 저 수풀…… 혹시 자네와 이 노부나가를 해치려는 롯카쿠와 사사키 일당의 복병일지도 몰라."

"아니, 복병이?"

나가마사도 깜짝 놀랐으나 그보다 더 놀란 사람은 복병을 숨겨놓고 의기양양하게 회심의 미소를 띠고 있던 엔도 기에몬이었다.

'아뿔싸! 도련님에게도 비밀로 했던 복병을 노부나가 놈이 깨닫다니!'

"과연 그러고보니 분명히 수상한 자들이……"

나가마사가 가리키는 쪽으로 시선을 돌리면서 노부나가는 즐거운 듯이 웃었다.

"그러나 염려치 말게. 나는 무장을 하지 않았으나 혹시 이런 일이 있을지도 모른다고 여겨 항상 대비한다네."

"그러시면, 오다 님도 복병을?"

"하하하…… 복병이라고까지는 할 수 없지. 그러나 만일의 경우에는 오백이나 천 명의 군사가 어디서나 나타나 반드시 자네의 신변을 지켜줄 걸세. 그러나저러나 여기는 참 경치가 좋군."

"그렇습니다. 맑은 가을 하늘 아래 이부키伊吹의 정상이 손에 잡힐

것만 같습니다."

"속히 수도로 쇼군 님을 모셔야 할 텐데……"

나가마사는 대답 대신 시동에게 준비한 차를 가져오게 했다.

"그럼, 지금부터 일단 성으로 모시겠습니다."

"폐를 끼쳐 미안하군…… 그리고 여기저기서 수상한 그림자가 보이기도 하므로 자네는 나와 떨어져서 가는 편이 좋을 것 같군."

"그렇지 않습니다. 수상한 자가 보이기에 더더구나 우리가 경호를 해야……"

"아닐세."

노부나가는 가볍게 손을 내저었다.

"저 살기는 자네보다 나를 노리는 것 같아. 철포처럼 날아가는 무기도 있는 세상이니 나와 동행하면 자네가 봉변을 당하게 될지도 몰라. 나는 북부 고슈의 경치를 천천히 즐기면서 갈 터이니 자네는 좀 떨어져서 걷게."

이 말을 듣고 호랑이를 연상시키는 엔도 기에몬의 거친 수염이 부르르 떨었다. 얼굴도 어느 틈에 흙빛으로 변했다.

'이렇게도 대담할 수가……'

더구나 그 대담성에는 섬뜩한 의미가 함축되어 있다. 수상한 그림자가 보이므로 동행하자고 한다면 이해가 간다. 나가마사와 둘이 말머리를 나란히 하고 간다면 나가마사가 위험하므로 함부로 철포를 쏠 수 없기 때문이다.

그런데 노부나가 쪽에서 먼저 봉변을 당할지 모르므로 떨어져서 가자고 한다. 적은 인원으로 무장도 하지 않고, 게다가 복병이 있다는 사실을 알면서도 전혀 놀라지 않는 것은 어째서일까?

'혹시 노부나가도 도중에 복병을 숨겨놓지는 않았을까?'

기에몬이 문득 이런 생각을 했을 때, 다시 노부나가가 부드럽게 부하들에게 말했다.

"굳이 사양할 것 없네."

"이봐, 복병은 이중 삼중인 듯하니 실수 없이 나가마사 님을 경호해야 한다."

"예."

이중 삼중…… 이란 말을 듣고 엔도 기에몬은 저도 모르게 그 자리에서 머리를 조아렸다.

하나의 저항

나가마사는 노부나가가 하라는 대로 순순히 휴게소에서 한발 먼저 내려갔다.

엔도 기에몬은 말을 타고 그 뒤를 따라가면서 몇 번이나 이를 갈았다. 준비를 완전히 갖춘 복병이 자기가 오른손을 높이 들기만 하면 일제히 노부나가를 습격하기로 했으나 도저히 손을 쳐들 수 없었던 것이다.

'노부나가 쪽에서도 대비를 하고 있다.'

그리고 고개를 내려올 때부터 갑자기 시무룩해진 나가마사의 침묵도 적잖이 마음에 걸렸다.

"기에몬."

성의 뒷문으로 들어서려 했을 때 나가마사가 날카로운 눈으로 기에몬을 돌아보았다.

"예, 말씀하십시오."

"오늘 그대는 이 나가마사에게 수치를 주었어."

"아니, 그게 무슨 말씀입니까?"

"복병을 배치한 자는 그대일 거야. 덕분에 나는 오다 님에게 빚을 졌어."

"무슨 말씀인지 알아듣지 못하겠습니다…… 저는 노부나가가 혹시 도중에 위해를 가하지 않을까 하여 만일의 경우를 대비한 것뿐입니다."

"닥쳐!"

나가마사는 버럭 화를 내며 일갈했다.

"오다 님이 나에게 먼저 가라고 한 의미를 모른다는 말이냐!"

"그것은…… 그 일이라면……"

"멍청한 것, 그 의미는 너에게 무모한 짓을 하게 하지 말라, 손을 들어 복병에게 신호를 보내지 못하도록 하라는 의미였어."

"그럼…… 노부나가는……"

"여기까지 왔기에 말하겠다. 무장을 하지 않은 백오십 명, 그들이 전부야. 알겠거든 비위에 거슬린다고 하여 모살謀殺하려는, 그런 앞날도 내다보지 못하는 망동은 꾀하지 마라. 그런 짓을 한다고 해서 천하가 바뀌는 것은 아니야. 멍청한 놈!"

나가마사는 여기까지 말하고 얼른 성으로 들어갔다.

엔도 기에몬은 다시 한 번 부드득 어금니를 깨물었다. 그럴 것이었다. 나가마사가 한 말이 사실이라면 자기는 노부나가에게 어린아이처럼 조롱당한 꼴이 된다.

오백이나 천 명의 군사쯤은 어디서나 나타날 수 있다면서……

'으음, 이 요물 같은 것!'

기에몬은 자기보다 약간 떨어져서 유유히 다가오는 노부나가의 일행을 보자 더 이상 부드럽게 맞이할 마음이 들지 않았다.

'어떻게 해야 할 것인가?'

기에몬은 얼른 말을 탄 채 성에 들어가 주연이 시작될 때까지 주먹을 꽉 쥐고 계속 생각했다.

준비 완료

노부나가에게 있어 아사이 가문의 방문은 고대하던 상경을 위한
준비의 마지막 마무리였다.

천하에 뜻을 둔 지 이미 10년.

노부나가는 드디어 덴가쿠 골짜기에서 이마가와 요시모토를 무찌
른 지 8년만에 상경 작전에 필요한 모든 준비를 거의 갖추었다.

가이의 다케다 씨와는 이중으로 혼인을 맺은 인척이 되었고 미카
와의 마쓰다이라 씨나 북부 이세의 간베, 기타바타케 양가와도 사돈
이 되었다. 게다가 미노를 완전히 장악했을 뿐만 아니라 호소카와 후
지타카와 아시카가 요시아키를 맞이했던 것이다.

실력으로 보나 대의명분으로 보나 운명이 이미 그의 상경을 기정
사실로 인정하고 있다는 증거였다.

그러한 마당에 완고한 아사이 가문의 가신인 엔도 기에몬이 아무
리 혼자 반항한다 해도 무의미할 뿐이었으나 그래도 기에몬은 단념

하지 않았다.

그는 성안의 넓은 방에서 나가마사와 노부나가가 잔을 나누는 동안 씁쓸한 표정으로 두 사람을 노려보며 대령하고 있다가, 이윽고 노부나가가 성을 나와 숙소로 정해진 가시와바라의 조보다이인成菩提院이라는 천태종天台宗의 사원으로 가자 낮에 배치했던 복병을 불러들여 밤이 되기를 기다렸다가 그 뒤를 쫓아갔다.

이번에 노부나가를 처치하지 못하면 틀림없이 아사이 가문은 그에게 멸망당할 것이다. 백오십 명 정도의 인원이 영내에 머무른다고 하니 이것이야말로 하늘이 내린 좋은 기회가 아닌가!

이렇게 믿는 기에몬에게는 노부나가로부터 매제 취급을 받는 나가마사가 너무 어리석어 보여 견딜 수 없었다.

어느 시대에나 역사의 흐름을 보지 못하는 자의 집념은 너무 강해서 가련할 정도이다.

그는 아직도 노부나가에 대해 고작 시바斯波 씨의 가신이라는 생각을 버리지 못하고 있었다.

'아사이 가문의 배후에는 에치젠의 명문인 아사쿠라 가문이 버티고 있다. 노부나가와 손을 잡았다가 아사쿠라 가문을 버리는 결과를 초래한다면 어떻게 될 것인가?'

이보다는 아사쿠라에 원군을 청하여 아시카가 요시아키를 오다니 성에 맞아들이고 양가의 연합군이 상경하면 아사이 가문의 지체가 얼마나 높아질 것인가. 그 길을 택하지 않고 부인의 연줄에 매달려 노부나가 따위와 손을 잡다니……

기에몬은 분노하였으나, 노부나가는 아예 기에몬 따위는 문제 삼지도 않았다.

"주군, 오늘은 유독 부드러운 말을 많이 쓰시더군요."

성에서 나와 가시와바라로 향하는 도중에 도키치로가 조롱하듯 말을 건넸다.

"이것으로 준비는 끝났어."

노부나가는 벌겋게 취한 얼굴을 석양으로 향하고 실눈을 떴다.

"아사이 나가마사가 주군의 마음에 드셨습니까?"

"응, 도움이 되기는 할 테지."

"그러시면 인물은 최상급이 안 된다는 말씀이군요."

"그래. 나가마사는 괜찮지만 가신과 부하의 분위기가 좋지 않아. 분위기가 나쁘면 인물이 자라지 못해."

"그렇습니다. 그 엔도 기에몬이란 사나이는 수상한 냄새를 풍기며 계속 공기를 탁하게 만드는 것 같았습니다."

"기에몬만이 아니야. 아사이 가몬과 이소베 단바 같은 자도 별로 좋아하는 기색이 아니었어. 그 이유를 알 수 있겠나?"

"그것은 역시 나가마사 님이 아니라 히사마사 님이……"

"도대체 그는 , 앞을 보지 못한단 말이야."

"예…… 형체가 있는 것은 보지만 내일을 보지 못하는 장님이 세상에는 많이 있습니다."

"현명한 체하지 마라."

노부나가는 흐뭇한 듯 빙긋이 웃었다.

"드디어 이제부터 바빠질 것이다. 오늘 밤에는 푹 쉬도록 하겠다. 도중에 깨우면 안 돼. 그대는 앞을 내다보는 눈을 가졌을 테니까."

"황송합니다."

이리하여 노부나가는 가시와바라에 숙소에 도착하자 접대를 맡은 아사이 누이노스케淺井縫殿助와 나카지마 구로지로中島九郎次郎의 향응을 가볍게 받고 얼른 침소로 들어갔다.

그리고 오백의 군사를 거느린 엔도 기에몬이 발소리를 죽여가며 조보다이인에 접근했을 무렵, 노부나가의 침소에서는 천둥같이 요란하게 코를 고는 소리가 새어나오고 있었다.

캄캄한 밤의 무지개

엔도 기에몬은 가시와바라 앞에 있는 아즈사무라梓村에 군사들을 집결시키고 엄한 목소리로 명령했다.

"알겠느냐, 아사이 가문의 존망이 달린 중대한 일이다. 조보다이 인에는 누이노스케 님과 구로지로 님 등 접대를 맡은 우리 편도 있으나 일일이 적과 아군을 구별하다보면 싸움이 안 된다. 오늘은 굳게 결심하고 절에 있는 자는 누구를 막론하고 죽이도록 하라."

"알겠습니다."

"새삼스럽게 말할 필요도 없으나 야습이므로 부득이 절에 불을 질러야 한다. 적은 불과 백오십 명, 절대로 노부나가를 놓쳐서는 안 된다. 만약 힘에 겨우면 큰 소리로 우리를 불러라. 공을 혼자 독점하려다가 노부나가를 놓친다면 용서하지 않겠다."

"알았습니다."

"절 부근까지는 이대로 전진하고 영내와 1정 정도 되는 지점에 이르러 두 부대로 나뉘어 양쪽이 함께 공격해 들어간다. 암호를 말하겠다. 아침과 밤이다. 아침이라고 부르면 밤이라고 대답하거라."

"예."

"그럼, 접근할 때까지 눈치 채지 못하도록 짚신의 끈을 다시 매고 전진하라."

달은 아직 뜨지 않았고, 밤이 깊어가자 빗방울이 떨어지기 시작했다. 야습에는 더할 나위 없이 좋은 상태에서 용감하게 전진했다. 그러나 가시오바라 입구에서 기에몬은 뜻밖에도 방해자를 만났다.

"누구냐, 거기 오는 자가?"

"아침!"

"뭣이? 뭐가 아침이란 말이냐, 아직 밤인데도."

깜짝 놀라 눈을 크게 뜨고 보니 긴 창을 쳐든 삼사십 명의 인원이 길을 지키고 있다.

"아니, 무장한 병사로 보이는구나. 누구의 부하냐?"

"우리는 스노마타 성주 기노시타 도키치로의 부하다. 주군의 명으로 노부나가 공의 숙소를 지키고 있다. 그렇게 말하는 너희들은 누구의 부하냐?"

엔도 기에몬은 혀를 찼다.

불과 삼사십 명이므로 단번에 무찌르자는 생각도 했으나 만약 이들 중에서 한 사람이라도 놓치면 야습한다는 것이 드러난다.

"정말 수고가 많다. 나는 아사이 가문의 중신 엔도 기에몬이다. 주군인 나가마사 공의 명으로 오다 님에게 만일의 경우라도 생길까봐 숙소 주위를 경호하러 가는 군사들이다."

그러자 상대는 순순히 그대로 길을 열어주었다.

"아, 우리가 실례했소. 어서 지나가시오."

'이것이야말로 하늘의 도움이다!'

그러나 얼마 더 가지 않아 다시 제지를 받았다.

"거기 오는 것은 누구냐?"

기에몬은 그 용의주도한 경비에 감탄하면서 상대의 인원을 세어보고 앞서와 똑같은 말을 했다.

이곳에도 역시 인원은 사십오 명.

그렇다면 백오십 명 가운데 백 명 가량이 밖에 나왔으므로 절에는 겨우 오륙십 명밖에 남아 있지 않다는 계산이 나온다.

"이렇게까지 세심하게 배려해주시니 감사합니다. 통과하십시오."

제2의 관문도 쉽게 통과하고 드디어 절과 가까운 나지막한 언덕에 올라왔을 때 기에몬은 그만 숨을 죽였다.

"앗!"

기에몬은 그만 숨을 죽였다.

"누구냐? 어디 가느냐?"

여기서도 제지받았으나 그보다도 더 놀란 것은 앞에 내려다보이는 조보다이인의 건물이 캄캄한 밤의 숲속에서 뚜렷이 떠올라 보였기 때문이다.

'화재다.'

처음에는 이렇게 생각했다. 그러나 이것은 화재가 아니라 사찰의 매립지 주위를 둥글게 에워싼 수많은 모닥불로서 그 불빛 때문에 절의 지붕까지 훤히 어둠 속에서 떠올라 있다는 것을 깨달았다.

'도대체 이것은 어떻게 된 셈일까?'

그 모닥불 주위에는 오다 가문이 자랑하는 긴 창의 숲이 빨간 불빛을 받아 번쩍이는 것이 아닌가.

삼백이나 오백 정도의 인원이 아니다.

하늘에서 내려왔는가, 땅에서 솟아났는가? 천이 넘는 인원이 개미 한 마리도 지나가지 못할 만큼 절 주위를 경비하고 있다.

"누구냐고 묻고 있다. 그토록 중무장을 하고 어디 가느냐?"

다시 제지를 받고 이번에도 똑같이 대답하는 기에몬의 눈에서 저도 모르게 눈물이 떨어졌다.

"아, 그렇습니까. 수고가 많으십니다. 우리도 이렇게 경계를 펴고는 있으나 모처럼 나가마사 님이 베푸시는 호의이니 함께 경비에 임하도록 합시다."

"그렇게 말씀하시는 귀하는?"

"하치스카 히코에몬 마사카쓰입니다."

이를 어찌 해야 할 것인가. 벌써 관문을 둘이나 통과해 왔는데 여기서 사라질 수도 없는 일이다.

모조리 해치우기는커녕 일행은 어깨를 축 늘어뜨리고 경내로 들어가 여기서도 다시 한 번 마음에도 없는 인사를 하지 않으면 안 되었다.

절의 바깥문 앞에는 오늘 성안에 노부나가와 같이 있던 기노시타 도키치로 히데요시가 붉은 진바오리를 입고 의연히 의자에 앉아 있다.

도키치로는 기에몬이 함께 경비를 담당하겠다고 하자, 우선 기에몬을 제지하였다.

"쉿. 주군은 잠귀가 밝으시므로 조용히, 조용히……"

이어 도키치로는 멸시하는 듯한 표정으로 말했다.

"그러나저러나 마음이 훈훈해지는 미담이군요."

"무, 무슨 말씀인지요?"

"나가마사 님이 매형인 우리 주군의 안전을 생각하여 이런 밤중에

귀하를 보내어 경비에 임하게 하시니까 말입니다. 날이 밝거든 보고
하겠습니다. 주군도 기뻐하시며 귀하에게 인사를 드릴 것입니다."

질풍의 시작

노부나가는 아사이 가문을 방문하고 나서 기후로 돌아오자 그날 중으로 사람을 보내 호소카와 후지타카를 릿쇼 사로 불렀다.

드디어 그는 큰 연극의 제3막을 멋지게 끝내고 '상경 작전'의 다음 막을 올리려 했다.

그러나저러나 얼마나 민첩한 무대의 전환인지 모른다. 미쓰히데를 이용하여 아시카가 요시아키를 이곳에 맞이한 때는 7월도 거의 지난 25일이 아니었던가.

그런데 이때부터 겨우 50일도 지나지 않아 여동생인 이치히메를 아사이 가문에 출가시키고 나가마사와의 회견도 끝냈을 뿐 아니라 숨 돌릴 사이도 없이 상경 작전에 임하려 하는 것이다.

호소카와 후지타카는 혹시 아사이 나가마사와의 회견에 무슨 차질을 빚지 않았나 싶어 불안한 표정으로 센조다이로 달려왔다.

"돌아오셨군요. 여간 걱정한 게 아닙니다."

이렇게 말하는 후지타카에게 노부나가는 손을 내저었다.

"곧 출동할 준비를 하도록."

"예? 출동이라니 무슨 돌발 사태라도?"

떠돌이 쇼군의 가신은 곳곳에서 많은 불행을 겪어왔다. 무슨 이야기만 나오면 또 무슨 불상사가 생기지 않았나 싶어 걱정하는지 휘둥그레진 눈에 벌써 불안감이 감돈다.

"아니, 예정대로 되고 있네. 즉시 남부 고슈로 출동할 준비를 갖추게."

"남부 고슈로?"

"그래. 아사이 나가마사는 아마도 나를 배반하지 않을 걸세. 그렇다면 상대가 시간을 벌지 않도록 하는 것이 좋아."

"무, 무슨 말씀인지?"

"그대와 약속한 상경 작전 말일세."

"그러면, 저어……"

"노부나가는 전광석화, 이미 도키치로에게는 여기 돌아오는 도중에 동원을 명했네. 오는 12일에 나는 군사를 거느리고 북부 고슈로 향할 테니, 그대는 즈이류 사의 세키안夕菴 선사와 함께 곧 남부 고슈로 출동하기를 바라네."

이때야 비로소 호소카와 후지타카는 긴장한 얼굴로 고개를 끄덕였다.

자기가 노부나가에게 제안한 작전이었으나 그 실행이 너무나 신속했기 때문에 완전히 넋을 잃어 당장 이해가 되지 않았던 것이다.

"알고 있겠지만 그대도 하루빨리 쇼군을 교토로 환궁하시게 하고 싶다고 말하지 않았나?"

"그야 물론……"

후지타카는 마른침을 꿀꺽 삼켰다.

"그러니까 노부나가 공은 북부 고슈의 아사이 영지로 군사를 출동시킬 계획이므로 저는 세키안 선사와 함께 남부 고슈의 롯카쿠와 사사키의 본성인 간논지觀音寺 성으로 가라는 말씀이군요."

"그래. 간논지로 먼저 갈지 아니면 미노쓰쿠리 성箕作城에 은거 중인 쇼테이 뉴도承禎入道를 먼저 만날지는 그대의 재량에 맡기겠네. 아무튼 귀하가 쇼군의 정사正使로 세키안 선사가 부사副使로 가도록 하게."

당시 북부 고슈는 아사이 가문이 영유하였으나 남부 고슈는 여전히 롯카쿠와 사사키의 영지였다.

롯카쿠와 사사키의 주인은 우에몬사 요시스케右衛門佐義弼였는데 그는 본성인 간논지 성에 있었고, 지금은 은퇴한 요시스케의 아버지 쇼테이 뉴도는 미노쓰쿠리 성에 머물렀다.

아무튼 오래된 명문으로, 가신뿐만 아니라 지배하는 성도 상당수에 달했다.

히노 성日野城에는 가모 가타히데蒲生賢秀.

구사쓰 성草津城에는 마부치 지부馬淵治部.

미나구치 성水口城에는 다테베 우누메노쇼建部釆女正.

나가하라 성永原城에는 나가하라 아키노카미永原安藝守.

모리야마 성守山城에는 이바 데와노카미伊庭出羽守.

이렇게 이름이 알려진 호족과 중신의 성이 16군데나 있었다.

따라서 이 롯카쿠와 사사키 가문을 굴복시키지 않으면 교토로 가는 길이 막히므로, 앞서 이마가와 요시모토가 노부나가에게 대해 항복할지 일전을 벌일지를 강요했듯이 상경 작전을 결행하려면 맨 먼저 이들을 굴복시켜야 했다.

"아들과 먼저 대결할 것인지 아버지와 먼저 부딪칠 것인지는 그대에게 일임하겠네. 결코 두려워할 필요는 없어. 여의치 않을 경우에는 내가 아사이의 영지에서 공격해 들어갈 터이니. 우리 병력은 2만 8천이오, 하하하. 귀하는 어디까지나 끈기를 가지고 설득하기만 하면 되는 것일세."

"잘 알겠습니다."

"이런 일은 상대가 시간을 벌지 못하도록 해야 하는 것이 가장 중요해. 세키안을 즉시 릿쇼 사로 보낼 터이니……"

호소카와 후지타카는 이때처럼 노부나가를 믿음직스럽고 마음 든든히 생각한 적이 없었다.

지금까지는 노부나가의 거친 소행과 호언장담에 일종의 의구심을 품어왔다. 이것은 노부나가가 자신의 뜻과는 너무나 다른 생활을 강요했기 때문인지도 모른다.

'과연 노부나가에게만 매달려 있어도 좋을 것인가?'

때때로 깊은 밤 문득 비몽사몽간에 깨어 싸늘한 불안감에 휩싸여 남몰래 베개를 적시는 일이 있었다. 그러나 이러한 주종主從을 위해 노부나가는 마침내 2만 8천의 대군을 동원하여 궐기해주겠다고 한다.

'역시 그는 믿을 만한 인물이다!'

"그럼, 저는 내일 아침에 즉시 출발하여 우선 은거 중인 쇼테이 뉴도부터 설득하겠습니다."

후지타카 정도나 되는 인물도 그만 가슴이 뭉클해지고 눈물이 나올 것만 같았다.

"작전 회의를 열 것이니 모두 등성하라고 전하라."

후지타카가 물러간 뒤 노부나가는 니와 만치요를 불러 이렇게 명하고 훌쩍 내실로 들어갔다.

　아마도 장수들이 등성할 때까지 잠시 동안의 틈을 이용하여 노히메를 상대로 예의 그 독설을 늘어놓으려는 모양이다.

　이날은 오후부터 가을을 재촉하는 가랑비가 내리기 시작하여 기후성의 정상은 하얀 안개 속에 녹아드는 듯했다.

과거의 사람

사사키 쇼테이 뉴도는 뜻밖에 찾아온 호소카와 후지타카와 세키안 선사를 미노쓰쿠리 성의 넓은 객실에서 맞이한 뒤, 잘 들리지 않는 귀에 손을 대고는 큰 소리로 물었다.

"뭐, 두 분이 쇼군의 사자라고? 참으로 이상한 말을 듣게 되는군. 교토의 쇼군 가문에서는 미요시와 마쓰나가 님의 배려로 아와阿波의 사마노카미 요시히데左馬頭義榮 공을 모셨다는 말을 들었는데, 기후에 또 한 분의 쇼군이 계시다는 말이오?"

"미요시와 마쓰나가의 무리는 13대 쇼군인 요시테루 공을 시해한 반신叛臣, 그 반신이 옹립한 쇼군을 뉴도 님은 그대로 인정하신다는 말씀입니까?"

후지타카가 따지고 들었으나 뉴도는 전혀 귀를 기울이려 하지 않았다.

"말도 안 되는 소리! 그러니까 미요시와 마쓰나가의 무리가 옹립한 쇼군은 인정할 수 없으므로 시바斯波의 부하인 노부나가가 옹립한 쇼군을 인정하라는 말이오? 도리에 어긋나는 말은 하지 마시오. 이번 봄에 요시히데 공이 일부러 사자를 보내시어 앞으로 롯카쿠와 사사키 가문을 쇼군의 간레이管領°로 삼으시겠다고 했소. 쇼군은 요시히데 공 한 분뿐이오. 따라서 그대들은 쇼군의 사자로 예우할 수 없소이다."

아마도 여기에는 엔도 기에몬의 입김이 작용한 듯했다.

미요시와 마쓰나가 등에게 이름뿐인 '간레이'를 약속 받고 혼자 들떠 있다.

"그러면 호소카와 후지타카가 개인적으로 뉴도 님에게 한마디 조언을 하겠습니다."

"조언이라니 고맙소. 그것마저 듣지 않겠다면 실례가 될 것이니 들어봅시다. 어서 말하시오."

"뉴도 님은 인정하시지 않겠다고 하나 이미 새로운 쇼군 요시아키 공은 기후의 릿쇼 사에게 반신 토벌의 기치를 드시고 교토를 향해 진군하고 계십니다."

"뭣이, 그러면 새로운 쇼군의 명으로 노부나가가 움직이기 시작했다는 말이오?"

"그렇습니다. 오늘은 에이로쿠 11년(1568) 9월 12일, 잘 기억하시기 바랍니다. 병력의 총수는 2만 8천, 벌써 북부 고슈에 들어가 귀하의 태도를 지켜보고 있습니다."

후지타카가 여기까지 말하자, 쇼테이 뉴도는 배를 끌어안고 웃었다.

"왓핫핫하…… 그 노부나가가 2만 8천을? 노부나가의 허풍은 이미 오미에서는 통하지 않소이다. 앞서 덴가쿠 골짜기의 싸움 때도 고작 이천 정도의 병력이었다고 하지 않소. 정말 재미있군. 노부나가가 군사 2만 8천 명을 동원했다면 우리는 미요시, 마쓰나가 등과 상의하여 요시히데 공을 받들고 십만 정도의 군사로 맞서겠소. 어떻게 생각하오?"

너무도 빗나간 쇼테이의 감각에 옆에 있던 세키안 선사가 후지타카의 소매를 잡아당겼다.

"이 정도로 하고 돌아갑시다, 호소카와 님. 뉴도 님에게는 오늘이 9월 12일이라는 점만 기억하게 하시면 충분할 것입니다."

후지타카도 고개를 끄덕이며 한숨을 쉬었다.

"어쩔 수 없군요. 그럼, 싸움터에서 다시 뵙겠습니다."

"마음대로 하시오!"

뉴도는 두툼한 가슴을 탁 쳤다.

"노부나가에게 이렇게 전하시오. 기고만장하면 이번에는 그대가 이마가와 요시모토가 될 차례라고. 그러나 생각을 바꾸어 요시나가 공을 뵙겠다면 사정은 달라질 것이오. 이 뉴도가 주선할 수도 있다고 전하시오. 왓핫핫하……"

후지타카는 다시 한 번 고개를 갸웃하고 탄식하면서 세키안 선사를 재촉하여 자리를 떴다.

가을비 속의 작전 회의

후지타카는 우선 아버지인 쇼테이부터 설득하여 그의 입을 통해 아직 스물세 살에 불과한 주군 요시스케를 설득하려고 했다.

그러나 쇼테이는 전혀 앞을 내다보지 못하였다.

이미 접경까지 손을 뻗친 노부나가의 세력을 자기 밑의 작은 성주쯤으로 알고 있는 것이다.

노부나가가 강하기 때문에 미노를 손에 넣은 것이 아니라 사이토가 유달리 우매하여 미노를 자진해서 헌납했다는 잘못된 생각을 했다. 이것은 새로 일어나는 자가 있음을 냉정히 바라보지 못한다는 증거였다.

"내가 단단히 착각을 했군. 젊은 요시스케부터 설득해야 하는 것이었는데……"

호소카와 후지타카와 세키안 선사는 미노쓰쿠리 성을 나와 그 길로 즉시 간논지 성으로 걸음을 재촉했다.

가능하다면 오미를 전화의 소용돌이에 몰아넣고 싶지 않았다. 여기서 그들에게 새로운 시대의 정세를 이해시켜 2만 8천의 오다 군에 아사이와 롯카쿠 군을 가담시키고 다시 현재 오다 군을 뒤따르는 미카와 군과 북부 이세의 원군이 가세하면 오미의 백성을 구할 수 있다. 그뿐만 아니라 교토로 공격해 들어가면 미요시와 마쓰나가의 무리는 아마도 겁을 먹고 물러나 수도는 전화에 휩쓸리지 않을 것이다.

그러나 쇼테이 뉴도가 이 같은 상황을 짐작할 만한 인물이 아니라는 점을 깨달은 이상 그 아들 요시스케를 만나지 않을 수 없었다.

요시스케는 노부나가의 군사가 아사이 영지에 들어왔다는 사실을 알고 있었다.

그러므로 깜짝 놀라 두 사람을 맞이하고는 의아한 표정으로 물었다.

"이미 오미에 침입했다면서 무엇 하러 찾아왔소? 실은 우리도 도전해온 적에게 등을 보일 수는 없어 성주들을 모아 회의를 여는 중이오."

"그렇다면 마침 잘 찾아왔군요."

후지타카는 진심으로 말했다.

"이번의 상경 작전은 결코 귀하의 가문을 적으로 돌리겠다는 의미가 아닙니다. 미요시와 마쓰나가 등의 반도를 몰아내고 무로마치 바쿠후를 재건하여 오랫동안 계속되어 온 전란을 종식시키려는 것이 목적이오. 새로운 쇼군의 이 같은 비원에 오다 님도 아사이 님도 다 같이 동의하시고 상경군에 동행하시는 겁니다. 귀하의 가문에서도 부디 다른 일을 접어놓고 도와주시기 바랍니다. 이것은 또한 모든 백성의 소원이기도 하므로 쇼군께서 저를 정사正使로 불문에 계신 세키안 선사를 부사로 파견하셨습니다."

이 말을 들은 요시스케는 잠시 입을 다물고 생각하다가 말문을 열었다.

"그러면 노부나가는 힘을 믿고 쳐들어온 것이 아니라는 말이오?"

"물론입니다. 새로운 쇼군에 대한 반신 토벌이 목적입니다. 그렇지 않다면 어찌 아사이 부자가 순순히 오다 님을 영지에 들여놓았겠습니까?"

"으음, 그렇다면 잠시 기다리시오. 회의 중이므로 여러 사람과 상의하여 대답을 드리겠소."

"부디 깊이 생각하셔서 평지풍파가 일어나지 않기를 바랍니다. 이일은 또한 귀하를 위한 길이기도 하므로 그 점을 중신들에게 잘 납득시켜주십시오."

요시스케가 고개를 끄덕이고 나가자 후지타카와 세키안은 얼굴을 마주 보며 안도했다. 역시 나이가 든 쇼테이보다는 그 아들의 감각이 정확하다. 어느 정도 새로운 시대의 흐름을 알고 있다.

"빨리 대답을 해주면 가망이 있을 것 같군요."

"그렇습니다. 소승도 동감입니다. 중신 중에는 오다 님의 실력을 아는 사람도 있을 테니까 말입니다."

"성주 열여덟 명이 설마 오다 님을 상대로 무모한 싸움에 나설 생각은 하지 않겠지요?"

그런데 이로부터 반각이 지나고 일각이 지나도 요시스케는 돌아오지 않았다.

그동안 동자승이 차를 한 번 가져왔을 뿐 이윽고 밖이 어두워져가고 가을비가 뚝뚝 처마를 때리기 시작했다.

"격론이 벌어지는 듯하군요."

"격론이 벌어지면 별로 좋은 결론이 나오지 않기 마련인데."

차차 주위가 어두워져 앉아 있는 상대의 얼굴이 보이지 않을 무렵에야 시동에게 등불을 들린 히노의 성주 가모 가타히데와 시가라키 오이시고信樂大石鄕의 성주 곤도 야마시로노카미近藤山城守가 들어왔다.

두 사람의 모습을 보고 후지타카는 '틀렸구나!' 하고 직감했다. 회의가 화의로 결정되었으면 다시 한 번 요시스케가 나왔을 것이기 때문이다.

"오래 기다리시게 하여 죄송합니다."

가모 가타히데는 듬직한 바위처럼 두 사람 앞에 앉아 말을 이었다.

"회의 결과 개전으로 결정되었으므로 두 분은 그대로 돌아가시라는 주군의 말씀이 계셨습니다."

"가모 님!"

이번에는 후지타카가 아니라 세키안 선사가 강한 어조로 말했다.

"주군은 아직 어리십니다. 귀하는 중신 중의 중신이니 다시 한 번 숙고하시도록 권해주실 수 없겠습니까?"

"안 될 말씀이오. 중의로 결정한 일을 어떻게 나 한 사람이······"

"그러나 오다 님의 군사는 전투에 익숙한 2만 8천의 병력이라는 점을 아셔야 합니다."

그러자 옆에 있던 곤도 야마시로노카미가 불쾌하다는 듯이 흰 부채로 무릎을 치고 입을 열었다.

"말씀 도중에 실례합니다마는, 우리에게도 열여덟 군데의 성이 있습니다. 군사 2만 8천 명에 겁을 먹고 항복한다면 조상 대대로 이어온 무명武名에 금이 갑니다."

"허어, 새로운 쇼군을 받들고 교토로 들어가는데 일전을 벌이지 않으면 명분이 서지 않는다는 말씀이오?"

"이것 보십시오. 옛날 에이쇼永正(1504년부터 1521년까지의 연호) 시대에 오우치 다쓰오키大內義興가 규슈, 시코쿠, 산인山陰과 산요山陽 등 20여 지방의 장수들을 거느리고 아시카가 요시타네義稙와 함께 수도로 쳐들어갔을 때 우리 사사키 가문은 오직 가문의 군사만으로 쇼군 요시즈미義澄 공을 훌륭히 보좌한 사례가 있습니다."

"그러면 이번에도 사사키 가문의 군만으로도 오다 군을 저지할 수 있다는 말씀이오?"

"물론이오. 이미 그 대책이 마련되어 있기에 개전을 결정한 것입니다. 그렇게 아시고 돌아가 이 뜻을 노부나가 님께 전해주시오."

"그렇다면 한 가지만 더 묻겠습니다. 오다 군에는 아사이 군을 위시하여 미카와의 마쓰다이라, 북부 이세의 간베와 기타바타케 등의 군사가 속속 가담하고 있다는 사실도 알고 계십니까?"

"하하하, 그것이 우습다는 말입니다. 어떤 복안을 가졌건 생각은 자유지만, 그쪽에서 새로운 쇼군이라 부르는 요시아키 공은 일단 불문에 들어가 세상을 등졌던 분이오. 그런 분이 쇼군의 지위를 바라고 멋대로 환속했다고 하여 자기편이라 믿는 자는 앞도 내다보지 못하는 시골뜨기 노부나가 한 사람뿐이오. 우리는 정세를 면밀히 분석하고 또 사사키 가문의 병력도 계산한 끝에 대답하는 것이므로 이미 문답은 필요치 않습니다. 어서 돌아가시오."

"선사님, 알았으니 그만 돌아갑시다."

이번에는 후지타카가 선사의 소매를 잡아당겼다.

"그토록 정확히 앞을 내다보시고 또 병력도 계산하셨다면 아무리 말씀드려도 변경이 불가능하겠군요. 서로 견해가 다를 수 있으므로 그 식견을 마음에 새기고 이만 돌아갑시다."

여기서도 끝내 타협의 길을 찾지 못했다.

"어서 꺼져, 중놈아!"

"어서 꺼지지 않으면 목뼈를 부러뜨리겠다."

두 사람이 성문을 나설 때는 병졸들까지 흥분하여 고함을 지를 정
도였다.

혁명가의 진면목

한편 북부 오미로 진격하던 노부나가는 그때 이미 에치 강愛智川을 건너 남부 고슈로 속속 군사를 진입시켰다.

노부나가는 후지타카와 세키안이 늦게 돌아오는 것으로 미루어 쇼테이나 요시스케가 쉽게 길을 열어주지 않으리라고 판단했다.

"말귀를 알아듣는 자가 약간은 있을 줄 알았는데 그렇지 않은 모양이다. 여덟 점 반(오후 3시)까지 기다렸다가 돌아오지 않으면 즉시 강을 건너도록 하라."

노부나가는 선두의 사쿠마 우에몬, 기노시타 도키치로와 니와 고로자에몬(만치요)에게 이렇게 명하고 생각났다는 듯이 비웃었다.

"녀석들은 내가 롯카쿠 부자를 몰아내고 오미를 사위인 나가마사에게 주리라 생각했을 거야."

오다 군은 저녁이 되기 전에 강을 건너 강가에 진을 쳤다.

"두 사람이 돌아올 때 표지로 삼을 수 있도록 몇 군데에 모닥불을 피워놓거라."

그렇지 않아도 기세가 오른 침략군은 때가 왔다는 듯이 부근의 촌
락에 불을 질렀다.

어느 세상에서나 그렇듯이 백성들처럼 불쌍한 이들도 없다. 아무
것도 모르고 전쟁의 제물이 되어 그때마다 애써 일한 땀의 결정을 연
기로 날려보내는 것이다.

그 불길을 보고 사사키 쪽에서는 깜짝 놀랐다. 이렇게까지 빨리 진
격해올 줄은 예기하지 못한 듯 즉시 사자가 사방으로 달려나갔다.

후지타카와 세키안이 그러한 비극의 불길 속에서 사방으로 피난하
는 백성들 사이를 뚫고 무거운 발걸음으로 노부나가의 진지로 돌아
온 때는 다섯 점(오후 8시)경이었다.

노부나가는 두 사람을 기다리고 있었다.

"무어라 말씀드려야 할지……"

후지타카가 말하자 노부나가는 큰 소리로 웃으면서 의자에 앉은
채 몸을 흔들었다.

"그대는 진정으로 롯카쿠 부자를 설득할 생각이었나?"

"그렇습니다. 아시다시피 싸움이란 백성들의 고통을 수반하는 것
이기 때문에."

"왓핫핫하, 그 말은 옳아. 따라서 나는 싸움이 시작되면 조금도 사
정을 보지 않아."

"예? 무슨 말씀이신지……"

"싸움이란 이처럼 비참하고 끔찍한 것이므로 결코 해서는 안 된다
는 점을 뼈에 새기도록 하기 위해서일세."

후지타카는 아무런 대답도 할 수 없었다. 그는 이처럼 철저한 노부
나가의 파괴주의를 이성으로는 이해할 수 있어도 감정적으로는 동의

할 수 없었다.

"그렇게 하지 않으면 쇼테이와 같은 무리는 싸움을 장난으로 알고 몇 번이고 몇십 번이고 백성들을 괴롭히게 돼."

"분명히 그렇기는 합니다마는……"

"나는 처음부터 롯카쿠 부자가 자네 말을 듣지 않을 줄 알았네."

"그것은, 그것은 또 어째서입니까?"

"자네 나름대로 이치를 설명하여 그것이 그대로 통할 시대라면 이런 난세가 되었을 리 없지."

후지타카는 깜짝 놀라 노부나가를 쳐다보았다.

사실 그런지도 몰랐다. 각자가 이치에 따르고 도리를 지킨다면 전쟁은커녕 사람과 사람의 다툼마저 없었을지 모른다.

"후지타카, 노부나가를 잔인한 사나이라 생각하면 안 돼."

"결코 그렇지는……"

"나는 남에게도 가혹하지만 자신에게도 가혹해. 이치를 초월한 곳에서 이치를 찾아 세상을 다시 만드는 것이 내 소원일세. 롯카쿠 부자는 이치를 따르지 않고 이익을 추구하고 있네. 그러므로 이처럼 난세의 원인을 만들어내는 자들을 가차 없이 때려 부수고 짓밟겠다는 것일세. 어떤가, 롯카쿠 부자는 성이 열여덟 개나 있다고 큰소리를 쳤겠지?"

"그, 그것을 어떻게 아셨습니까?"

"어찌 모르겠나. 자기 이익만을 위해 움직이는 자는 그 이익을 추구하는 마음으로 자신을 과대평가하여 그것에 매달리기 마련이지. 그들이 무슨 말을 했는지 내가 자네에게 말해줄까?"

"예……"

"그들은 요시아키의 편을 드는 사람은 노부나가뿐이다. 그러니

요시히데에게 편을 드는 것이 좋다고 했을 테지."

"그렇습니다."

"하하하, 그들은 18개의 성에 의지하고, 허울뿐인 요시히데에게 매달려 있을 거야. 여기까지 꿰뚫어보면 그들의 작전도 읽을 수 있지."

"놀랐습니다. 정말 그렇습니다."

"그들은 2만 8천의 우리 군사가 얼마나 무서운지를 모르고 있어. 그들의 입장에서 생각하면 우리 군사를 18개 성에 분산시킬 경우 성 하나에는 고작 천사오백 명일 텐데, 그 정도의 인원이라면 각자가 분담하여 농성해도 충분히 견딜 수 있다고 생각할 것일세."

후지타카는 눈이 휘둥그레져 숨을 죽였다.

자신이 보기에도 정말 그랬던 것이다.

"욕심이 많을수록 자기에게 유리하도록 계산한다는 것은 잘 알려진 사실일세. 그들은 자기가 불리할 경우를 생각한 적이 없어. 여기에 인간의 큰 약점이 있지. 알겠나, 후지타카? 인간이란 우스운 동물이야. 농성을 계속하면 곧 미요시와 마쓰나가의 원군이 올 것이다, 그러면 이길 수 있다는 계산이 나오기 때문에 자네들의 설득에 귀를 기울였을 리가 없지. 어쨌든 수고했네. 나는 처음부터 자네나 쇼군에게 전혀 기대하지 않고 있어. 남의 힘을 기대한들 무슨 소용이 있겠나. 마음 편히 가지고 식사라도 하게."

"그러면, 오다 님은 충분히 승산이 있다는 말씀입니까?"

"괜한 말을 묻는군. 나는 2만 8천 명을 열여덟 부대로 나눌 만큼 어리석은 인간으로는 태어나지 않았어."

"으음……"

"날이 새면 큰바람을 일으켜 미노쓰쿠리 성을 위시하여 간논지 성을 날려버리고 지나가겠어. 나머지 작은 성 따위는 그 뒤에 천천히 버섯이라도 따는 기분으로 주워 담으면 그만이야."

이렇게 말하고 크게 기지개를 켰다.

"이쯤 하고 교토로 들어갈 때의 꿈이나 꿀까. 교토의 꿈…… 교토의 꿈을……"

노부나가는 나오는 하품을 손으로 막고, 함께 사자로 갔던 세키안 선사에게는 말할 틈도 주지 않은 채 임시로 마련한 침소로 향했다.

방약무인이란 말도 있으나 이처럼 남을 철저히 무시하는 태도는 다시 찾아볼 수 없을 것이다.

남을 실컷 부려먹고는 처음부터 후지타카도 쇼군도 도무지 기대하지 않았다고 말하고 있다. 다른 때 같으면 화가 났어야 할 일이지만 후지타카는 왠지 전혀 그렇지 않았다. 화를 내기는커녕 도리어 감탄하는 마음이 앞설 뿐이었다.

'무서운 사람이야! 무서운 사람이지만 그렇지 않고는……'

후지타카에게는 오히려 묘한 신뢰감이 가슴에 깊숙이 스며들었다.

그날 밤의 잠자리

"세키안 님, 노부나가 공은 놀라운 분입니다."

후지타카는 노부나가에게 완전히 무시당한 즈이류 사의 세키안 선사가 혼자 꺼져가는 모닥불을 바라보며 혼자 막사에 남아 있는 모습을 보고 말을 걸지 않을 수 없었다.

위로의 말 한마디 듣지 못한 선사의 마음은 아마도 편치 않으리라는 생각이 들었기 때문이다.

"오늘은 9월 12일, 노부나가 님이라면 적 앞에서도 꿈을 주실 겁니다."

그러자 세키안은 가볍게 손을 저으며 쉿, 하고 말했다. 아무 말 말고 귀나 기울이라는 의미인 듯했다.

"왜 그러십니까, 무슨 소리라도?"

말하다 말고 이번에는 '아' 라는 말을 하려다 멈췄다. 아니 멈췄다기보다는 목에 걸려 숨소리조차 나오지 않았다고 하는 편이 정확한

지도 모른다.

과연 주위는 조용하기만 하여 풀벌레 소리만이 겨우 들릴 뿐이었는데, 저 멀리서 수많은 인마의 움직임 소리가 파도 소리처럼 들려오는 것이 아닌가……

"어, 어디서 야간전투가 벌어졌군요."

"쉿."

세키안 선사는 다시 손을 내저었다.

'야간전투라면 두 가지 경우를 생각할 수 있다. 오다 군이 아이치 강을 건너자 당황한 사사키 쪽의 누군가가 반격을 시도했거나, 아니면 오다 군의 어느 부대가 싸움을 도발했거나…… 그러나저러나 이 부근은 왜 이리 고요한 걸까? 노부나가 님은 아무것도 모르고 이미 잠이 드셨을까?'

"귀를 기울여보시오. 말 한 필이 이쪽으로 달려오고 있어요."

호소카와가 이런저런 생각에 잠겨 있는 사이 지금까지 잠자코 있던 세키안 선사가 말했다.

"과연, 그렇군요."

"승리한 모양입니다."

"그럼, 저 말발굽 소리를 아군의 것으로 보셨군요."

이렇게 말하면서 저도 모르게 칼을 집어든 후지타카의 귀에 한층 더 크게 말의 울음소리와 그 말에서 뛰어내린 젊은이의 숨가쁜 목소리가 장막 안으로 들려왔다.

"호소카와 님과 세키안 선사 님께 말씀드립니다."

"오!"

선사가 굵은 목소리로 응했다.

"무슨 일인가, 본진에서 온 모양인데?"

"다름이 아니라…… 아군의 선봉인 사쿠마 우에몬 님, 기노시타 도키치로 님과 니와 고로자에몬 님, 아사이 신파치로 님 등의 부대가 조금 전에 미노쓰쿠리 성을 점령하고 대장님도 입성하셨습니다. 그러므로 두 분도 속히 성에 들어오셔서 편히 주무시라는 대장님의 분부입니다. 저는 모리 산자에몬의 아들 나가요시입니다. 바쁘기 때문에 이만 실례하겠습니다!"

선사는 진작에 이런 일이 벌어질 줄 예상한 듯 별로 놀라지 않았으나 후지타카는 마치 꿈을 꾸는 것 같아 당장에는 믿기지 않는다는 표정이었다.

노부나가는 이 부근의 임시 처소에서 잠든 줄 알았는데 벌써 미노쓰쿠리 성에 입성했다고 한다……

"노부나가가 2만 8천 명의 병력을 동원한다면 우리는 요시히데 공을 받들고 미요시, 마쓰나가와 함께 십만 정도의 병력을 동원하여 대항하겠소."

오늘 낮 사사키 쇼테이 뉴도가 기고만장한 태도로 호언장담한 그 미노쓰쿠리 성에……

그렇다면 전혀 대항하고 말고 할 틈이 전혀 없었지 않은가. 그렇다면 노부나가가 이마가와 요시모토가 될 차례라고도 했고, 남부 고수에는 성이 열여덟 개나 된다고도 자랑했던 쇼테이는 도대체 어떻게 되었다는 말인가?

어쨌든 여덟 점 반(오후 3시)에 강을 건넌 노부나가는 처음부터 그날 밤의 꿈을 미노쓰쿠리 성에서 꾸려고 했음이 분명하다.

"이쯤 하고 교토로 들어갈 때의 꿈이나 꿀까."

바로 반각 전에만 해도 일부러 하품을 하면서 자리를 뜬 노부나가가 세상 사람이 아닌 무서운 존재로 호소카와의 뇌리에 떠올랐다.

'이분은 그야말로 희대의 귀신이야!'

미노쓰쿠리 성은 오기야마扇山라고도 하며, 사사키 가문이 4백여 년 동안 18대에 걸쳐 거성으로 삼고 있는 간논지 성과는 불과 18정町(1정은 약 109미터)밖에 떨어져 있지 않았다. 게다가 그 성이 함락되었다면 이미 간논지 성의 운명도 뻔했다.

아무리 정세를 판단하지 못했다고 해도 오늘 낮에는 그토록 어깨에 힘을 주고 기고만장하던 쇼테이가 지금은 이미 성에 없다고 생각하자 후지타카는 온몸이 떨렸왔다.

'4백여 년에 걸친 사사키 가문의 자랑이 불과 3,4각 동안에 사라졌다. 역사는 노부나가 한 사람을 위해 시시각각 새로 기록되고 있는 것이다……'

"어서 떠납시다, 호소카와 님. 마중 온 사람들이 기다리는 듯하오."

세키안 선사의 재촉으로 정신을 차렸을 때, 과연 장막 밖에는 두 사람을 운명의 성으로 안내하기 위한 소대가 기다리고 있었다.

"아직도 똑같은 풀벌레가 우는데 말이오……"

호소카와 후지타카는 감개무량한 듯이 말하고 선사와 함께 걷기 시작했다.

신구新舊의 소용돌이

노부나가의 작전에 대해서는 굳이 말할 필요도 없을 것이다.

호언장담을 하면서 노부나가의 항복 요구를 뿌리쳤던 사사키 쇼테이 뉴도가 구사일생으로 도망쳐 들어간 간논지의 본성 역시 날이 밝는 동시에 순식간에 함락되고 말았다.

미노쓰쿠리 성에서는 간신히 쇼테이를 도피시키고 요시다 이즈모吉田出雲 이하 삼천 여 병력으로 저항하여 2각(4시간) 가까이 버티었으나, 간논지 성이 공격당했을 때는 더욱 조건이 악화된 상태였다.

노부나가가 침소로 가는 기분으로 미노쓰쿠리 성에 들어갔을 무렵, 간논지 성 북쪽 전면에 위치한 와다 산和田山의 성채 역시 공을 세우기 위해 전력을 다한 아케치 미쓰히데에게 함락되었다. 이는 오다 군이 사사키 쪽의 주문처럼 병력을 18군데로 분산하지는 않았기 때문이다.

불과 18정밖에 떨어져 있지 않아, 방어의 거점이라 여겼던 미노쓰쿠리 성으로부터 도리어 오다의 주력이 총공격을 감행해 왔으므로 견디기 힘들었던 것이다.

사사키 부자는 처음부터 달아날 준비를 하였기에 결국 이시베 성 쪽으로 도주하여 최소한의 목적을 달성했다고는 할 수 있지만……

노부나가는 간논지 성을 함락시키자마자 바로 가모 가타히데 등이 지키는 히노 성으로 향했다.

가모는 사사키 가문의 가장 유력한 중신이므로 그를 제거하면 이미 남부 고슈의 전투는 끝난 것이나 다름없다고 내다보았기 때문이다.

그렇다고 과연 가모를 힘으로 짓밟아버려도 좋을 것인가? 가능하면 항복을 권하여 아군으로 삼아 계속 이곳에 머물게 함으로써 아사이와 그 배후에 있는 아사쿠라를 견제하는 편이 노부나가로서는 장차 이익이 되지 않을까?

만약 노부나가가 기소 요시나카木曾義仲처럼 사리분별이 부족한 맹장이었다면 아마도 대번에 짓밟았을 것이 분명하다. 승리로 사기가 오른 오다 군에게는 그럴 만한 실력이 충분히 있었다.

"오다 군이 방향을 바꾸어 히노 성 공격으로 돌아섰습니다."

그리하여 13일 정오가 지났을 때 보고를 받은 히노 성에서는 이미 농성 태세로 돌입한 상태에서 삼대가 긴장 속에 마주앉아 있었다.

할아버지는 시모쓰케 뉴도 가이칸下野入道快幹이며, 아버지는 바로 전날 간논지 성에서 호소카와 후지타카와 세키안 선사에게 항전할 뜻을 전한 가타히데다.

손자는 가타히데의 장남인 쓰루치요鶴千代로, 아직 열세 살이라 관례冠禮도 올리기 전이었으나 오늘은 어떻게 된 일인지 할아버지와 아버지를 상대로 전혀 자기 주장을 굽히지 않고 있다.

"쓰루치요!"

가이칸은 긴 눈썹 밑으로 눈을 빛내며 말했다.

"내가 너를 잘못 보았구나. 히노 성에 보기 드문 기린아가 태어났다. 이 녀석은 학(쓰루치요의 쓰루는 학을 가리킨다)이 아니라 봉황의 새끼라는 소문이 났기에 여간 흐뭇하지 않았는데……"

"앞으로도 계속 흐뭇해 하십시오. 저는 봉황이 아닐지는 모르나 그렇다고 결코 까마귀나 솔개도 아닙니다."

"쓰루치요! 할아버지 앞에서 그 무슨 말버릇이냐."

아버지인 가타히데가 참을 수 없다는 듯이 꾸짖었다.

"할아버지가 걱정하시는 점은 노부나가의 횡포야, 난폭한 기질이란 말이다."

"저는 그렇게 생각하지 않습니다."

"너는 이상하게도 노부나가를 두둔하는데, 만약 노부나가에게 항복하여 우리 삼대가 모두 죽는다면 그야말로 세상의 웃음거리가 되는 게야."

"과연 그럴까요?"

"그럴까요…… 라니 너는 그 치욕을 생각해 본 적이 있느냐?"

"아버님!"

"왜? 오늘은 전혀 너답지 않게 오만하구나."

"아버님, 비록 삼대가 모두 목이 달아난다 해도, 이로 인해 성안 사람들의 목숨을 구할 수 있다면 무엇이 두렵겠습니까? 이 일은 손해가 아니라 도리어 큰 이득이 될 것입니다."

"멍청한 놈!"

"하하하."

"무엇이 우스우냐! 무장에게는 그런 계산만으로는 움직일 수 없는 고집이란 것이 있는 법이다. 너는 이것을 모르느냐?"

"쓸데없는 고집입니다."

"뭣이!"

"전혀 앞을 내다보지 못하는 고집, 그래서 쓸데없는 고집이라고 말씀드렸습니다. 아버님은 처음부터 노부나가를 난폭한 무법자라고 단정하셨기 때문에 그런 고집이 생긴 것입니다. 저는 노부나가를 난폭한 무법자라고 생각지 않습니다. 노부나가는 좀더 그릇이 큰 사람이라고 보았기 때문에 무익한 싸움을 피하고 손을 잡는 편이 좋다고 말씀드리는 겁니다."

"손을 잡는다…… 고 해도 벌써 이 성에는 시바타 곤로쿠와 삿사 나리마사, 하치야 요리타카의 군사 오천 명이 난입했어. 그런데 어떻게 손잡을 수 있겠느냐? 손을 잡는다는 것은 항복한다는 의미야. 항복하여 무기가 회수되면 이미 상대의 뜻대로 되는 것이다…… 목을 치든 효수를 하든 상대가 마음대로 할 수 있는 거야."

"하하하하."

"또 웃느냐, 웃지 마라!"

"저는 아버님과 출발점부터 생각이 다릅니다. 그러므로 웃을 수밖에 없습니다."

바로 그때 가타히데의 근시가 허둥대며 들어왔다.

"아룁니다. 오다 쪽에서 새로운 쇼군의 상사上使라면서 사자가 왔습니다."

"누구더냐, 그 상사라는 자가?"

"간베 구란도 님과 마에다 마타자에몬 도시이에 님입니다."

"뭣이, 간베가 왔어?"

할아버지인 가이칸 뉴도가 깜짝 놀라 떨리는 목소리로 물었다.

북부 이세의 간베 구란도는 자신의 딸을 아내로 맞이한 가모 가문의 사위이고, 그 구란도와 뉴도의 딸 사이에 태어난 손녀의 어린 남편이 실은 노부나가의 셋째 아들 산치마루였던 것이다.

물론 상사라고는 하나 항복을 권하러 왔음이 틀림없다. 그러나 이 뜻밖의 사자가 왔다는 말에 좌중에는 잠시 침묵이 흘렀다.

이미 왈가왈부 논의만 거듭하고 있을 때가 아니다.

'상대는 어떤 어려운 문제를 들고 온 것일까?'

가타히데의 얼굴에서 핏기가 가시고 입술 언저리의 근육이 꿈틀꿈틀 떨렸다.

그러자 다시 쓰루치요가 '하하하' 하고 웃었다.

손자의 결단

"아무튼⋯⋯"

가이칸 뉴도가 입을 열었다.

"우리 집안의 사위가 아니냐. 그렇게 나쁜 소식만 가지고 오지는 않았을 테니 만나는 것이 좋겠다."

"안 됩니다. 손을 잡을지 농성할지 그 일부터 결정해야 합니다."

이번에는 가타히데도 가이칸도 꾸짖지 않았다. 옳은 말이었기 때문이다.

"노부나가는 역시 뛰어난 인물인 모양입니다."

"뭐, 뭣이! 무슨 증거로 그런 소리를 하느냐?"

다그치는 아버지의 말에 쓰루치요는 의연하게 대답했다.

"노부나가의 군사軍師라 하지 않고 새로운 쇼군의 상사라고 한 말은 우리 가문의 명예를 생각해서라는 것을 깨닫지 못하셨습니까? 노부나가의 군사라면 항복하라는 사자, 그러나 쇼군의 상사라면 협력하라는 상의上意의 전달…… 이 뜻을 받아들이겠다고 말하면 전혀 명예를 훼손하지 않고 손잡을 수 있다는 점을 깨닫지 못하셨습니까?"

"으음…… 좋아, 할아비가 네 뜻에 따르겠다. 상의라면 받아들이기로 하자."

삼대는 각각 나름의 생각을 가지고 넓은 방으로 나가 사자를 만났다. 어디까지나 노부나가의 군사로서가 아니라 새로운 쇼군의 상사로서……

간베 구란도는 큰 소리로 "상사"라고 고한 뒤 세 사람이 머리를 조아리기를 기다렸다가 근엄한 목소리로 항복하라는 권고장을 읽어내려갔다.

"이번에 오다 오와리노카미를 의지하여 미요시, 마쓰나가 등의 역신을 응징하기 위해 상경하는 도중 그대의 주인 사사키 쇼테이 부자에게 협력을 부탁했으나 도리어 자기 주장을 내세워 항전하기에 이르렀도다. 따라서 이를 토벌하여 성을 접수했노라. 그러나 가모 가문은 남부 고슈의 명문이므로 특별히 배려하여 주인이 항전한 죄를 묻지 않고 곧 상경군에 협력할 것을 명하노라. 아시카가 요시아키."

다 읽고 나서 간베 구란도가 조용히 말했다.

"받아들이시는 편이 좋으리라 생각합니다."

"받아들인다면 노부나가 님은 우리에게 무엇을 명할까?"

"그것은……"

구란도는 마에다 도시이에를 돌아보며 말을 이었다.

"마에다 님, 귀하가 가타히데 님에게 말씀하시지요."

마에다 마타자에몬 도시이에는 감정을 전혀 드러내지 않고 근엄하게 말문을 열었다.

"이 성을 공격군의 대장 시바타 가쓰이에와 삿사 나리마사, 하치야 요리카타에게 인도하시고 부자께서는 즉각 미노쓰쿠리 성의 본성에 가셔서 오다 님의 지시를 받으셔야 할 겁니다."

"그…… 그것은 항복하라는 말이나 다름없잖소?"

가타히데가 아버지를 돌아보자 가이칸은 무릎에 얹은 주먹을 부들부들 떨고 있었다. 즉시 성을 인도하고 노부나가의 본진으로 가라고 하니 화가 나는 것도 결코 무리가 아니다.

"성을 인도하면 아무리 가혹한 취급을 당해도 이미 항쟁은 불가능한 일입니다. 그렇다면 이 문제는 다시 한 번 가신들과 상의를……"

가신들이 아니라 삼대가 상의를 해야…… 라는 의미였으나, 가타히데가 여기까지 말했을 때 쓰루치요가 태연히 두 사람 앞에 고개를 숙였다.

"잘 알겠습니다. 확실히 수락하겠습니다."

"쓰루치요. 무슨 소리를 하는 게냐……"

쓰루치요는 대답하지 않고 다시 말을 이었다.

"부득이 농성을 준비했습니다마는 주군이 결정하신 일이므로 저희 삼대는 대의멸친大義滅親이라는 말도 있으므로 상사께서 오시면 수락할 수밖에 없다고 결론을 내렸습니다. 이 뜻을 총대장이신 오다 님께 전해주십시오."

이에 간베 구란도는 고개를 크게 끄덕였다.

"잘 하셨소. 그래야만 할 것이오. 저도 오다 님께 잘 말씀드릴 터이니……"

이렇게 되자 가이칸도 가타히데도 이미 무어라 말할 여지 없이 결국 열세 살 손자의 의견에 따를 수밖에 없었다.

어린 봉황

　이러하여 13일 저녁 무렵, 히노 성은 결국 공격군의 세 대장에게 건네졌다.

　그리고 가모 가문의 가신은 일단 성 부근에서 대기하고 가이칸, 가타히데와 쓰루치요 등 세 사람만이 말에 올라 미노쓰쿠리 성의 노부나가에게 찾아갔다.

　표면적으로는 총대장인 노부나가의 지시를 받기 위함이라고 하나, 실은 성을 빼앗긴 떠돌이가 적의 총대장에게 심판을 받기 위해 끌려가는 것이나 다름없었다.

　벌써 할아버지인 가이칸도 아버지 가타히데도 송장처럼 얼굴이 창백해져 있었다.

　"기후 성에서 쫓겨났을 때의 사이토 다쓰오키는 여간 비참하지 않았을 거야."

　가이칸이 작은 소리로 말한 이유는 자신에게 그와 똑같은 운명이

닥쳐도 절대로 놀라지 않겠다는 의미였다.

"그렇습니다. 만일의 경우를 생각하니 쓰루치요가 안타깝습니다."

침통한 목소리로 대답한 가타히데가 그 역시 아버지와 똑같은 장면을 상상하였던 모양인지 가까이 말을 접근시키고 물었다.

"쓰루치요, 너는 할복할 각오가 되어 있겠지?"

쓰루치요가 고개만 끄덕일 뿐 웃기만 하자 할아버지와 아버지의 불안은 이중으로 겹쳤다.

'이 아이는 수재이기는커녕 무언가 중요한 어디 하나가 빠진 것이 아닐까? 만약 그렇다면 싸움을 두려워하는 손자의 겁 때문에 돌이킬 수 없는 치욕의 나락에 빠진 꼴이 된다……'

"웃지 마라, 쓰루치요! 웃고 있을 때가 아니야."

쓰루치요는 다시 고개를 끄덕였으나 여전히 웃음은 그치지 않았다.

일행이 노부나가의 본진에 도착하자, 노부나가는 어제까지 쇼테이 뉴도가 오만하게 버티고 있던 넓은 방으로 안내하게 했다.

"오, 네가 가모 쓰루치요로구나."

노부나가는 세 사람이 들어오자 가이칸과 가타히데는 거들떠보지도 않고 손자에게 말을 걸었다.

"어떠냐, 네가 보기에 남부 고슈는 누가 지켰으면 좋겠다고 생각하느냐?"

가이칸 부자는 멍한 표정으로 노부나가와 쓰루치요를 번갈아 바라보았다. 놀랍게도 쓰루치요는 여기서도 생글생글 웃으면서 겁먹지 않고 노부나가를 똑바로 쳐다보았다.

"처음 인사드립니다. 가모 쓰루치요라고 합니다."

"이미 알고 있다. 천하를 평정하기까지는 매우 바쁘니 인사보다는 실제적인 이야기부터 하거라. 누가 좋다고 생각하느냐, 남부 고슈를 지킬 사람으로는?"

"하하하……"

"왜 웃느냐, 아무 의견도 없다는 말이냐?"

"예. 저는 그 일에 대해 생각해본 적이 없습니다."

"뭐, 생각한 적이 없어?"

"예. 지금은 남부 고슈보다는 일본을 지키기에 누가 적당한지를 생각해야 할 때이므로……"

"뭣이!"

노부나가도 만면에 웃음을 띠고 말을 이었다.

"일본을 잘 지키면 남부 고슈 따위는 문제가 아니란 말이냐?"

"예. 일본의 총대장만 결정되면 나머지는 누구라도 다스릴 수 있습니다. 그런데, 대장님……"

"그래, 말하거라."

"이 쓰루치요에게 대장님의 따님 한 분을 주실 수 없겠습니까?"

"뭐, 뭣이!"

이 말에는 노부나가도 그만 깜짝 놀랐다. 아니, 노부나가보다도 할아버지와 아버지가 더욱 놀랐다.

"말을 삼가거라."

가타히데가 당황하여 소매를 잡아당겼다.

당연히 그럴 수밖에 없었다. 지금까지 이나바야마 성에서 쫓겨난 사이토 다쓰오키의 비참한 모습을 상상하고 있던 부자 앞에서 하필이면 노부나가의 딸을 달라고 하다니……

"왓핫핫하."

별안간 노부나가가 배를 움켜쥐고 웃기 시작했다.

영웅은 영웅을 안다. 이 어린 녀석은 이쪽에서 '상사……' 라는 이름으로 사람을 보내·체면을 지켜주었더니 그것을 이용하여 노부나가와 대등한 입장에 서서 전혀 겁먹지 않았다.

"가타히데, 그대는 훌륭한 자식을 두었어."

"황송합니다. 아직 어린 녀석이므로 무례한 언동을 널리 용서해 주십시오."

가타히데는 떨면서 용서를 구했다. 노부나가를 천하가 다 아는 난 폭자로 알고 있는 가타히데로서는 그 웃음소리마저도 분명 분노의 서막으로 생각했을 것이다.

"무례할 것 없네. 노부나가의 딸이라 해도 여자라는 점에서는 다를 것이 없으니까."

"황, 황송합니다."

"쓰루치요!"

"예."

"나도 너처럼 당돌한 녀석을 사위로 삼고 싶다."

"그럼, 주시겠습니까?"

"그러나 유감스럽게도 내 딸은 너무 어려."

"어려도 전혀 상관없습니다."

"그렇지만 쓸모도 없는 딸을 준다면 네가 곤란할 것이다. 너는 이제 실질적인 아내가 필요할 나이야."

'이 녀석은 남부 고슈를 자기에게 달라는 것이로군.'

노부나가는 이렇게 말하면서 비로소 깨달았다.

북부 고슈에는 노부나가의 매제인 아사이 나가마사가 있다. 그와 대등하게 남부 고슈를 제어하기 위해서는 자기도 오다 가문의 인척

이어야만 한다. 그래서 노부나가의 딸을 달라고 능청스럽게 말해 모두를 놀라게 하면서, 한편으로는 과연 이것을 깨달을지 노부나가라는 인물의 두뇌 회전을 시험하고 있는 것이다.

'얄밉기는 하지만 무서운 녀석이다……'

"그러나 앞으로 4,5년을 기다려 준다면 줄 수도 있어, 쓰루치요."

이렇게 말하고 상대를 바라보자 쓰루치요는 생글생글 웃으면서 고개를 저었다.

"4,5년 뒤에 주시겠다면 지금 주십시오."

"그러니까 이 자리에서 꼭 약속하라는 말이냐?"

"예. 그래야만 안심할 수 있습니다."

"안심할 수 없다니…… 나를 믿지 못하겠다는 말이냐?"

"아닙니다!"

쓰루치요는 거침없이 고개를 저었다.

"안심하지 못하는 쪽은 대장님인 노부나가 공이십니다."

"뭐, 내가 안심하지 못한다고?"

"예. 남부 고슈에서 제일 강한 가모가 대장님 편이 되었다. 그리고 쓰루치요가 그 사위가 되었다면 나머지 10여 성의 성주도 모두 제 뒤를 따를 것이므로 대장님은 안심하고 호수를 건너 상경하실 수 있습니다. 이 쓰루치요에게 따님을 주십시오."

"건방진 녀석!"

노부나가는 다시 한 번 배를 움켜쥐면서 웃고는 얼른 표정을 굳혔다. 별안간 웃어야 할지 화를 내야 할지 판단이 서지 않았던 것이다.

이 얼마나 얄미운 생각이란 말인가.

아니, 단지 얄미울 뿐만 아니라, 이런 자리에서 태연히 가모 가문이 강하다고 입에 올리는 대담성은 가공할 정도다.

보기에도 비참한 포로와 같은 몸인데도 가모 가문의 체면을 당당히 내세우려 한다. 그것도 상경을 서두르는 노부나가의 속셈을 완전히 꿰뚫어보고 말이다.

물론 노부나가가 분노했을 경우도 생각하지 않았을 리 없다.

아마도 "죽이겠다"고 하면 그릇이 작은 노부나가의 한계를 마음껏 비웃고 당당하게 죽자고 생각했을 것이다.

이렇게 되자 '인물 발굴'을 주장하며 이를 신조로 삼는 노부나가는 그 기질로 보아 한 걸음도 물러설 수 없었다.

'이런 애송이에게 비웃음을 당해서야 되겠는가……'

"왓핫핫하."

세번째 폭소로 가이칸을 깜짝 놀라게 할 때까지 노부나가의 가슴속에는 어지러울 정도로 감정과 계산의 소용돌이가 휘몰아쳤다.

"왓핫핫하, 이거 유쾌한 일이로군. 상경 작전 도중에 노부나가는 사위를 하나 얻게 되었어. 좋아! 쓰루치요, 노부나가의 장녀는 미카와의 마쓰다이라 이에야스의 적자 노부야스에게 출가해 있어. 그 밑의 딸은 아직 아홉 살이지만 네게 주겠다."

"감사합니다. 잘 돌보겠습니다."

"그래, 잘 보살피겠느냐?"

"예. 대장님이 총애하시는 따님, 결코 소홀하게는……"

"알겠다…… 가타히데."

"예."

"그대는 훌륭한 아들을 가졌어! 보기 드문 학이야! 아니, 소문으로 들던 것보다 훨씬 더 뛰어난 어린 봉황이야!"

이렇게 말했을 때 이미 노부나가의 마음은 진심에서 우러나오는 감동과 기쁨으로 가득 찼다.

노부나가의 군율

　남부 고슈의 최강자 다와라 도타俵藤太(후지와라노 히데사토藤原秀
鄕의 이칭) 이래의 명문인 가모 일가의 귀순은 쓰루치요가 말한 대로
순식간에 남부 고슈 일대를 평정하게 된 원인이 되었다.

　그리하여 노부나가는 9월 12일에 군사를 이끌고 오미에 들어간 지
불과 13일 만에 비와 호琵琶湖를 건너 미이데라三井寺에 들어가 수
도가 바라보이는 곳까지 진군했다.

　미이데라에서 노부나가는 고쿠라쿠인極樂院에 머물고, 21일에는
이미 간논지 성에 와 있던 새로운 쇼군 아시카가 요시아키도 미이데
라로 와서 그곳 고조인光淨院을 거처로 삼았다.

　문자 그대로 질풍과도 같은 파죽지세였다.

　고조인에 도착한 요시아키의 감격이 어떠했을까 하는 것은 상상하
고도 남을 정도였다.

　더구나 그때는 미카와에서 이에야스의 부장部將인 마쓰다이라 노

부카즈信─의 군사와 오다니 성의 아사이 나가마사가 직접 거느린 원군 등도 도착하여 교토로 향할 노부나가의 군사는 3만 3천 이상으로 불어나 야마시나山科, 우지宇治, 다하라田原와 다이고醍醐 일대는 하타사시모노旗指物°로 가득 메워졌다.

이렇게 되자 교토 거리에는 갖가지 유언비어가 난무했다.

"도대체 앞으로 어떻게 되는 걸까?"

"정말 큰일이야. 오닌應仁의 난°처럼 큰 싸움이 벌어질 것 같아."

"아니, 그 이상일 거야. 노부나가라는 대장은 여간 난폭한 자가 아니라는 소문이 났으니까."

"그럼, 겐페이源平 시대°의 기소木曾 군이 난입했을 때와 같은 일이 벌어질까?"

"그럴지도 모르지. 그때 여자란 여자는 모두 겁탈하고 거리를 약탈했다고 하더군. 아마 이번에는 기소 요시나카가 쳐들어왔을 때처럼 될지도 몰라."

인간이란 때로는 큰 희망을 품고 앞일을 낙관하기도 하지만 때로는 필요 이상으로 겁을 먹기도 한다.

교토 일대를 초토화시킨 오닌의 난과 도처에서 약탈과 난폭한 행동을 일삼은 기소 군의 침입 때와 같은 상황이 한꺼번에 벌어질 것이라는 소문이 가장 유력했다.

그러면 미요시와 마쓰나가 군은 적의 진격에 어떻게 대비하고 맞이하려는 것일까?

이들은 오다 군이 호수를 건넜다는 보고를 받자 즉시 그날부터 군사를 교토 교외로 이동시켰다.

그들이 쇼군이라 칭하는 아시카가 요시히데는 돈다의 후몬지 성普門寺城으로 물러나 이곳을 미요시 히코지로彦次郎의 군사 3천이 지키고, 교토에서 20리 떨어져 있는 세이류지 성青龍寺城에는 이와나리 지카라노스케岩成主税助의 2천 명의 병사가 농성했다.

교토에서 65리 떨어진 셋슈攝州의 다카쓰키 성高槻城에는 이리에 사콘入江左近의 군사 8백 명이, 아쿠타가와 성芥川城에는 미요시 호쿠사이 뉴도北齋入道의 3천 여 군사가 지키고 있었다.

고시미즈 성小清水城은 시노하라 우쿄노신篠原右京進의 군사 천이백 명, 이케다 성池田城은 이케다 지쿠고筑後의 군사 천백 명이 지켰다.

이타미 성伊丹城에는 이타미 지카오키親興의 천오백 군사가, 아마가자키 성尼ヶ崎城에는 아라키 무라시게荒木村重의 군사 천팔백 명 그리고 가와치河內의 이모리야마 성飯盛山城에는 미요시 마사야스政康의 군사 2천여 명이 지키고 있었다.

가와치의 또 다른 성인 다카노 성高野城에는 미요시 야스나가 뉴도 쇼간康長入道笑岩의 군사 2천5백 명이 지키고 있었다.

여기에 맨 먼저 야마토大和의 시기산 성信貴山城으로 철수한 미쓰나가 단조 히사마사松永彈正久秀의 본대를 합하면 상경군의 숫자를 훨씬 웃돌았으나, 그들은 이러한 병력을 총동원하여 오다 군과 결전 태세를 갖출 겨를이 없었다.

만약 노부나가가 남부 오미에 머물렀다면 그들은 사사키와 힘을 합쳐 충분히 남부 고슈에서 대대적인 결전을 벌일 수 있었을 테지만……

따라서 그들은 일단 교토를 버리고 상경군이 수도에 들어오게 해놓고 긴장이 풀리기를 기다렸다가 대번에 이를 섬멸하려고 했다.

어느 군대를 막론하고 수도에 들어오면 우선 안도하여 여색에 빠지고 술을 마시며 행패를 자행하여 시민의 빈축을 사다가 드디어 사기를 잃고 무너지는 것이 상례였다.

오랜 역사를 가진 교토는 아직 침입자들을 그렇게 만드는 불가사의한 힘을 가지고 있었다.

노부나가는 이러한 상대의 작전을 비웃었다.

"어림도 없다. 여기서도 멍청한 늙은 여우들은 남부 오미의 성들이 저지른 전철을 밟고 있군."

노부나가에게 있어서 적들이 교토에서 물러나 주변의 성에서 농성한다는 것은 자진하여 길을 열어주는 것과도 같았다. 교토에 잠입시켰던 첩자가 돌아와 이 사실을 보고하자, 노부나가는 이렇게 말했다.

"그럼, 드디어 수도를 손에 넣어볼까?"

이리하여 미이 사三井寺에서 일박한 노부나가는 전군을 거느리고 요시아키와 어깨를 나란히 하고 당당하게 교토로 진군했던 것이다.

때는 에이로쿠 11년(1568) 9월 26일.

오와리의 멍청이가 천하를 손에 넣느냐, 아니면 모두 잃을 것이냐…… 이렇게 호언장담하여 히라테 마사히데를 당황하게 만든 지 18년이 지나 마침내 서른여덟이란 나이에 지배자로서의 발자취를 교토 땅에 남기게 된 것이다.

노부나가의 숙소는 도후쿠 사東福寺였으며, 쇼군인 요시아키의 숙소는 기요미즈테라清水寺였다.

이날 교토의 거리는 죽은 듯이 조용하기만 했다.

아무도 새로운 패자覇者의 모습을 보려고 하지 않았다. 그들은 모두 이 침입자가 기소 요시나카 이상으로 난폭할 줄로만 생각하고 살아갈 의욕을 잃었던 것이다.

어쨌든 무력으로 보아 교토에서 가장 강대한 자는 4백 년 이상이나 계속된 오미의 미나모토源 씨인 롯카쿠, 사사키 씨와 신흥 세력인 마쓰나가 단조 히사히데라고 믿었다.

그러므로 마쓰나가 단조가 쇼군 아시카가 요시테루를 죽이고 "이 사람이 정말 쇼군이다"라면서 아시카가 요시히데를 데려왔을 때에도 "힘이 제일인 세상이므로 도리가 없다"면서 새로운 쇼군을 인정했던 것이다.

그런데 이 롯카쿠와 사사키를 보름도 안 되어 몰아낸 그 오다 군이 들어오자 천하를 손에 넣을 차기의 실력자로 믿었던 마쓰나가 히사히데가 부랴부랴 야마토의 시기산으로 도망쳤으므로 오다 군에 대한 공포는 보통이 아니었다.

이렇게 불안한 정적 속에서 입경한 첫날이 지나고, 이튿날에도 시민들은 모두 문을 닫아걸고 있었다.

그리고 18일이 되자 교토의 시민은 비로소 문을 열고 뜻밖에도 새로운 소문을 듣고 고개를 갸웃거렸다.

"혹시 여자나 가산을 약탈했다는 소문을 듣지 못했소?"

"전혀 듣지 못했어요. 너무 조용하여 도리어 불안할 정도예요."

"어쩌면 우리가 잘못 알고 있었던 것이 아닐까요? 오다 군의 군기는 생각했던 것보다 훨씬 더 엄한지 몰라요."

"하긴 여자들이 무사하다는 것은 보기 드문 일이에요."

"첫날부터 물건을 사는 자가 없지는 않았으나 돈을 모두 지불했다고 해요."

"정말 이상한 일이군요. 어떠한 침입자도 들어온 첫날에는 반드시 난폭한 짓을 하기 마련인데……"

그러다가 나흘째가 되자 오다 군에 대한 불안은 갑자기 환영으로 변했다. 강간과 약탈을 하지 않을 뿐만 아니라 시내 도처에 이가 빠진 듯 남아 있던 황폐해진 저택과 연고자 없는 시체를 치우기 시작했던 것이다.

여기서 독자는 노부나가가 칼에 바퀴를 달고 들어와 교토 사람들을 깜짝 놀라게 했던 첫번째 상경 때의 모습을 상상할 수 있을까?

"수도의 거리에서 시체 썩는 냄새를 없애는 일, 이것이 정치의 첫 걸음이 아니겠습니까?"

그때 노부나가는 무로마치의 처소로 13대 쇼군 요시테루를 찾아가 당당하게 말한 일을 맨 먼저 실행에 옮겼던 것이다.

난폭하기 짝이 없다는 오다 군의 침입으로 무고한 백성이 얼마나 많이 살해되고 시체가 불어날까 하고 전전긍긍할 때 뜻밖에도 이런 봉사를 시작했으므로 인기가 치솟는 것은 당연한 일이었다.

"소문을 들었습니까? 노부나가 님은 기소 요시나카이기는커녕 위로는 대신과 장수부터 밑으로는 이름 없는 시민에 이르기까지 숙소인 도후쿠 사에 찾아오는 사람은 모두 만난다고 합니다. 그리고 무엇이 부족한가, 어떻게 하면 가업이 번창해지겠느냐고 자세히 묻는다고 하더군요."

"아니, 그게 사실입니까?"

"암, 사실이지요. 그리고 서쪽 지역의 옷감 짜는 사람들에게는 세금을 면제해 줄 터이니 열심히 일하여 교토의 남녀들이 수도의 시민답게 좋은 옷을 입을 수 있게 해달라고 격려했다는 거예요."

"허어, 좋은 옷을 입을 수 있게 해달라고? 그렇다면 어느 누구보다도 고마우신 말씀이 아니오?"

"그래요. 그 때문에 일단 교토를 떠났던 공경들도 모두 노부나가 님이 입경했다는 말을 듣고는 속속 돌아오고 있다나봐요."

"공경들에게 예전에 빼앗겼던 영지를 되돌려준다는 말도 들었어요."

"조정에도 많은 진상품을 바쳤다고 하더군요."

"그렇다면 우리도 속히 사람을 뽑아 남보다 늦지 않게 인사를 드리러 보내야겠군요."

"그래요. 지금까지 보지 못했던 분, 보지 못했던 군사가 들어왔으니 소문대로라면 잘 받들어야 할 것이오."

이런 소문이 순식간에 온 교토 거리를 퍼졌기 때문에 나흘째 되는 날의 도후쿠 사 문전은 인사하러 온 사람들의 행렬로 발 디딜 틈도 없었다.

"제발 좀 비켜주시오."

그러한 행렬 사이를 억지로 지나 감찰관인 스가야 구로에몬이 돌아오자, 노부나가는 객실에서 만나고 있던 방문객들 앞에서 물러나 땀을 닦으면서 구로에몬에게 말했다.

"어때, 각지에 분산된 군사 중에서 군율을 위반한 자는 없더냐?"

"예. 한 사람도 없었습니다."

"으음, 그런데 기소 요시나카는 어째서 반감을 샀을까?"

"그야 당연한 일이지요. 주군과 요시나카에 대한 두려움은 차원이 다릅니다."

구로에몬도 또한 땀과 먼지를 닦으면서 대답했다.

"뭣이, 두려움의 차원이 다르다고?"

"예. 주군은 일단 처형하겠다고 하셨으면 반드시 실행하십니다. 그러므로 아무도 군율을 어길 생각을 하지 못합니다."

"부녀자에게 폭행을 하지 않을 뿐만 아니라 물건을 공짜로 뺏는 자도 없을 테지?"

"그렇습니다. 모두 그 첫번째 포고만으로도 이를 어기는 자가 없습니다. 그러므로 일찍이 보지 못한 군사라고 시민들이 모두 감사하고 있습니다."

"알겠다. 그렇다면 미요시나 마쓰나가의 무리가 우리의 군기 문란을 기다리는 일은 허사가 되겠군."

"주군이 살아 계시는 동안은 그렇습니다."

"핫핫하…… 좋아. 그러나 방심해서는 안 돼. 인간에게는 해이해지는 것처럼 무서운 독이 없어. 이제부터 다시 한 번 각 진지에 가서 노부나가가 곧 시내를 둘러볼 테니 티끌 하나 떨어져 있지 않도록 청소하라고 일러라. 열심히 일하는 동안에는 나쁜 짓을 하지 못해."

"알겠습니다."

"그리고 잊지 말고 각 진지 앞에 표찰을 하나씩 세우게 하라. 내용은 전에 포고한 것과 같아도 좋다. 교토의 내외를 막론하고 부녀자나 노약자를 폭행하고 물건을 빼앗는 자는 반드시 목을 벨 것이다. 노부나가, 이렇게 쓰도록."

"잘 알겠습니다."

구로에몬이 고개를 끄덕이자마자 노부나가는 바쁘다는 듯이 객실로 돌아갔다.

그리고는 잇따라 찾아오는 자의 신분과 계급을 가리지 않고 똑같은 태도, 똑같은 마음으로 만났다. 그는 이미 4,5일 전에 싸움터를 누비던 그 야성적인 귀신과 같은 장군이 아니라, 백성 한 사람 한 사람의 마음을 날카롭게 들여다보는 '천하인'의 풍모였다.

"다음, 다음은 누구인가?"

"사토무라 조하里村紹巴라고 하는데 렌가連歌°를 하는 자입니다."

"허어."

그러면서 노부나가는 나게즈킨投頭巾°을 쓰고 자기 앞에 앉아 있는 예술가 풍의 사나이를 상대했다.

"렌가라면 앞서 소보쿠宗牧라는 사람이 아버지를 찾아와 『뇨보호
쇼女房奉書』°를 보여준 일이 있었는데 그것과 비슷한가?"

"예, 그렇습니다."

노부나가는 대답을 듣자 고개를 끄덕이면서 가까이 오라고 손짓했
다.

일본을 손안에

사토무라 조하는 스승인 쇼큐昌休에게 배워 렌가에 능할 뿐만 아니라 간파쿠關白°인 고노에 다네이에近衛稙家에게 와카를, 산조니시 긴에다三條西公條에게 『겐지이야기源氏物語』°를 배우며, 당대의 석학으로 학문에 뜻을 둔 거의 모든 공경과 다이묘들과 친히 교제하고 있었다.

아니, 공경이나 다이묘들만이 아니다. 원래 나라奈良 고후쿠 사興福寺의 묘오인明王院에서 식객으로 있는 동안 학문을 닦았기 때문에 사찰에도 얼굴이 널리 알려졌고, 지금 노부나가의 부장으로 있는 아케치 미쓰히데와도 구면이었다.

노부나가는 이러한 사실을 아는지 모르는지 조하를 가까이 불러, 지나가는 말처럼 물었다.

"어떤가, 자네와 같이 학문을 하는 사람의 눈으로 볼 때 이번 싸움이?"

"예? 이번…… 싸움이라니요?"

"일단 교토 사람들은 안도하는 듯하나 내심 겁을 먹고 있을까?"

"그 점에 대해서는 모두 가슴을 쓸어내리며 이제 새로운 세상이 열렸다고 기뻐하고 있습니다."

"으음, 학자의 견해로 생각하고 잘 기억해두겠네. 그런데 자네는 마쓰나가 단조와 친한 사이였다지?"

"예, 그러나……"

조하는 그만 얼굴빛이 변했다.

"렌가 모임에 초청을 받게 되면 누구도 거절할 수 없는 일이기 때문에……"

"거절할 수 없어서 갔다는 말인가?"

"예. 그 점은 아케치 미쓰히데 님도 잘 알고 계십니다."

"뭣이, 자네는 미쓰히데와도 절친한가?"

"예. 아케치 님은 무예나 축성뿐 아니라 다도를 비롯하여 렌가에 이르기까지 두루 섭렵한 당대의 풍류객입니다."

노부나가는 이 말을 듣자 약간 이맛살을 찌푸리며 조하에게 손을 내밀었다.

"조하, 자네가 들고 있는 그 부채를 잠시 빌려주게."

조하가 깜짝 놀라 묻는다.

"이것 말씀입니까?"

"그래. 자네는 말재주가 아주 훌륭하군. 아마 렌가에도 뛰어나겠지. 내가 한 구절을 쓸 테니 그 뒤를 이어보게."

이렇게 말하고 노부나가는 조하의 부채를 받아 펼치고 옆에 있던 벼루함에서 붓을 들어 서슴없이 써 내려갔다.

"어떤가, 즉흥적으로 써보았네."

"삼가 읽어보겠습니다."
부채를 받아들고 보니 거기에는 힘찬 필체로 씌어 있었다.

　일본을 손에 넣은 오늘의 기쁨 ― 노부나가

조하는 약간 놀라는 기색을 보이고 곧바로 그 윗 구절을 썼다.

　너울너울 춤추는 천대 만대의 부채에 ― 조하

　그러고는 공손히 바치자 노부나가는 얼른 받아 보고 흥, 하고 가볍
게 웃었다.

　너울너울 춤추는 천대 만대의 부채에
　일본을 손에 넣은 오늘의 기쁨

　노부나가가 드디어 일본을 손에 넣었다는 아부라고도 해석할 수
있고, 조하가 실제 느끼는 것이라고도 생각할 수 있었다.
　'마음에 들었을까?'
　그러나저러나 즉흥적으로 이 정도를 읊는 노부나가는 범상치 않은
재주꾼이라고 생각하고 있을 때 노부나가가 이번에는 자신의 흰 부
채를 펴서 다시 똑같은 내용의 렌가를 썼다.
　"부채가 둘 있으니 여기에도 써 주게."
　"알겠습니다."
　'마음에 든 모양이다. 그러기에 똑같은 것을 둘이나……'
　조하가 안도하면서 써서 주자 노부나가는 빙긋이 웃고 그 하나는

조하 앞으로 던졌다.

"조하."

"예…… 예."

"자네는 마쓰나가 단조와 각별한 사이라고 했지?"

"예…… 그것은……"

"부채 하나를 마쓰나가에게 전하게. 노부나가와 자네가 주는 선물이라고 하면서."

순간 조하의 안색이 새파랗게 질렸다. 이보다 더 큰 빈정거림도 없다. 가볍게 생각하면 아부나 하는 놈이라고 조롱하는 것과도 같고 좀 더 깊이 생각하면 자신에게 이렇게 권하는 의미였다.

"그것이 본심이라면 이미 일본은 노부나가의 것이므로 마쓰나가 단조에게 항복하라고 전하라."

"알겠나, 어서 전하고 오게."

"알, 알…… 알겠습니다."

'이 사람은 예사 인물이 아니다……'

조하는 가슴 깊이 전율을 느끼면서 노부나가 앞에 머리를 조아렸다.

대지를 치는 망치

"말씀드립니다. 아케치 님이 은밀히 상의하실 일이 있다면서 찾아 오셨습니다."

예방자의 접견을 일찍 끝내고 탁자 앞에 조용히 앉아 있는 노부나 가 앞에 근시가 나타나 이렇게 고한 시간은 해가 저물어갈 때였다.

"뭐, 대머리 미쓰히데가 찾아왔다고? 들여보내라."

노부나가는 무슨 생각을 했는지 싱긋 웃고 탁자 앞에서 약간 뒤로 물러났다.

"주군, 오늘도 많은 예방자가 있었다지요?"

미쓰히데는 들어와서 노부나가 앞에 앉아 여느 때와 다름없이 공 손하게 인사했다.

"그게 어쨌다는 말인가, 대머리?"

"대머리…… 라니 황송합니다. 실은 오늘의 예방자 중에 사토무라 조하라는 렌가 작가가 있었다고 하기에……"

"미쓰히데."

"예…… 예."

"그 조하가 자네의 진지에 허둥지둥 달려갔었나?"

"그럼 주군은 조하와 제가 친분이 있다는 것을 알고 계셨습니까?"

"자네와의 친분은 몰랐지만 마쓰나가 단조와 가까이 지낸다는 것은 알고 있었네. 그래서 가볍게 조롱했는데…… 그에게는 역시 마쓰나가의 밀사가 다녀갔을 거야."

"정말 놀랐습니다!"

미쓰히데는 눈이 휘둥그레졌다.

"거기까지 내다보시고 그 흰 부채를 주셨군요."

"미쓰히데!"

"예."

"나는 지금 바빠. 어서 용건이나 말하게. 아직 싸움은 끝나지 않았어."

"죄송합니다. 조하가 말한 대로 순서에 따라……"

"순서 따위는 필요치 않아. 결론을 말해."

"예. 결론부터 말씀드리면, 마쓰나가 단조 히사히데가 오늘 조하와 저를 통해 항복을 청해 왔습니다."

미쓰히데가 상기된 얼굴에 눈을 빛내면서 말하자 노부나가는 시치미를 뗐다.

"누구에게 말인가?"

"자네에게 말인가, 아니면 이 노부나가에게 항복해 왔는가?"

"무슨 그런 농담을…… 물론 주군에게 항복하는 것이지요."

노부나가는 방긋이 웃으면서 말을 이었다.

"그렇다면 녀석은 첩자를 교토에 남겨두고 이 노부나가의 언동과 인기 등을 자세히 정탐하고 있었군."

"예. 조하가 주군께 흰 부채를 받아 서둘러 자기 집에 와서 보니, 시기산에 갈 것까지도 없이 벌써 마쓰나가의 사자가 와서 기다리고 있었답니다. 주군은 모든 것을 꿰뚫어보고 계신다…… 조하는 경탄하면서 제 진영으로 사자를 보냈던 것입니다."

"핫핫하…… 그럴 줄 말했어. 이미 교토에 들어온 지 만 사흘이나 지났으니까."

"정말 놀랐습니다. 모든 것을 꿰뚫어보고 계시다니…… 그런데 어떻게 하시렵니까?"

"무엇을 말인가?"

"마쓰나가 단조 히사히데 말씀입니다. 아무튼 마쓰나가는 전 쇼군 요시테루 공을 시해한 장본인, 게다가 현재 교토 일대에서는 가장 큰 세력을 형성하고 있기에……"

미쓰히데가 예의 그 어조로 근엄하게 순서에 따라 말하기 시작하자 노부나가는 얼른 손을 내저었다.

"미쓰히데."

"예."

"발소리를 들었겠지? 그 이야기는 나중에 하세."

"나중에…… 말씀입니까?"

"부르러 보냈던 호소카와 후지타카가 온 것 같아. 아직 싸움은 끝나지 않았다고 말하지 않았나."

미쓰히데는 시무룩한 표정으로 입을 다물었다. 그때 근시가 호소카와 후지타카를 안내하고 들어왔다.

"후지타카"

노부나가는 큰 소리로 불렀다.

"셋쓰로 통하는 야마자키 가도의 요충인 세이류지 성은 그대의 거성이었지?"

"예. 조상 때부터 이어오는 저희 거성입니다. 그러나 지금은 이와나리 지카라노스케에게 빼앗겼습니다."

"이와나리의 병력은?"

"군사 이천 명 정도가 지키고 있습니다."

"좋아. 그 성을 그대에게 돌려주겠다. 내일 아침 일찍 군사를 데리고 성에 들어가라."

"예……?"

후지타카는 숨을 죽였다.

"그러나 제가 가진 병력은 모두 합해도 삼백 명이 되지 않습니다. 이천 명이나 되는 이와나리의 군사에게는……"

"그대의 전술로는 그럴 테지."

"무슨 말씀인지요?"

"노부나가의 전술은 그렇게 느리지 않아. 오늘 예방자를 접견하는 것처럼 보이게 하고 실은 시바타, 하치야, 모리, 사카이 등의 선발대를 보내 이미 성을 점령해놓았어."

"아니, 그럼 세이류지 성을?"

"하하하…… 그대들은 한 가지 일밖에는 머리가 돌지 않는 모양이군. 그렇게 시일을 끌다보면 수도권 평정에 몇 년이 걸릴지도 몰라. 내일 아침에는 나도 교토를 출발하여 셋쓰와 가와치의 소탕에 나서겠어. 전광석화가 이 노부나가의 특징이야. 서둘러 세이류지 성을 인수하고 쇼군 쪽으로 돌아오게."

너무나 갑작스러운 일에 후지타카는 어안이 벙벙하여 할 말을 잊은 듯했다.

"미쓰히데!"

노무나가는 이때 비로소 불만스러운 표정으로 대령해 있는 미쓰히데에게 시선을 돌렸다.

미쓰히데의 식은땀

"이번에는 자네 말을 듣기로 하세. 어떤가, 자네는 교토를 지킬 자신이 있나?"

미쓰히데의 벗어진 이마가 때 아닌 땀으로 번들번들 빛났다.

어떤 경우에도 남에게 놀라거나 당황하는 기색을 보이지 않으려 했으나 노부나가의 이번 조치에 대해서는 자못 간담이 서늘해진 모양이다.

교토를 쉽게 손에 넣고, 또 당장에는 반격해 올 적이 없다는 것을 알기 때문에 미쓰히데는 노부나가가 여기서 잠시 휴식을 취할 거라 생각했다.

그렇게 되면 이른바 교토의 문화인들을 노부나가에게 소개하고 요시아키와 함께 조정에 벼슬을 주자는 여론을 형성해, 걸핏하면 자기를 무시하는 노부나가에게 지식인으로서의 자기 힘을 과시할 생각이었다.

더구나 최대의 적인 마쓰나가 히사히데도 자기를 통해 귀순할 의사를 청해왔다. 노부나가는 분명 이 일만으로도 크게 놀라고 기뻐할 거라고 내심 의기양양해 하며 찾아왔던 미쓰히데였다.

그런데 노부나가는 자신이 생각했던 지식인과의 교제나 임관任官 등에는 전혀 흥미를 보이지 않고 마쓰나가 히사히데의 귀순에 대해서도 코웃음을 치며 비웃고 있다.

그러면서 다시 싸움을 시작하려고 하므로 당황하지 않을 수 없었다. 일부러 교토를 비우고 잔여 세력의 소탕에 나서지 않더라도 마쓰나가 히사히데가 항복했다는 사실이 알려지면 나머지 세력도 자연히 귀순하리라는 점을 계산하지 못하는 모양이다.

"황송한 말씀입니다마는…… 셋쓰, 가와치에서 교토에 이르는 통로인 세이류지 성을 제압한 이상 그다지 소탕을 서두를 필요는 없지 않겠습니까?"

"대머리!"

"예."

"자네는 이 노부나가의 뜻을 모른다는 말인가?"

"알고 있기에 말씀드리는 겁니다. 일단 군사를 쉬게 하여 무모한 싸움은 피하는 것이 상책이라 생각합니다."

그러나 노부나가는 이야기 상대가 안 된다는 듯이 혀를 찼다.

"자네는 교토를 지킬 수 없다는 말이지?"

"아닙니다. 자신은 충분히 있습니다마는……"

"그렇다면 한 가지만 묻겠어. 자네도 지킬 수 있는 교토에 어째서 내가 할 일 없이 남아 있어야 한다는 말인가?"

"뜻밖의 말씀이십니다……"

"어째서 뜻밖인가! 이 노부나가의 뜻은 상경만 하면 된다는 그런

하찮은 것이 아니라, 천하의 평정이 목적이야. 일본의 평화가 목적이란 말일세. 멍청한 소리는 두 번 다시 하지 말게. 내가 그토록 엄하게 포고를 내렸는데도 오늘 시로고로라는 무사가 통행 중인 여자를 희롱했어. 그래서 즉시 이 사찰의 문전에 목을 매달아 처형했다네…… 인간이란 바로 이런 것이야. 머리까지 벗겨졌으면서도 그것을 모르겠나!"

"……"

"자네 생각대로 내가 한가롭게 휴양이나 하고 있으면 어떻게 되겠나. 그야말로 적이 바라는 일이어서 기소 요시나카처럼 될 거야. 이 노부나가는 천하가 평정될 때까지 결코 쉬지 않을 것이다! 알겠나?"

미쓰히데가 얼굴을 붉히고 머뭇거리는 것을 본 호소카와 후지타카가, 조용히 머리를 숙였다.

"말씀 도중입니다마는…… 저는 지금부터 즉시 내일 아침에 세이류지 성으로 출발할 준비를 시작하겠습니다."

"좋아. 미쓰히데도 알겠거든 이만 물러가서 스가야 구로에몬과 교토에서 할 일을 상의하도록."

"그럼…… 저는 먼저."

후지타카는 슬며시 일어났으나 미쓰히데는 아직 자리를 뜰 수 없었다. 가장 중요한 용건인 마쓰나가 단조 히사히데에 대해 아직 아무 말도 듣지 못했기 때문이다.

"미쓰히데, 아직도 모르겠나?"

"알고 있습니다. 휴양을 권한 것은 분명히 제 잘못……"

"그럴 테지. 자네가 그렇게 생각할 정도라면 셋쓰와 가와치의 장수들도 모두 같은 생각일 거야. 그 방심한 틈을 노리는 것이 나의 전술이라 생각하게."

"알겠습니다. 그런데 마쓰나가 히사히데에 대해서는?"

겨우 질문할 기회를 얻고 입을 열자 노부나가는 한마디로 대답했다.

"자네에게 일임하겠어."

"예? 저에게 마쓰나가의 문제를……?"

"조심해야 해. 마쓰나가는 결코 진심으로 귀순한 것은 아니야."

"그 점은 저도 충분히……"

"그렇겠지. 어쩌면 이 노부나가를 방심시키려는 교활한 수단인지도 몰라. 이 점을 염두에 두고 잔뜩 칭찬해 주게."

"예, 알겠습니다."

"참, 그리고 한 사람이 더 있어."

"또 한 사람…… 이라면?"

"쓰쓰이 준케이筒井順慶일세. 그는 마쓰나가 단조가 항복했다는 사실을 알면 즉시 귀순해 올 거야. 그렇지 않으면 내가 셋쓰, 가와치에서 돌아와 그를 공격할 거라고 생각할 테니까."

"그렇습니다. 정말 그렇게 될 것입니다."

"미쓰히데!"

"예."

"문제는 그 다음이야. 나는 보름 안에 반드시 교토 일대를 평정하겠어. 내가 다시 교토 땅을 밟았을 때 요시아키에게 정식으로 쇼군의 칙허가 내리도록 공경들을 통해 일을 도모하게."

"그 일에 대해서도 잘 알고 있습니다."

"쇼군의 칙허가 내리면 요시아키가 거처할 저택도 지어야 하고, 궁전도 수리해야 해. 그렇지 않은가?"

"그렇습니다."

"그럴려면 돈이 필요해……"

"예?"

"돈은 기후에 얼마든지 있다는 말은 하지 말게. 여기서 모으는 것이 정치라는 거야."

"저어, 싸움만이 아니라 돈도 모아야?"

"그래, 잘 기억해 두게. 알겠나, 오사카의 이시야마 혼간 사에서 오천 관."

"그럼, 도리어 사찰에서 시주를 받는다는 말씀입니까?"

"이것이 노부나가의 새로운 방법이야. 승려도 가만히 앉아 돈을 벌어서는 안 돼. 나라의 여러 사찰에서는…… 아마 천 관이 고작일 테지."

"으음."

"놀랄 것 없어, 미쓰히데. 무장은 이 노부나가와 힘을 합쳐 일하고 사찰도 여기에 협력한다, 이렇게 하지 않으면 일본의 평정…… 나라가 통일되었다고 할 수 없어."

"과연, 보기 드문 구상이십니다."

"또 하나 있어. 그것은 황실의 쇠퇴와 계속되는 전란도, 백성들의 고통도 남의 일처럼 여기고 자신의 부귀와 사치만을 일삼는 사카이堺의 상인들이야."

"사카이의 상인……"

"그들에게는 좀 과다하게 부담시켜야지 그렇지 않으면 세상이 납득하지 않아. 이만 관을 내놓으라고 하게."

"이만 관?"

"그래. 이것도 그들의 부富에 비하면 적은 액수야."

"그러나 워낙 액수가 커서 순순히 받아들일지……"

"하하하……"

노부나가는 웃었다. 입으로는 함부로 대하면서도 이런 일까지 토로하는 것으로 보아 역시 노부나가는 미쓰히데를 높이 평가하고 있는 모양이다.

"대머리가 또 소심한 소리를 하는군. 이봐, 대머리……"

"예…… 예."

"오늘날 천하가 왜 이렇게 어지러워졌는지 알겠나? 사람들이 모두 자신의 이익만 생각하여 공통된 생각은 하나도 갖지 않고 제멋대로 살기 때문이야. 그러나 노부나가는 이것을 용서하지 않겠어! 공경도 무사도 없어! 승려도 학자도 없어! 상인도 농부도, 부자도 가난한 자도 똑같은 일본인으로서 하나가 되어 살기 위해 엄하게 책임을 지우겠어. 사카이의 상인들이 싫다고 하면 짓밟아버려도 좋아!"

미쓰히데는 가만히 이마의 땀을 닦고 한숨을 쉬었다.

자신의 상식으로는 생각할 수 없는 일이나 이 뜻을 전혀 이해하지 못하는 미쓰히데는 아니었다.

'일본의 통일……'

이것을 무력으로만 실현시키려는 무장은 노부나가가 외에도 많이 있었다. 이마가와 요시모토가 그랬고 다케다 신겐이나 우에스기 겐신, 또 아사쿠라나 모리, 호조도 그런 야심을 가지고 있었다.

그러나 이들은 모두 자기 가문의 번영을 원하는 작은 야심에서 출발한 것이어서 사찰 등에 기증은 해도 그들에게 돈을 빼앗을 정도의 큰 용기는 없었다.

'사찰에 기증하여 일족의 행운을 기원하는 자와, 그 사찰에서까지 돈을 빼앗아 새로운 일본을 일으키려는 자……'

표면적으로는 모두 천하를 노리는 듯했으나 그 내용에 있어서는 하늘과 땅 같은 차이가 있었다.

'과연 상경했다고 해서 기뻐하며 벼슬자리나 주선하고 있을 때가 아니다……'

미쓰히데는 마음속의 놀람을 숨기고 자못 근엄한 체하며 다시 한 가지를 물었다.

"황송합니다. 비로소 주군의 원대한 구상을 알게 되었습니다. 이 어리석은 미쓰히데의 물음에 한 가지만 더 대답해주십시오."

"뭐, 어리석은 미쓰히데라고? 핫핫하…… 영리한 미쓰히데라고 분명히 말하게. 그런데, 질문이란 무엇인가?"

"뜻이 일본의 통일에 있음을 단적으로 표현할 수 있는 말, 즉 그 한 마디로 상하 모두가 무릎을 치며 수긍할 말씀을 들려주십시오. 그러면 제가 그 말을 사용하여 모든 사람을 납득시키겠습니다."

"한마디 말로 납득시킬 수 있는?"

"예. 한마디로 주군의 큰 뜻이 상대의 마음에 통할 수 있게 하는 말씀을……"

"좋아, 말해주지. 내란으로 고통을 받고 가난에 시달리는 자는 모두 노부나가의 명에 따르라고 하게. 평화! 이것만이 노부나가의 목적이야. 평화를 위한 일본의 통일, 이를 훼방하는 자는 누구를 막론하고 용서하지 않겠어. 그럴 실력을 갖춘 노부나가는 당당하게 정의로운 칼을 휘두르기 시작했어. 알겠나?"

"예, 잘 알았습니다."

미쓰히데는 이번에야말로 자신이 진심으로 마음속 깊이 땀을 흘리고 있음을 깨달았다.

노부나가의 진면목을 비로소 접하였다. 노부나가는 세상 사람들이 흔히 말하는, 천하를 손에 넣겠다고 하는 말과는 전혀 다른 차원에서 새로운 천하를 자기 손으로 이룩하겠다는 것이다.

"알겠거든 물러가서 여러 가지 준비를 시작하게. 나도 내일 아침의 출진을 위해 준비하겠어."

"그럼, 말씀대로 보름 뒤에 개선하실 것을 고대하겠습니다."

미쓰히데는 시동이 등불을 가지고 들어왔을 때 노부나가의 거실을 나왔으나 넓은 회랑回廊을 걷는 동안 점점 더 가슴이 뛰기 시작했다.

'참으로 놀라운 계획이다.'

그런 의미에서 미쓰히데는 완전히 노부나가를 잘못 보고 있었다. 그는 노부나가를 다케나다 우에스기, 또는 이마가와, 호조, 아사쿠라, 모리 등과 같은 수준으로 보았다. 이들 중에서 가장 강하고 가장 탁월한 전술가가 누구일지 판단한 끝에 '천하를 손에 넣을 사람은 노부나가다' 라고 생각한 뒤 자진하여 주군으로 섬긴 것이다.

그러므로 아시카가 요시아키를 추천했고 또 요시아키와 더불어 교토에 들어온 것을 보고는 "노부나가의 첫 일은 이것으로 끝났다!"라고 믿고 안도하여 그를 교토의 분위기에 젖도록 하려 했던 것이다.

이제야 드디어 천하에 손을 대기 시작했다. 그러나 거칠고 세련되지 못한 무장이라면 백성이나 사원으로부터 무시당하기 십상이다. 학문까지는 아니라 해도 고사故事와 예법, 풍류만은 익히게 하여 에이잔叡山, 난토南都(나라奈良)나 혼간 사 등의 학풍과 충돌하지 않도록 천하인으로서의 자질을 갖추게 할 작정이었다.

물론 그러기 위해서는 상당한 관직도 가져야 할 테고, 여러 학자들과도 폭넓은 교제의 길을 열어야 한다…… 미쓰히데는 이런 생각을 했으나 오늘의 회견으로 완전히 금이 가고 말았다.

노부나가는 공경도 학자도, 사원도 사카이의 상인도 안중에 없었다.

'이러다가 도대체 어떻게 될 것인가?'

가령 수도권 일대를 평정하고 요시아키가 정식으로 세이이다이쇼 군에 임명된다면 노부나가와의 관계는 어떻게 될 것인가?

직제상으로 보면 노부나가는 세이이다이쇼군의 하위에 있다. 따라 서 이전의 미요시와 요시테루의 관계처럼 요시아키를 꼭두각시로 삼 아 배후에서 조종하려는 생각은 아닌 모양이다.

'아무래도 우습게 될 것만 같다……'

도후쿠 사를 나올 때에 이르러 미쓰히데의 가슴은 더욱 두근거려 왔다. 노부나가의 생각은 유례가 없는 일인 만큼 자신의 지식으로는 대답을 찾을 리 없고, 이것이 자신감을 뿌리째 뒤집어놓아 벗겨진 머 리에서는 아무리 닦아도 계속 식은땀이 줄줄 흘러내리는 것이었다.

벌거벗은 영웅

미쓰히데의 놀라움과 불안은 그대로 적중했다.

노부나가는 자신이 호언장담하며 교토를 떠났던 대로 순식간에 셋쓰, 가와치, 이즈미를 석권하고 꼭 보름째 되는 10월 15일 위풍당당하게 교토로 개선했다.

그야말로 이것은 필설로는 형용할 수 없을 정도로 신속한 행동이었다.

10월 1일 새벽에 도후쿠 사를 출발하여 그 이튿날에는 벌써 셋쓰의 아쿠타가와 성에 들어가고, 이곳을 본거지로 눈 깜짝할 사이에 각지의 미요시 군을 일소해버렸다.

자신의 예언대로 마쓰나가 히사히데가 항복하자 야마토의 쓰쓰이 준케이도 투항해왔기 때문에 교토로 들어온 지 불과 19일 만인 10월 26일에 야마시로, 야마토, 셋쓰, 가와치, 이즈미의 5개 지역을 평정했으므로 가히 귀신이 한 일이라고밖에 설명할 수 없었다. 일본의 심장부를 4일 동안에 하나씩……

돈다의 후몬 사에 있던 아시카가 요시히데는 얼마 안 되는 미요시 군의 보호 아래 구사일생으로 아와로 도주했다.

노부나가는 개선 즉시 쇼군 요시아키를 기요미즈 사에서 혼코쿠 사本國寺로 옮기는 한편 자신의 거처를 기요미즈 성으로 옮기고 드디어 제2단계 활동에 착수했다.

혼코쿠 사는 아시카가 다카우지足利尊氏의 숙부 니치조 쇼닌日靜上人과 인연이 깊은 사찰이기에 이곳을 요시아키의 임시 처소로 삼아 정식으로 세이이다이쇼군으로 임명될 날에 대비했다.

그리하여 10월 18일 요시아키가 쇼군으로 복직되어 산기 사콘노추쇼參議左近衛中將에 올랐다.

22일에는 노부나가에게도 입궐하라는 천황의 내명이 있었다.

물론 이것은 떠돌이 신세에서 마침내 숙원을 이룬 쇼군 요시아키와 그의 후견인인 호소카와 후지타카, 아케치 미쓰히데 등의 주선 덕분이었다.

이렇게 되자 직위상 노부나가가 쇼군의 숙사에 가서 예를 올리지 않으면 안 되었다. 그렇다고 노부나가가 오지 않을 것이니 요시아키 쪽에서 인사하러 오라는 말은 할 수가 없었다.

'이것으로 노부나가의 속셈을 알 수 있을 것이다……'

대관절 이 실력자는 새로운 쇼군을 어떻게 대할 것인가.

"이렇게 되면 오다 님이 간레이의 직위를 맡을 수밖에 없겠는데요."

호소카와 후지타카가 이렇게 말했을 때 미쓰히데는 조용히 머리를 흔들며 애매하게 대답했다.

"나도 잘 알 수 없군요. 과연 주군이 받아들이실 것인지……"

미쓰히데도 노부나가의 속셈을 전혀 알 수 없었기 때문에 후지타 카가 알 리 없었다.

"혹시 짐작되는 일이 있으면 말씀해보시지요."

"글쎄요, 워낙 바쁘신 분이라 저도 말씀드릴 틈이 없군요."

"그러나 만약 노부나가 님이 관직이나 그 밖의 것을 원하신다면 입 궐하는 날 선지宣旨를 청원해야 할 텐데요."

"그렇다면 출진의 노고를 위로해드리는 의미로 조촐하게 연회를 열었으면 한다고 이 자리에서 직접 여쭙는 것이 어떨까요?"

"으음, 그렇게 하면 임석을 청해도 무례하다고 꾸짖지는 않으실 것 같군요."

만약 노부나가의 기대와 거리가 먼 말을 꺼냈다가 분노를 사면 어 쩌나 싶어 두 사람이 혼코쿠 사의 한 방에서 이마를 맞대고 상의하고 있을 때 동료 한 사람이 와서 고했다.

"오다 님이 쇼군께 인사를 드리고자 내왕하셨습니다."

10월 19일 한낮이 지났을 때였다.

두 사람은 깜짝 놀라 서로 얼굴을 바라보았다.

미쓰히데는 비수로 가슴이 찔린 듯한 기분이었으나 후지타카는 안 도하는 표정이었다.

'노부나가 쪽에서 찾아왔을 정도라면 혹시 간레이의 직위도 받아 들이지 않을까……'

"곧 쇼군께 알리도록 하라!"

서로 생각이 달랐으나 후지타카와 미쓰히데는 어깨를 나란히 하고 얼른 현관으로 나가 노부나가를 맞이했다.

노부나가는 두 사람을 보고도 별로 표정을 바꾸지 않고 말했다.

"쇼군께서도 안녕하시겠지?"

그러고는 유유히 긴 복도를 지나 요시아키의 거실로 향했다. 후지타카와 미쓰히데는 교토에 돌아온 이후 노부나가와 몇 차례 만났으나 요시아키는 이번이 처음이었다.

서른다섯 살인 노부나가와 서른두 살의 쇼군.

영원히 방랑하는 신세일 줄 알았던 요시아키가 노부나가를 의지하여 미노의 릿쇼 사에 온 것이 7월 25일. 그로부터 석 달도 채 안 되는 동안 노부나가가 혼자 힘으로 세이이다이쇼군이 되었으므로 요시아키의 고마움은 보통이 아니었다.

요시아키는 일부러 거실 밖에까지 마중 나와 손을 잡듯이 하며 맞아들였다.

"정말 잘 오셨소. 자, 어서 안으로……"

노부나가는 공손히 인사하고 마련된 자리에 가서 대답했다.

"이번에 천자를 알현할 수 있게 해주셔서 감사의 인사를 드리러 왔습니다."

그 자리에는 요시아키의 시동 두 사람과 후지타카, 미쓰히데 외에 계속 요시아키를 수행하고 있는 노신 와다 고레마사和田惟政만이 있었다.

미쓰히데는 노부나가의 태도가 의외로 부드러운 것을 보고 내심 고개를 갸웃거렸다.

'노부나가와 같은 인물도 수도권 일대의 평정에 성공하자 관직에 욕심이 생기지 않았을까?'

만일 그렇다면 역시 그에게도 범속한 면이 숨어 있다는 의미가 된다. 이런 생각을 하고 있을 때였다.

"이번 일은 모두 오다 님의 충성에서 나온 무공임을 이 요시아키는 잊지 않을 것이오."

감격에 겨워 요시아키가 떨리는 목소리로 말하자 후지타카가 그 뒤를 이었다.

"이것은 쇼군 님과도 여러모로 상의한 일입니다마는, 이번의 무공에 보답하기 위해 오다 님에게 간레이의 직위를 주청하려고 합니다."

"간레이의 직위……?"

노부나가가 부드러운 목소리로 반문하자 미쓰히데는 깜짝 놀랐다.

'설마 이 제안은 받아들이지 않을 것이다. 거절하면 후지타카는 좀더 좋은 조건을 내놓을 텐데……'

"간레이의 직위라……"

다시 한 번 노부나가가 중얼거렸다.

"그런 일은 생각해본 적도 없소."

"그러시면……"

후지타카는 불만으로 여기는 줄 알고 당황하며, 다시 한 단계 직위를 높여 말했다.

"그러면 천하의 부副쇼군이 어떻겠습니까?"

노부나가는 대답 대신 좌중을 한 번 둘러보았다.

"뜻하지 않던 말을 듣게 되는군."

"그렇지 않습니다. 이번의 큰 무공을 그대로 덮어둘 수 없습니다. 부 쇼군, 사효에노카미左兵衛督가 어떻겠습니까? 승낙하신다면 주상께 이 뜻을 상주하겠습니다마는."

노부나가는 즉석에서 고개를 흔들었다.

"그보다는 22일의 알현이 끝난 뒤 혼코쿠 사에서 노能°의 공연이 있다는 말을 들었는데……"

"아, 그것은."

요시아키가 직접 대답했다.

"다시없는 경사이기에 간제觀世 다유大夫°를 불러 열세 가지 노를 공연하도록 지시해놓았어요."

"열세 가지……?"

"그렇습니다."

"너무 많소!"

어조는 부드러웠으나 노부나가의 목소리에는 엄숙한 위압감이 깃들어 있었다.

"다섯 가지면 충분하오. 아직 궁전의 재건도, 바쿠후의 청사도 조성되지 않은 상태인데, 지금 그처럼 성대한 행사를 치르면 나중 일이 어려워집니다. 그러나 고마우신 배려는 언제까지나 잊지 않겠소."

노부나가의 단호한 대답에 요시아키는 와다 고레마사를 돌아보았다.

"그럼, 다섯 가지로 줄일까, 고레마사?"

"그러면 다카사고高砂, 데이가定家, 야시마八島와 도조지道成寺, 구레하吳羽의 다섯 가지가 좋을 것 같군."

"그렇습니다. 다섯 가지라 해도 요즘의 교토에서는 보기 드문 향연입니다. 그럼, 그때 오다 님이 북을 치게 하시면 어떨까요?"

고레마사가 중재하듯 말하자 요시아키도 동의했다.

"그게 좋겠군. 그날 다유는 간제의 7대인 모토타다 뉴도 이치안자이元忠入道一安齋와 그 아들인 사콘 다유 모토모리左近大夫元盛일세. 어떻습니까, 오다 님, 북을 부탁해도 되겠습니까?"

"사양하겠소."

노부나가는 즉석에서 대답했다.

"천하가 평정되었다고는 하나 아직은 유동적인 것, 앞으로도 할 일이 많이 남아 있소. 나는 북을 치기보다는 돈을 마련할 길을 강구해야 하오."

"그렇습니다."

후지타카는 어색한 분위기를 무마하려고 일부러 부드럽게 미소지으며 말을 이었다.

"오다 님은 아직 바쁘십니다. 우리는 오다 님 그늘에서 편히 쉬고 있으나 그늘을 마련하신 오다 님은…… 그런데, 조금 전에 말씀드린 부 쇼군에 대한 의향은 어떠하십니까? 사효에노카미는 종3품, 쇼군 님도 처음에는 산기 사콘노추쇼로 똑같은 종3품입니다. 거의 동격이므로 받아들이시면?"

"사양하겠소."

노부나가는 방금 전과 같은 어조로 대답했다.

"사양…… 하신다면?"

"사양한다는 말이오. 그럼, 나는 아직 할 일이 많아 이만 실례하겠소."

그대로 일어서서 나가는 모습을 보고 미쓰히데는 저도 모르게 무릎을 탁 쳤다.

이미 의심할 여지가 없다. 노부나가는 자기 실력만을 믿을 뿐 다른 것은 전혀 믿지 않는다.

이름뿐인 관직 따위는 처음부터 전혀 생각하지 않고 있다.

'일이 점점 더 이상해지기 시작하는군.'

지금까지는 무장의 대들보였던 세이이다이쇼군이 노부나가 앞에서는 한낱 상표나 증서에 불과한 것이 되고 말았다.

그러고보면 쇼군도 대신도, 간파쿠도 섭정도 아무 소용이 없는 난세이기에 어떤 벼슬도 갖지 않은 오다 노부나가에게 기대했던 것이지만……

미쓰히데가 이런 생각에 잠겨 있을 때 눈앞에서는 아직도 새로운 바람에 전혀 눈을 뜨지 못한 요시아키와 고레마사의 대화가 계속되고 있었다.

"오다 님은 무언가 불만이 있는 것 아닐까?"

"아니, 그렇지는 않을 겁니다."

"과연 그럴까?"

"그렇습니다. 오다 님은 원래 신분이 낮은 시바 씨의 가신, 따라서 쇼군 님과 같은 종3품을 내리신다면 분에 넘치는 일이라 여겨 사양하셨을 겁니다."

"그렇다면 좋으련만……"

"틀림없습니다. 겉보기와는 다르게 성실하신 분…… 오늘도 깍듯이 인사드리러 왔고 간레이의 직책도 생각한 적이 없다고 하셨습니다…… 참으로 무인다운 무인이십니다."

"그럼, 이번의 무공을 무엇으로 보답해야 할까?"

"이번에는…… 감사장만으로도 족할 듯합니다. 그렇지 않소, 후지타카 님?"

후지타카는 두 사람처럼 초점에서 벗어난 감각은 가지고 있지 않았다. 그는 이미 상식을 초월한 세계에 사는 노부나가를 차차 이해하게 된 모양이어서 가만히 허공을 응시하며 생각에 잠겨 있다.

미쓰히데는 더 이상 견디지 못하고 자리에서 일어났다.

"참, 나도 중요한 일이 남아 있었어요. 그럼 이만 물러가겠습니다."

—5권에서 계속—

《 오다 노부나가의 이름과 관직 변천사 》

◆오다 킷포시織田吉法師 | 0~13세 |
· 오와리의 태수인 오다 노부히데의 적자로 태어남.
· 2세, 아버지에게 나고야 성을 받음.

◆오다 사부로 노부나가織田三郎信長 | 13~18세 |
· 13세, 후루와타리 성에서 관례를 올림.
· '노부信'는 오다 가의 세습 글자, 다쿠겐 소온 대사가 장래에 천하를 호령하라는 뜻으로
  이 이름을 선택했다는 설도 있다.
· 14세, 첫 출전.
· 15세, 사이토 도산의 딸 노히메와 결혼.
· 소년 시절에 '바보' '멍청이'라고 불렸다.

◆오다 가즈사노스케 노부나가織田上總介信長 | 18~33세 |
· 18세, 상속을 받음.
· 스스로 가즈사노스케라 칭함.
· 이 무렵에 후지와라 노부나가藤原信長라고도 불렸다.
· 21세, 슈고다이의 거성에 진출, 오다 일족을 장악한다.
· 26세, 오와리를 통일함.

◆오다 오와리노카미 노부나가織田尾張守信長 | 33~35세 |
· 교토 입성을 앞두고 관직명을 오와리노카미로 고침.

◆오다 단조노추 노부나가織田彈正忠信長 | 35~42세 |
· 40세, 종3품 산기參議.
· 41세, 천황으로부터 관직 승서의 내명이 있었지만 사임한다.
· 종3품 후쿠다이나곤에 취임. 우콘에 대장 겸임. 장남 노부타다에게 가장의 자리를 넘기고,
  오와리와 미노를 준다.

◆오다 노부나가織田信長 | 42~49세 |
· 42세, 정3품 나이다이진
· 43세, 종2품 우다이진
· 44세, 우다이진과 우콘에 대장 사임.
· 44세, 정2품
· 47세, 사다이진左大臣 취임을 명했으나 받지 않음.
· 48세, 조정으로부터 다조다이진, 세이이다이쇼군으로 추대되었으나 받지 않음.

《 주요 등장 인물 》

기노시타 히데요시木下秀吉 (도요토미 히데요시豊臣秀吉) | 1536~1598 |

오다 노부히데의 아시가루인 기노시타 야에몬의 장남으로 아명은 히요시마루. 이후 도키치로, 하시바 지쿠젠노카미 등으로도 불렸다. 처음에는 오다 노부나가의 하인으로 출발하여 겐키 원년에 부장의 지위에 오른다. 타고난 지략으로 노부나가를 도와 여러 전투에서 승리를 거두며 승승장구한다.

다케나카 한베에竹中半兵衛 | 1544~1579 |

원래 미노의 사이토 씨齋藤氏를 섬겼으나 사이토 씨가 멸망하자 오다 노부나가의 청을 받고 히데요시의 군사軍師로 활약한다. 히데요시를 따라 아사이 공격, 나가시노 전투에 가담하여 능력을 발휘한다.

다케다 가쓰요리武田勝頼 | 1546~1582 |

신겐의 아들로 신겐의 사후 영토 유지에 힘쓰지만, 덴쇼 3년(1575)에 미카와 나가시노에서 총포대를 조직한 오다 · 도쿠가와 연합군에 대패한다. 이후 다케다 가는 기울어지는데, 덴쇼 9년에는 기소가 배신하고 친족인 아나야마 노부키미에게도 버림을 받는다.

마쓰다이라 모토야스松平元康 (도쿠가와 이에야스德川家康) | 1542~1616 |

오카자키의 성주인 마쓰다이라 히로타다의 장남으로 아명은 다케치요竹千代. 마쓰다이라 모토야스에서 마쓰다이라 이에야스로 개명한다. 후에 '마쓰다이라'라는 성도 도쿠가와로 다시 고쳐 도쿠가와 이에야스가 된다. 오다 노부히데의 인질이 되었을 때 오다 노부나가와 처음 만난다. 오케하자마 전투에서 요시모토가 전사한 뒤 오카자키로 돌아와 오다 가와 동맹을 맺는다.

아사이 나가마사淺井長政 | 1545~1573 |

오다 노부나가의 동생 오이치의 남편으로 비젠노카미備前守라는 관직에 있다. 오다니 성에서 오다 군과 대치하게 된 나가마사는 자신과 함께 자살하려는 아내를 설득해 오다 노부나가에게 보내고, 오다 군과 일전을 벌인다.

아시카가 요시아키足利義昭 | 1537~1597 |

아시카가 요시하루의 차남. 당시의 관습에 따라 절에 들어가 은거 생활을 하다가 형인 무로마치 바쿠후 제13대 쇼군 아시카가 요시테루가 살해되자 세상으로 나온다. 아케치 미쓰히데의 중개로 오다 노부나가를 만나 그의 도움으로 교토에 입성한다.

아케치 미쓰히데明智光秀 | 1528~1582 |

각지를 돌아다니며 병법을 익히다가 아사쿠라 요시카게를 섬긴다. 마흔 살 전후에 노부나가를 섬기며 교토 부교를 역임한다. 시바타 가쓰이에, 니와 나가히데, 하시바 히데요시와 어깨를 나란히 하는 오다 가의 중신이다.

오다 노부나가織田信長 | 1534~1582 |

오다 노부히데의 적자로 아명은 킷포시. 노부나가는 강적 이마가와 요시모토를 물리쳐 전국에 이름을 알린 뒤, 살무사(사이토 도산)의 아들 요시타쓰를 몰아내고 드디어 미노를 손에 넣는다. 오케하자마 전투에서 적이었던 도쿠가와 이에야스와 동맹을 맺고 천하를 통일하겠다는 포부를 새긴 천하포무天下布武라는 도장을 사용한다.

하치스카 마사카쓰蜂須賀正勝 | 1526~1586 |

통칭 고로쿠, 히코에몬이라고도 한다. 오케하자마 전투에서 노부시를 이끌고 활약했다. 또 도요토미 히데요시의 수하에 들어간 이후에는 책략에 재능을 발휘하여 히데요시의 사업을 돕는다.

호소카와 후지타카細川藤孝 | 1534~1610 |

통칭은 유사이. 후지타카라는 이름은 13대 쇼군인 아시카가 요시후지(요시테루)에서 한 자를 딴 것이다. 아케치 미쓰히데의 중개로 노부나가의 비호를 받고, 요시아키를 옹립한 노부나가의 교토 입성에 참여한다. 그 후, 아시카가 바쿠후 재건에 힘을 쏟는다.

《 용어 사전 》

간레이管領 | 무로마치 바쿠후의 한 직명. 쇼군을 보좌하여 정무를 통괄하던 벼슬이나 그 사람.

간파쿠關白 | 천황을 보좌하여 정무를 담당하는 최고위의 대신.

겐지이야기源氏物語 | 헤이안平安 시대의 궁중 생활을 묘사한 장편 소설.

겐페이源平 시대 | 1072년경부터 1185년까지 대표적인 귀족인 미나모토源 씨와 다이라平 씨가 싸우던 시대.

고소데小袖 | 옛날 넓은 소매의 겉옷 안에 받쳐 입던 속옷. 현재 일본옷의 원형.

고쇼小姓 | 주군을 측근에서 모시며 잡무를 맡아보는 무사.

고쇼御所 | 대신이나 쇼군 등의 처소, 또는 그것의 높임말.

고킨슈古今集 | 고금 와카집古今和歌集의 약어. 천황의 명령으로 편찬한 최초의 시가집詩歌集. 모두 20권이며 1,110수의 와카和歌를 수록했다.

긴란金襴 | 금실을 씨실로 하여 무늬를 넣은 화려한 비단.

나가야長屋 | 칸을 막아 여러 가구가 살 수 있도록 길게 지은 집.

나게즈킨投頭巾 | 네모진 자루처럼 만들어 끝을 뒤로 넘겨서 쓰는 두건의 일종.

노能 | 연극 형식으로 일본 고전 예능의 한 가지. 노가쿠라고도 한다.

뇨보호쇼女房奉書 | 천황 측근의 여관女官이 칙명을 받고 써서 내리는 문서.

다유大夫 | 노能, 가부키歌舞伎 등의 상급上級 연예인.

다이묘大名 | 넓은 영지와 많은 부하를 둔 무사의 우두머리.

렌가連歌 | 일본 고전 시가의 한 양식. 보통 두 사람 이상이 단가의 윗구에 해당하는 5·7·5의 장구와 아랫구에 해당하는 7·7의 단구를 번갈아 읊어 나가는 형식. 대개 백구百句를 단위로 함.

미도御堂 | 불상을 안치한 당집.

세이이다이쇼군征夷大將軍 | 정치와 군사에 대한 전권을 장악한 바쿠후幕府 최고 실력자.

센조다이千疊臺 | 다다미 천 장이 깔릴 정도로 넓은 방.

야타테矢立 | 전투할 때 휴대하던 작은 붓통.

오닌應仁의 난 | 1467년부터 1477년까지 교토를 중심으로 일어난 대란. 지방으로 파급되어 센고쿠 시대로 접어드는 계기가 되었다.

오야붕親分 | 부하가 부모처럼 의지하는 두목.

우마지루시馬印 | 전쟁터에서 대장의 말 옆에 세워 그 위치를 알리던 표지.

우치카케打掛け | 무사 부인이 겨울에서 봄까지 입는 예복으로, 위에 걸쳐 입는 띠를 두른 긴 옷.

잇코一向 **종 신도 반란** | 정토진종 혼간 사本願寺의 신도가 긴키 · 도카이 · 호쿠리쿠 지방 일대에서 일으킨 반란. 오다 노부나가에게 저항한 이시야마 혼간 사와 이세 나가시마의 반란, 도쿠가와 이에야스에게 대항한 미카와 잇코 반란 등, 이들 잇코 종 신도들은 각지에서 다이묘에 대항했다.

진바오리陣羽織 | 싸움터에서 갑옷 위에 걸쳐 입는 소매 없는 겉옷.

하타사시모노旗指物 | 갑옷의 등에 꽂아 표지로 삼는 작은 깃발.

히나단雛壇 | 일본옷을 입힌 작은 인형을 진열하는 제단.

히나雛 **인형** | 삼월삼짇날 제단에 진열하는 작은 인형.

≪ 오다 노부나가 연보(1561~1582) ≫

◈ —서력의 나이는 오다 노부나가의 나이

일본 연호		서력	주요 사건
에이 로쿠 永祿	4	1561 28세	5월과 6월, 노부나가는 미노에 침입하여 사이토 다쓰오키의 군사와 싸운다. 9월, 나가오와 다케다의 양군이 가와나카지마에서 싸운다. 이 해에 기노시타 도키치로가 네네와 결혼.
	5	1562 29세	1월, 노부나가가 마쓰다이라 모토야스와 동맹한다. 4월, 농민 반란이 일어나 롯카쿠 요시카타가 교토 지역에 덕정령德政令 포고. *종교 전쟁(프랑스).
	6	1563 30세	1월, 모리 모토나리가 이와미 은광을 조정에 헌납. 3월, 호소카와 하루모토 사망. 7월, 노부나가가 고마키야마에 요새를 쌓고 미노 공격의 근거지로 삼음. 마쓰다이라 모토야스가 이에야스로 개명. 8월, 모리 다카모토 사망. 미카와에서 잇코—向 종 신도의 반란이 일어남 *명나라의 척계광戚繼光, 복건성에서 왜구를 격파(중국).
	7	1564 31세	3월, 노부나가가 아사이 나가마사와 손을 잡음. 7월, 미요시 나가요시 사망. 8월, 가와나카지마 전투. 노부나가가 이누야마 성의 오다 노부키요를 죽이고 오와리를 통일한다.
	8	1565 32세	5월, 쇼군 아시카가 요시테루가 미요시 요시쓰구, 마쓰나가 히사히데 등에게 살해됨. 11월, 노부나가가 양녀를 다케다 하루노부의 아들 가쓰요리에게 출가시킴.

일본 연호		서력	주요 사건
에이 로쿠 永祿	9	1566 33세	4월, 노부나가가 조정에 물품을 헌납. 7월, 노부나가가 오와리노카미가 된다. 윤8월, 노부나가가 사이토 다쓰오키와 싸워 패한다. 9월, 기노시타 도키치로에게 명해 미노의 스노마타 성을 쌓는다. 12월, 이에야스가 마쓰다이라에서 도쿠가와로 성을 바꾼다.
	10	1567 34세	3월, 노부나가가 다키가와 가즈마스에게 북부 이세의 공략을 명한다. 5월, 노부나가의 장녀 도쿠히메가 이에야스의 적자 노부야스와 결혼. 8월, 노부나가가 이나바야마 성을 공략, 사이토 다쓰오키는 이세의 나가시마로 퇴각한다. 노부나가는 이나바야마를 기후로 개칭하고 고마키야마에서 옮긴다. 9월, 오다와 아사이의 동맹이 성립되어 노부나가의 여동생 오이치가 아사이 나가마사와 결혼. 10월, 마쓰나가와 미요시의 동맹군에 의해 도다이 사의 불전이 소실됨. 11월, 오기마치 천황이 노부나가에게 오와리와 미노에 있는 황실 소유 토지의 회복을 명한다. 노부나가가 가신인 가네마쓰 마타시로에게 주는 임명장에 '천하포무'의 도장을 사용한다.
	11	1568 35세	2월, 노부나가가 북부 이세를 평정. 삼남 노부타카를 간베 도모모리의 후계자로, 동생인 노부카네를 나가노 씨의 후계자로 삼는다. 4월, 고노에 롯카쿠 씨의 가신 나가하라 시게야스와 동

일본 연호	서력	주요 사건
에이 로쿠 永祿		맹함. 이 무렵부터 아케치 주베에(미쓰히데)가 노부나가를 섬긴다. 7월, 노부나가가 아시카가 요시아키를 에치젠에서 미노의 릿쇼 사로 맞이한다. 9월, 노부나가가 오미를 평정하고 상경함. 10월, 노부나가가 셋쓰, 이즈미, 사카이, 야마토의 호류 사에 과세함. 아시카가 요시아키, 15대 쇼군이 됨. 12월, 다케다 신젠이 슨푸를 침공, 이마가와 우지자네는 엔슈의 가케가와로 도주한다.
	12 1569 36세	1월, 노부나가는 미요시의 3인방이 쇼군 요시아키를 혼코쿠 사에서 포위했다는 보고를 받고 눈을 헤치며 상경하여 셋쓰의 아마자키에 불을 지른다. 2월, 노부나가가 쇼군 요시아키를 위해 새로운 거처를 신축. 4월, 궁전을 수리하기 위한 비용을 헌납한다. 8월, 노부나가가 군사를 이끌고 북부 이세에 침공. 9월, 기타바타케 씨가 노부나가와 화친하고 가문을 노부나가의 차남 자센마루(노부카쓰)에게 물려주기로 약속한다.
겐키 元龜	**1** 1570 37세	1월, 노부나가가 쇼군 요시아키에게 5개 항의 글을 보내 간언함. 2월, 오미의 조라쿠 사에서 씨름 대회를 개최. 3월, 노부나가가 쇼코쿠 사로 이에야스를 방문. 4월, 노부나가가 에치젠의 아사쿠라 요시카게를 공격. 아사이 나가마사, 롯카쿠 쇼테이 등의 반격으로 노부나가 군이 교토로 철수한다.

일본 연호	서력	주요 사건
겐키 元龜		5월, 노부나가가 기후로 돌아가던 도중에 지타네 고개에서 저격을 받음. 6월, 노부나가가 이에야스와 함께 아사이, 아사쿠라 양군과 아네가와에서 싸움(아네가와 전투). 9월, 혼간 사의 미쓰스케가 궐기하여 셋쓰에 출진중인 노부나가와 싸움. 아사이 나가마사, 아사쿠라 요시카게 등은 혼간 사와 호응하여 오미에 진출. 노부나가는 히에이잔을 포위하고 불을 지른다. 11월, 이세의 나가시마에서 잇코 종 신도의 반란. 노부나가는 오와리의 고키에를 공격하고 동생 노부오키를 자살하게 한다. 12월, 오기마치 천황의 칙명으로 노부나가가 아사쿠라, 아사이와 화의한다.
2	**1571** 38세	5월, 노부나가가 이세 나가시마의 잇코 반란군을 공격. 6월, 모리 모토나리 사망. 8월, 노부나가 오다니 성에서 아사이 나가마사를 공격. 9월, 노부나가가 가나모리 성을 함락. 히에이잔의 엔랴쿠 사를 급습하여 방화한다. 10월, 호조 우지마사가 우에스기 데루토라와 절교하고 다케다 하루노부와 동맹 관계를 맺는다. *레판토 앞바다의 해전(스페인)
3	**1572** 39세	3월, 노부나가가 오미를 토벌한다. 9월, 노부나가가 쇼군 요시아키에게 17개조의 글을 보내 쇼군의 잘못을 힐문한다. 12월, 다케다 신겐이 미카와에 침입하여 오다 · 도쿠가와 군을 미카타가하라에서 무찌른다.

일본 연호		서력	주요 사건
덴쇼 **天正**	1	**1573** 40세	2월, 쇼군 요시아키가 노부나가에 대항하여 군사를 일으킨다. 4월, 다케다 신겐 사망. 7월, 쇼군 요시아키가 마키시마 성에서 농성. 노부나가가 이를 공격하여 요시아키를 추방한다(무로마치 바쿠후 멸망). 8월, 노부나가가 에치젠에 진출하여 아사쿠라와 아사이를 멸망시킨다. 아사이의 옛 영지를 히데요시에게 주어 도요토미 히데요시는 하시바 지쿠젠노카미가 된다. 이 해 노부나가는 아라키 무라시게에게 셋쓰를 지키게 한다.
	2	**1574** 41세	4월, 노부나가가 다시 혼간 사를 공격한다. 9월, 노부나가가 이세 나가시마의 잇코 종 신도 반란을 평정한다. 이 해부터 노부나가와 모리의 대립이 격화된다.
	3	**1575** 42세	3월, 노부나가의 양녀가 곤노다이나곤 산조 아키자네에게 출가한다. 5월, 노부나가는 이에야스와 함께 다케다 가쓰요리를 나가시노에서 격파한다(나가시노 싸움). 7월, 아케치 미쓰히데가 고레토 휴가노카미가 된다. 8월, 노부나가가 에치젠의 잇코 종 신도 반란군을 공격한다. 11월, 노부나가는 장남 노부타다를 후계자로 삼고 오와리와 미노의 영지를 준다.
	4	**1576** 43세	1월, 노부나가가 오미에 아즈치 성을 쌓기 시작한다. 2월, 노부나가가 아즈치 성으로 옮긴다.

일본 연호	서력	주요 사건
덴쇼 天正		5월, 이시야마 혼간 사와 싸움. 7월, 이시야마 혼간 사에 군량을 보급하는 모리 군과 대결. 11월, 노부나가가 정3품, 이어서 나이다이진이 된다.
5	1577 44세	2월, 노부나가는 하타케야마 사다마사가 잇코 종 신도와 승려들과 제휴했기 때문에 군사를 일으킨다. 8월, 마쓰나가 히사히데가 신기 산에서 반기를 든다. 9월, 우에스기 겐신의 출병으로 노부나가도 출병했으나 패한다.
6	1578 45세	2월, 하시바 히데요시가 하리마에 침입한다. 노부나가가 아즈치에서 씨름 대회를 개최. 3월, 우에스기 겐신 사망. 6월, 노부나가의 명으로 구키 요시타카 군이 모리 군을 해상에서 무찌른다. 10월, 아라키 무라시게가 쇼군 요시아키, 혼간 사와 짜고 노부나가를 배신. 11월, 노부나가가 아라키 무라시게 군을 공격. *시베리아 진출 개시(러시아).
7	1579 46세	3월, 야마시나 도키쓰구 죽음. 우에스기 가케가쓰가 가게토라를 죽이고 우에스기의 주인이 된다. 6월, 노부나가가 아케치 미쓰히데의 권고로 항복한 하타노 히데하루 등을 아즈치에서 처형. 9월, 아라키 무라시게가 이타미 성을 나와 아마사키 성으로 옮김. 오기마치 스에히데가 가가의 잇코 종 신도를 체포하여 노부나가에게 보냄. 노부나가가 그들을 살해.

일본 연호	서력	주요 사건
덴쇼 天正		12월, 노부나가가 아라키 무라시게와 그 가신의 처자들을 처형. *유틀리히트 동맹(네덜란드).
8	1580 47세	1월, 히데요시가 하리마의 미키 성을 함락. 3월, 다케다 가쓰요리가 스루가에 출진하여 호조 우지마사와 대치. 노부나가가 혼간 사의 고사와 강화. 4월, 고사는 오사카로 퇴각하여 기슈에서 농성. 6월, 히데요시가 하리마, 이나바, 호키 등지에 출병. 8월, 노부나가가 사쿠마 노부모리를 고야 산으로 추방. 노부나가가 쓰쓰이 시게요시에게 셋쓰, 가와치, 야마토 등의 성을 파괴하라고 명한다. 11월, 시바타 가쓰이에가 가가의 잇코 종 신도들의 반란을 진압.
9	1581 48세	2월, 노부나가가 선교사와 흑인 노예를 접견. 4월, 노부나가는 이즈미에 토지 조사를 명하고 이를 거부한 마키오 사를 불태운다. 8월, 노부나가가 고야 산의 성지를 불태우고 많은 사람을 참살한다. 10월, 히데요시가 돗토리 성을 공략. 12월, 가쓰요리가 가이의 새로운 성으로 옮긴다.
10	1582 49세	1월, 오토모 소린 · 오무라 스미타다 · 아리마 하루노부가 소년 사절을 로마에 파견. 2월, 시나노의 기소 요시마사가 가쓰요리를 배신하고 노부나가에게 내응. 3월, 노부타다가 시나노 다카토 성을 공략. 다키가와 가

일본 연호	서력	주요 사건
덴쇼 **天正**		즈마스가 가쓰요리를 가이의 다노에서 포위, 가쓰요리 부자가 자결함. 시바타 가쓰이에 등이 엣추의 우에스기 군을 공격. 5월, 이에야스가 아즈치 성에 있는 노부나가에게 인사하기 위해 상경. 미쓰히데가 그 접대역을 맡음. 노부나가가 미쓰히데에게 주고쿠 출진을 명함. 6월, 미쓰히데가 혼노 사를 급습하고 니조 성의 노부타다를 포위하여 노부나가, 노부타다 자결함(혼노 사의 변).

옮긴이 **이길진**李吉鎭

1934년 황해도 출생. 1958년 서울대학교 사회학과를 졸업하였다.
일본 문학 작품 및 일본 문화에 관련된 많은 책들을 유려한 우리말로 옮겼다.
주요 역서로는 가와바타 야스나리의 『설국』, 이마이 마사아키의 『카이젠』,
오에 겐자부로의 『사육』, 기쿠치 히데유키의 『요마록』,
야마오카 소하치의 『도쿠가와 이에야스』, 『사카모토 료마』 등이 있다.

오다 노부나가 제4권

1판 1쇄 발행 2002년 8월 14일
2판 1쇄 발행 2016년 3월 28일
2판 3쇄 발행 2024년 12월 9일

지은이 야마오카 소하치
옮긴이 이길진
펴낸이 임양묵
펴낸곳 솔출판사

주소 서울시 마포구 와우산로29가길 80(서교동)
전화 02-332-1526
팩스 02-332-1529
이메일 solbook@solbook.co.kr
홈페이지 www.solbook.co.kr
출판 등록 1990년 9월 15일 제10-420호

한국어판 ⓒ 솔출판사, 2002

ISBN 979-11-86634-62-2 (04830)
ISBN 979-11-86634-58-5 (세트)

- 잘못된 책은 구입한 곳에서 바꿔드립니다.
- 책값은 뒤표지에 표시되어 있습니다.

나가시노 전투 병풍도
오다 · 도쿠가와 연합군이 철포를
이용하여 다케다 군을 격파하는 모습